最后的探戈

徐坤 著

中国文联出版社
http://www.clapnet.cn

图书在版编目（CIP）数据

最后的探戈 / 徐坤著 . -- 北京 : 中国文联出版社，
2019. 3

ISBN 978-7-5190-4217-2

Ⅰ . ①最… Ⅱ . ①徐… Ⅲ . ①中篇小说—小说集—中
国—当代②短篇小说—小说集—中国—当代 Ⅳ . ① I247.7

中国版本图书馆 CIP 数据核字（2019）第 042961 号

CHINA LITERATURE
AND ART FOUNDATION
中国文学艺术基金会 资助项目
中国文学艺术发展专项基金

最后的探戈

作　者：徐　坤	
出版人：朱　庆	
终审人：奚耀华	复审人：胡　笋
责任编辑：蒋爱民	责任校对：蔡振英
封面设计：大德文化传媒	责任印刷：陈　晨

出版发行：中国文联出版社

地　　址：北京市朝阳区农展馆南里 10 号，100125

电　　话：010-85923066（咨询）85923000（编务）85923020（邮购）

传　　真：010-85923000（总编室），010-85923020（发行部）

网　　址：http://www.clapnet.cn　http://www.claplus.cn

E - mail：clap@clapnet.cn　jiangam@clapnet.com

印　　刷：天津画中画印刷有限公司

装　　订：天津画中画印刷有限公司

法律顾问：北京市德鸿律师事务所王振勇律师

本书如有破损、缺页、装订错误，请与本社联系调换

开　本：787×1092	1/16
字　数：222 千字	印　张：18.25
版　次：2019 年 3 月第 1 版	印　次：2019 年 3 月第 1 次印刷
书　号：ISBN 978-7-5190-4217-2	
定　价：46.00 元	

新文学百年书香经典编委会

（按姓氏笔画排序）

狗日的足球

马拉多纳来啦!

　　柳莺的心里狂跳不止,拿着报纸的手无法自制地抖了几抖。马拉多纳,马拉多纳,哪个马拉多纳?难道真是那个被她崇拜得至高无上、满脑袋都是羊毛黑卷儿(中间还夹杂着一小撮精心染制的黄毛),小矮个儿,大脚丫子,每一个脚指头上都长着眼睛,传球永远准确到位,中场启动时风驰电掣,带球过起人来虎虎生风,从不黏黏糊糊逮机会抽冷子就射的那个长得卷毛狮子狗似的足球巨星马拉多纳？！

柳莺定了定神，把眼睛贴近报纸上那帧大幅的彩色照片狠狠地打量。没错，没错，的确是阿根廷的那个马拉多纳。小马于 7 月 25 日要率领阿根廷博卡青年队来北京，跟国安队举行一场对抗赛。不会吧？不会吧？这怎么可能呢？柳莺心慌意乱地把眼睛从偶像粗糙的脸蛋上拿下来，心里边止不住地嘀咕：马拉多纳那么大一世界级球星，怎么会屈尊下降到这么个足球不甚发达的东方城市里来？

留校任教没多久的青年女教师柳莺简直要被这个突如其来的幸福给打晕了，有那么一刻，她甚至觉得脚底下的大地都有些微微地颤悠，周围的街景在她眼里全变成飘飘忽忽的，大马路上走来走去的人们就像蛇鼠出洞蚂蚁搬家，忙忙叨叨惊惊惶惶一派大地震前兆的唐山景象。还不时有光，一道紧跟着一道的白炽热光忽闪忽闪地在她眼皮内明灭，让她把什么都不能够再看得真切。柳莺把报纸紧紧地贴在胸口，迈着有些支持不住要往下瘫软的步伐往家里颠儿。7 月汗津津的热风打在她的脸上、后背上，印满金黄色向日葵小碎花的吊带裙紧紧贴住了脊梁，沉浸在冥想之中的柳莺却浑然不觉，心正拴在充胀的热气球上徐徐地往上升腾，带着莫名其妙的渴望和憧憬，就仿佛马拉多纳不是为了 200 多万美元的出场费而来，而是专门冲着他的一个遥远的不知名的东方女性崇拜者柳莺而不远万里来到中国，并顺带着支持一把中国人民的足球解放事业。柳莺冲着马路牙子傻笑着恍恍惚惚一路陶醉着走来，一脸即将投入热恋情人怀抱即便被蹂躏得粉身碎骨也在所不惜的傻乎乎的样子，家门口都走过身后好远了，她却毫无知晓。

在被马拉多纳正式给启蒙之前，柳莺一直对足球感不起兴趣。她不仅不是球迷，而且还应该算作比较典型的那种女"球盲"，对足球丝毫没有感应，一看见电视里踢球就特烦，握着遥控器噼噼啪啪把频道转换得直要冒火花。尤其让她见不得的，就是那些围坐电视机前看转播的男人，三五结群的，以各种最不雅的姿势乱七八糟而坐，身旁往往要堆放一整箱一整箱的啤酒，老头衫全都高高挽到肚脐眼以上，眼珠子瞪得大大的，嘴里螃蟹一样来回吐着啤酒泡泡，手指头一会儿抠着脚丫缝儿，一会儿忙着对电视里奔跑着的小人儿指指点点，还不时地粗话连篇，满脸潮红舌尖上不住翻卷着某个与男根崇拜相关的词儿，仿佛一群鸟儿同时染上了脏口。柳莺听得恶心，弄不明白他们这样集体兴致勃勃究竟是为了什么。

有那么一两回她也试图坐下来，想体会一下所谓"绿茵场上的鏖战""力与美的结合"什么什么之中的乐趣。可是，任凭她把眼珠儿都睁到了眼眶外头，除了瞅见二十来个小人儿可劲儿撵着一个足球，在几尺见方的电视框框里不停地跑来跑去外，就再也瞧不出什么来了。再回头瞧一眼观战的男同志们，依旧撸胳膊挽袖子"射呀！""射呀！"极其蓬勃地叫劲起急，柳莺一时间可真是迷茫坏了，傻呆呆地睁着她的一双丹凤眼，不明白别人都从电视里看见了什么，也弄不通自己的情绪为什么就高涨不起来。不知道是什么东西障着了她的法眼，使她不能够跟他们一道欢喜。

马拉多纳。马拉多纳。还真就是马拉多纳把她给启了足球蒙了。

1990年世界杯足球赛那会儿，她正跟她现在的丈夫、彼时的"未婚夫"杨刚腻腻歪歪地谈着恋爱。柳莺那时还没有从一次惊天地泣鬼神的与某位社会知名男士的婚外恋挫折中振作过来，她的青春和热情都已心甘情愿地被那人糟践得一塌糊涂。就在半梦半醒半死半活之间，盯人已久的这位老同学杨刚便以高超的过人技巧把她接住，随后便趁着她的精神不振、后卫防守出现漏洞时强行带球破门而入，活活地把她的禁区防线给突破了。事后总结经验时柳莺深深觉得自己这一局的防守失利太不应该，但是攻进去的球毕竟也是不能够倒吐出来。两人在这场你来我往没头没脑的攻防战事里欲擒故纵拖泥带水地盘带着，都有些互为鸡肋但同时又慰情聊胜无。就这么着晃一过三、一退六二五地该射不射该传不传，不知不觉，离婚姻的无底球门一天天逼近了。

世界杯足球赛就在这种背景下恰逢其时地胜利召开。

已经被盘带过多的爱情折磨得显出些疲软迹象的未婚夫杨刚，立即全身心投入，一头扎进电视机里，像吃了类固醇兴奋剂似的处于甲亢之中自拔不出来。柳莺这才暂时从对方吊射垫射倒勾的无聊中得以解脱。杨刚那些天里抱着个电视看转播看得昏天黑地，所有的赛事他几乎看得场场不落，要么深夜不着家跑到别人家里聚众看球，要么把他编辑部的男同事领回家来围着电视里的球门集体扎伙儿，他们俩居于筒子楼的未婚小家里简直都成了免费放映厅，常常是人满为患，来晚了就找不到座。家里四周围的环境也被杨刚布置得颇具现场氛围，除了没设立赞助商的广告牌，其他的一切全都安排齐全。赛事日程表贴了一床头，碗架柜和冰箱上贴满了杨刚自制的各球队的积分排行榜，那上面还不时有红笔随时涂抹修订的痕迹。四壁墙上更是见不得了，原先柳莺挂的那些个风景画、时装模特、卡通娃娃还有一些木雕垂饰等物件统统都被杨刚摘掉，换上了清一色穿大裤衩的一群群男人，全都在那儿横七竖八地踢腿、飞脚、下绊儿、生拉硬拽、仰面朝天。柳莺每天只要一睁眼，就得被迫面对满墙那一颗颗庞大的头颅和一根根粗糙的大腿。气得柳莺大喊大叫，扬言要把那些个破球星统统扯去烧了。

杨刚一听，急了，赶忙张开不太够长的双臂紧张地护住一面墙说："宝贝求求你了，宝贝，给我点面子，咱当一回球迷容易吗咱？怎么也得正儿八经地做一点样子给别人看看啦。"

柳莺说："哎哟喂！合计你当球迷都是给别人看的？不行！你趁早都给我摘下去，别弄得我天天睡觉做噩梦。"

杨刚双手合十抵在胸前喵喵地恳求说："就这几天，就这几天行不行？等杯赛一结束，我立马就摘，立马就摘。"

柳莺看他那真真假假的一副可怜样，懒得跟他磨缠，只好暂时做一次妥协。

这下可倒好，经他这一布置，筒子楼里的单身汉们被招到家里来的更多了，还有一些已经娶完了媳妇的，也是在家里过完上半夜，把自家女人拾掇完毕以后，又在零点钟声敲响时准时披星戴月大老远地骑车赶往柳莺他们家里报到。柳莺心说这些人看球这么兢兢业业，图什么呢？杨刚则对他的球迷战友一律虚门以待，早早预备下啤酒并在地上用砖头摆起一个个加座。来人不停地对杨刚的室内装饰艺术进行夸奖，还假么惺惺地在他白面书生的瘦弱鸡胸脯上擂上几拳，以表示出一种同类之间的相互认同。杨刚这时就满意地龇出一口绵软的食草类动物犬牙嘿嘿傻笑个不停。

由于地球时差的影响，在西方举行的比赛，实况转播到东方中国来时通常已是下半夜。可这根本阻碍不了刚刚入港的球迷未婚夫杨刚。在柳莺的眼里，杨刚这时真就跟深夜闹猫似的，眼白儿倍儿绿，眼仁儿荧荧冒蓝光，光着膀子穿着大裤衩蹲在小板凳上（沙发高风亮节让给客人坐了），仿着一个标准球迷的样子，呷一口啤酒拈一粒花生米，看到忘情处喉咙里便发出一种低沉的颇类似于叫春的声音，被他招来的同伙们这时也一律地呜呜噜噜的嗓子眼里吭叽着欢实，啤酒瓶子烟灰缸乱扔，仿佛猫群集体不负责任地爬上了别人家窗台。逢到这时候，未婚同居不成了的柳莺就只好被迫披衣坐起，悻悻地看着电视里电视外的一群阳刚族生物兴奋得乱蹦乱跳像要用脑袋撞墙，自己精心布置的小家被祸祸得跟猫食盆子似的。柳莺的气就不打一处来。她真不明白看一个破球何至于闹到如此？尤其是杨刚，一个在床上已经强弩之末香蕉球勾射不动了的人，此刻又哪里来的头槌本事？

侧身于球场与观众之外，柳莺带着一股局外人的无名怒火，忍气吞声地发呆冥想，想起走在大街上随处可见街旁小酒店里男人扎堆看球的情景，想到单位里男同事们一上班就疯狂侃昨夜足球的景象，想到他们老少爷儿们从正局长到副处长，从系主任到助教实习生，所有男人在足球术语里打成一片、勾结成一团的紧密情形，再瞧瞧眼巴前这些精神头集中、嘴里边吐泡的男青年，转瞬之间豁然想通，足球原来是他们男人的世界语啊！人际隔膜的时代，他们就靠这玩意儿彼此聊以沟通，并一同遥想和追怀远古狩猎时代男子们追逐猎物、追逐女人、追逐占有天地间万物的剽悍和辉煌。哪个男人若是缺乏了这门语言，闭上眼睛不能够瞎侃它仨小时，那他就会被摒弃在男性群体之外，简直就不配当个男人了，活活要遭人轻贱耻笑死。难怪像杨刚那样的白面书生也要拼命跻身于这个行列里呢！未婚夫杨刚那张强颜欢笑的书生小白脸上，不是明明写满了担心被逐出男团的内心恐惧、明明洋溢着要伤好归队的热切企盼吗？！

小可怜价儿的！

柳莺的目光再次透过窗帘向外望去，但见窗外万家灯火，整个世界但凡有男人的家庭里几乎都荧光粼粼，一片诡异。足球却原来是他们男人现世的灯啊！就是那足尖上蓬勃燃烧的野性火舌，灼灼照亮了他们被文明委顿的当下生活。或许也开蒙了他们的冥茫来世。

柳莺已经不忍心对杨刚和球迷客人们发火了，她觉得男人也真是活得不易，够悲惨的，在一粒小小的皮球上温习和寻找他们先前的性别。并且，他们多数人还连半点介入现场亲身一试的可能都没有了，只能是隔着一万八千里远的地方，团团围坐在几尺见方的电视机旁，透过一个小小的玻璃罩儿来集体进行回顾和留恋。唉，可怜哪！她还能说什么呢？且宽容过这几天，先回学校单身宿舍，把这一阵儿的足球坚挺躲过去再说。毕竟也是四年才能来一次，再硬它又能够硬撑到几时呢？

柳莺卷起她的几件换洗衣服，默默地起身离开未婚小家，回到学校的宿舍里躲清静。但是，让她万没料到的是，同屋的青年女教师邵丽竟也是一个真正的假球迷！邵丽不知从什么地方搬来了一台破电视，没黑没白价的，把个彩电拧得连一点彩色儿都没有了，却还在荧屏前那儿不屈不挠。当然，最可气的也是最关键的，是邵丽总要领来热恋男友一道观摩。两人叽叽喳喳，手嘴并用，不时在底下寻找交换着共同动作和共同语言。柳莺这时便有些像球场上空的灯光一样，把一切不该暴露的细节统统照得尴尬。

柳莺这份气呀，倒首先把自个儿给气糊涂了。她心说男人集体起哄架秧子当当球迷倒也罢了，雄性门类里头人人都是那副死样子，可这女人当球迷又是图个什么呢？一群乱跑乱窜的胡子拉碴穿大裤衩的汉子，可究竟有什么好看的？哪有赵忠祥的动物世界和鞠萍姐姐的动画剧场好看？就连"我爱我家"一类的贫嘴饶舌的肥皂剧，也比单调的球场射门儿动作要丰富好看得多。邵丽这人究竟是怎么回子事呢？没恋爱之前没发现她有爱看足球的毛病啊！

实在不好意思再当电灯泡了，柳莺只好灰溜溜地又重归苏莲托，返回自己那个乌烟瘴气的小窝。在众男客的包围之中，她这个女主人倒仿佛成了外人，没地方站没地方坐，受气包似的，不说话，也不看电视，蜷在沙发的角落里困得嘀哩当啷地睁不开眼睛，耳朵里依稀听得电视中传来球场奇怪的哨音，鼻子里闻着身旁一大堆男人的咻咻亢奋鼻息，以及汗味、臭脚丫子味，嘴里被动呛进致人迷幻的尼古丁毒气，在足球翻来覆去的抽射挑射拐射撅射里痛苦地挨着，熬着，以一种看客的悲怆，默默忍受着场里场外人们那种决绝的、歇斯底里般的狂欢和庆典。

亏得杨刚在假亢之余还想着抽空儿瞄一眼自己的媳妇。见到柳莺那受难的样子，杨刚显得很有些过意不去，巴巴地很讨好地过来，蹑手蹑脚地把她的身子给扶正（通常他总是要把媳妇给揽到怀里哄着的，眼下碍着外人眼没好意思显露亲昵），轻声嘘寒问暖，又轻拍着她的脸把她给打精神过来，充满诱惑的语气鼓动说："别睡，别睡，这样睡着了会感冒。快睁眼，快看马拉多纳。马拉多纳出场了！"

"什么麦多娜啊麦多娜？"

柳莺把身子扭了几股，不耐烦地将眼睛露出一条小缝儿，无精打采地乜斜电视荧屏。她原以为杨刚说的是歌星麦多娜，是那个美国傻女孩儿利用球场休息时间，要上场疯狂缺心眼地唱"我是一个处女，我是一个处女"了呢。可是，没有。荧屏上仍是二十来个小人儿在跑来跑去。柳莺很生气杨刚搅了她的假寐，可是当着外人的面不好打孩子，当着宾朋的面也不好跟未婚夫急眼。她只得失望地闭上眼睛重又吊儿郎当歪着头打瞌睡。杨刚急了，再次拍她的脸蛋儿："好老婆，快睁开眼看看，马拉多纳，10 号，中场发动机，世界级球星，不看要后悔一辈子啊！"

杨刚很有些为柳莺的不识货而感到有些没面子。柳莺恍恍惚惚听到他叫了自己一声"老婆"，耳朵里感到新鲜，她记得人背后他可从来都是"宝贝儿"长"宝贝儿"短的，现在在足球的激励鼓舞下，当着一大帮球迷弟兄的面，他竟然管她叫起"老婆"来了，无外乎就是想表示一种牛皮哄哄的版权所有不许翻印违者必究，挺大言不惭厚颜无耻的。柳莺想足球这东西看来是挺壮人胆儿的。给缠得万般无奈，只得再次睁开眼，把定不稳焦的散乱目光，晃晃悠悠飘向了电视屏幕上。透过重重尼古丁烟雾的阻隔，又透过二十来个乱跑着的小人儿的摇晃阻挡，柳莺终于勉强依稀分辨出一堆蓝色球衣中的一个斗大的"10号"来，然后又依稀瞅见了穿这件球衣人的大致外延。矮墩墩、圆乎乎的。哎哟喂，柳莺心说这人怎么这么矮呀！

柳莺的第一个感觉是这人长得太矮了，从体貌上根本判断不出是个足球运动员，倒像是个被杠铃压瓷实了的搞举重的。在众多人高马大球员的包围拼抢当中，这人简直就是鸡立鹤群，显得如此娇小，羸弱，好像是有点处处受气，不堪一击的意思。柳莺怀着一种女性恻隐之心下意识地开始替这个10号担心。

果然，那么多匹高头大马抓紧一切机会冲撞他，欺负他，伸腿，别脚，一个绊儿，又一个绊儿，推一把，又拽一把。扑通，这家伙跌倒了，四脚着地像个乌龟，蓦地又一个俯卧撑立起来，带起球来继续朝前跑。没几步，扑通，又给绊倒了，这次好像还没有完全倒地就一个前滚翻跃起来，脚下没球也继续往前跑。在一堵堵围墙似的壮汉的夹击堵截里，身材矮小的马拉多纳就像一个球一样被踢，被卷，被绊。柳莺的心忽然间被他给牵得悬了起来。睡意顿时全从她的眼前溜掉，一种对弱者的怜悯让她把心格外揪着，紧紧盯着10号这个人看下去。扑通，马拉多纳又一次被绊倒了，摔得可真够狠啊，连电视玻璃外头的她都听见了马拉多纳肌肤跟地相撞的沉闷的声音。柳莺的心里一沉，好像感到自己的哪块皮肉也被磕碰了一下似的，微微地有点疼，有点与被欺凌弱者的交感相通。眼见得马拉多纳又是一个滚翻跃起，腿儿一抬，球就敏捷地截到了脚下，刚一盘带，咔嚓，又被横过来的一个粗腿给撂倒了，咯吱，更刺耳的皮肤与地面摩擦声传来。

这哪里是在踢什么球啊！这只不过是在把人类的粗野明目张胆地合法化啊！柳莺愤怒了，挥起拳头举过头顶疯狂的喊："野蛮！野蛮！"惹得周围男同志们都纷纷回头看她。但她这时已顾不得了，心全拴到马拉多纳身上，马拉多纳每被绊倒一次，她就不由自主地"哎哟"一声，整场比赛她就这么

"哎哟""哎哟"地心痛惊呼不断。替弱者鸣不平已经要把她的嗓子鸣哑了。

　　就是在这次总共被绊倒130多次的杯赛上，马拉多纳终于赢取了东方女球盲柳莺小姐的芳心。柳莺眼睁睁地瞅着他在一扑通一扑通不断被绊倒之际，愣是用一种著名的马拉多纳式的摔倒和跃起，在两次绊倒之间的0.5秒的间隙里，伸出他那长了眼睛的脚指头将皮球准确无误传到"风之子"卡尼吉亚金黄色的头顶，让一枚小球整个儿洞穿了巴西的心脏。柳莺这时就跟场地边上那个穿露脐装、啃手指甲的漂亮巴西女球迷一样眼巴巴地看呆了！待到合计过味儿来以后就是呜呜嗷嗷地大喊大叫，拼命跺脚、拍巴掌。

　　原来这就是足球啊！

　　柳莺感慨。不是感慨足球，而是感慨马拉多纳。一个叫"马拉多纳"的阿根廷小个子，借着"足球"这种游戏给人们演示了什么叫做个人魅力和偶像风范。她就这样喜欢上了足球。不，不是喜欢足球，而是借着"足球"这种体育形式喜欢上了在球场上踢球表演的马拉多纳。她对那些技术战术和打法名称至今一点都闹不懂，但这并不妨碍她继续去喜欢崇拜马拉多纳。只要有马拉多纳在场上来来回回不停地跑动，就够她的眼睛去顾盼追随的了。她就是爱看他在球场上总挨欺负的那个熊样，爱看他受了气也没脾气，一骨碌爬起来再接着跑的犟劲，爱看他摔倒着地时四脚八叉的乌龟样子，爱看他中场启动时突然爆发的狮子般的迅猛和敏捷，爱看他的质感的大腿，他的比手都好使的长脚板，他的毛茸茸的大眼睛，他的西班牙后裔的混血皮肤……

　　爱屋及乌，柳莺爱马拉多纳爱得自己都有点犯迷糊了。从那以后但凡有马拉多纳的球必看，但凡有他的大道小道消息必要寻来一读。偶像个人生活的点点滴滴都被柳莺牢记在心里。马拉多纳枪击记者、马拉多纳吸毒、马拉多纳泡妞、马拉多纳被罚禁赛、马拉多纳拒不认私生子、马拉多纳声言退出足坛、马拉多纳再言告别足坛……马拉多纳真是糙人自有糙心眼儿，要么就是他背后有一个强大的智囊团，致使他像个演艺明星一样聪明不断地故弄种种新闻来爆炒自己，使他自己个儿永远成为世界球坛的主旋律和中心话语。在衷心热爱马拉多纳的女读者女观众女球盲柳莺那里，马拉多纳所有的这些缺点都成了他与众不同的特点，吸引得她越发神不守舍魂不附体崇拜到底。

这究竟是怎么回事儿啊？柳莺在对自己的行为无法进行意义明辨之后，便在私下里去找邵丽交换意见。邵丽那儿正拿一本足球书，从贝利贝肯罗马里奥，到荷兰三剑客意大利铁三角，以及"四三三""五三二"的翻书猛背呢。柳莺挺吃惊，说邵丽你真的这么喜欢足球吗？邵丽一听，小脖一梗说："咳！谁他妈的喜欢这玩意儿！"

柳莺差点没给她这话噎死，瞪大眼睛，十分诧异地上前摸了摸邵丽的额头说："邵丽，邵丽，你怎么了邵丽？是不是有哪儿不舒服？"邵丽一把拨开她的手说："没有没有，我好着呢！还不是为了能跟我们那位有共同语言嘛……"柳莺说："你们就有这样的共同语言啊？"邵丽说："没辙啊，他那边有着一帮子球迷发烧友，我要是不会侃两句，每逢他们一谈起话来我就得待一边晾着。我这一切还不是为了就乎他，哼！"

"哦。"柳莺点头，"可也是。也是。""也是什么？"邵丽反过来追问说："我看你最近也抱着足球杂志一个劲儿看，是不是也成球迷啦？"柳莺说："哪里哪里，我，我，我……我只是喜欢看看马拉多纳。"

邵丽一听："对呀！我也就是喜欢看看个别球星的长相，再看看他们奔跑起来时一颤一颤的肌肉大腿，你说像不像动物世界里的豹在追羚羊？"柳莺兴奋地说："像啊像啊！我也是特喜欢看他们跑动起来的肌肉和大腿，一滚一滚的，太有力度、太健美了！"

邵丽喜获知音，一脸眉飞色舞："哎呀，咱俩可算想到一块儿去了，平时我从来不好意思把这点告诉别人。哎，你说咱们能建议国际足联把球员的服装改成"三点式"，让他们场上多暴露一点吗？"

柳莺"扑哧"乐了，说："想什么呢你？那不成了耍流氓了？"邵丽说："哎，哎，你看你看，这规矩立得可真不公平啊，只许他们看咱们，又是高跟鞋猫步又是比基尼脱衣舞的，咱们就不可以反过来欣赏享受一把他们？你说整个世界这场球到底是怎么个玩法？究竟是谁定的游戏规则？"柳莺说："这……我倒还没想过。只听说秀色可餐，倒还没听说傻大黑粗也可以餐呢。"邵丽说："照你这一说咱们更不知看足球是为了啥了。"

柳莺糊涂了，一时想不明白，也更加判断不清她和邵丽这类女人看足球究竟是纯审美的，还是男神崇拜型的，是女人"寻找"男人的努力呢，还是试图"加入"男性群体的努力。反正不管怎么说吧，也不管他们"足"的究竟是一个什么"球"，总而言之，她是彻底喜欢上踢足球的马拉多纳了，从足球而喜欢上马拉多纳，又从马拉多纳而进入足球。

有谁知道呢，她的最初喜欢上马拉多纳竟是因为怜悯。女性对弱小的怜悯。

也正是从此开始，她知道了在足球场上，诸如给人脚底下使绊儿这类动作可以冠冕堂皇地称之为"铲"。下绊儿正式叫作"铲"。一切歹毒的粗野在足球场上都被赋予了堂而皇之的命名。

眼下，拿着"马拉多纳来啦"报纸往家赶的柳莺早已顾不上想什么了，从热辣辣天空中氧分子流动撞击里她已隐约体味到，一场偶像崇拜的狂欢已经迫在眼前。

北京的灯光球场永远是球迷们吃饱饭以后宣泄滋事的好地方。马拉多纳率领的阿根廷博卡青年队与北京国安队的球赛定于晚八点半开始举行，柳莺按捺不住心里的激动，五点半就扯上杨刚从学院路的家里出发了。这之前的一些天里她天天盯着报纸上的追踪报道看，生怕马拉多纳来北京的这条消息是假的，或者马拉多纳突然间改主意不来了，再或者是派一个假替身来。直到买完球票以后她还是有点惴惴不安。眼见为实，她得赶紧过去先睹为快。被她强拽去的丈夫杨刚的兴致看上去并不像她那么大，虽然杨刚已能将世界级足球明星录倒背如流，但显然并没有对哪一个球星显出发自内心的特殊爱好，无论别人议起哪位时他都能插上去侃几嘴，很滥情。相比之下，柳莺要比他坚贞得多。柳莺从一而终，一旦爱上哪位球星，就一竿子喜欢到底，决不中途有所偏废。

车子不好打，司机一听说去工人体育场，就摇头说不去，今晚儿马拉多纳来，六点钟蓝岛大厦那儿就戒严，车子不让左拐弯。柳莺一听，新鲜，敢情这马拉多纳来一次比国家元首来访问还隆重呢，提前两个半小时就戒严了。好说歹说，才截上了一辆"桑塔纳"。虽然对那几十块钱的车费微微有些心疼，但转念一想，400块钱一张的球票都买了，所有的球迷用具：小喇叭、V字形欢呼胜利的大手、望远镜、矿泉水、小旗帜、脑袋上缠的小布条等两人也一应披挂俱全，哪还在乎再多花一点车费呢！有道是出血越多，爱得越深，记得越牢嘛！

稍稍有点遗憾的是，柳莺上午去球迷专卖店买V字形塑料吹气大手时，把颜色给买错了。她看着货架上一溜赤橙黄绿青蓝紫，选了半天，挑了平素喜欢的红色和蓝色的两个。把大手拿回家，杨刚下班回来一看就叫唤起来："我说你这是想到球场上挨揍是怎么的？"柳莺不解地问："怎么啦？"杨刚说："你怎么能买红色和蓝色的？你这不是成心撩火吗？国安队的吉祥色是绿色的，蓝的是阿根廷队！连这点常识都不懂，还球迷呢你！"柳莺一听，也生气又挺泄气地说："废话你！要不是为看马拉多纳，我大老远去买这破玩意儿？没有马拉多纳跟他们踢，我哪知道什么国安不国安的？"杨刚气得没办法，说："拿着吧拿着吧！藏兜里，把气放掉，别轻易亮出来。"

坐上车，他们先拐到另一个球迷朋友崔巍家借望远镜。崔巍家有一个从俄罗斯买回来的苏联高倍军用望远镜，听说他们要去看球，主动提出要借给他们。崔巍一边把望远镜塞到杨刚手里一边揶揄："我说，烧包，你们！800块钱去看他？！电视里看转播多真切，还特写。"杨刚嘿嘿干笑，说："嘿嘿，都是她穷张罗的，非要来不可。"柳莺嘴里没说话，心里头说，呸！电视里看转播，电视里看那还叫球迷啊？装蒜吧你！另外还有杨刚，也整个儿一"包装"球迷，混事儿的。

才不到六点半钟，工体门前就已经人山人海，看球的人缕缕行行，警察也缕缕行行，花插着凑在一起热闹。小喇叭呜哩哇啦叫，彩带儿满天飞飘，吆喝声叫卖声，很像村子里在赶一次社会主义大集。柳莺吃惊，无限感慨地说："这么多人都来看马拉多纳？真没想到哇！这要是克林顿来了还不定怎样呢。"杨刚说："傻！克林顿来？小克来了也不过就是礼炮二十一响到头了，谁花好几百块去看他，有病是怎么着？""可为啥马拉多纳来了就惹人眼？""马拉多纳？马拉多纳代表的是世界顶尖级足球文化，而克林顿是谁？一国之总统尔。连这点事儿都想不明白还张罗着来看马拉多纳。不好意思，不好意思。"杨刚摇头晃脑。柳莺推搡他一把说："去去，少跟我这儿犯贫。"

俩人说着往前走，走几步，就要被摊主们截住一道，死乞白赖推销他们各自手中的产品。大幅大幅的马拉多纳贴画，马拉多纳蹲着的，马拉多纳站着的，马拉多纳跑着的，马拉多纳搂着两个女儿的。一看就是仓促印出来，套色套得花花绿绿，稀奇古怪。同时还有马拉多纳戒指，马拉多纳球衣，马拉多纳裤衩，马拉多纳球鞋……马拉多纳，马拉多纳！马拉多纳身上究竟有多少个卖点，让商家们炒作得如此忘乎所以？！

柳莺兴奋地在一个个贩子的摊儿前流连，一见到有关马拉多纳的资讯就狂热地收集，不一会儿就划拉了满满一大抱，满脸通红地颠儿颠儿举在杨刚面前显摆：

《北京青年周刊》封面是龇牙咧嘴腆胸叠肚欢笑奔跑着的马拉多纳，穿着蓝白条相间的阿根廷队球衣，左肩上扛着黑底红字和黑底蓝字：*取缔异性按摩之后　抢占中国汽车市场*　右肩上扛着黑底白字：*马拉多纳来了！*

《海内与海外》封面马拉多纳笑着比画着，穿着一身休闲服蹲坐桥头半截树桩上，头顶是蓝天辉映的红色大字：*且看今日中国土皇帝　来了，马拉多纳风暴。*在他的黑色软布面休闲鞋底踩着两行蓝白字：*世界旅游热中的浊流　日太子妃将接受人工授精。*

《为您服务报》头版一整版刊登马拉多纳的报道，身穿蓝色球衣的马拉多纳通栏顶天立地，做目瞪口呆状，胸围上是醒目的紫罗兰色特号字：*球王？烂仔？*　右耳朵边上附有斗大的草绿色导语：*世纪末最后的足球怪物　迭戈·马拉多纳。*

真来劲啊！柳莺的情绪已经完全被调动起来了。有多少个普通老百姓渴望着狂欢宣泄，渴望着把单调沉闷的日子捏出个响来啊！找到个爆炸的借口和由头不容易啊！柳莺此时浑身充满了想投入狂欢洪流、想加入喧声大合唱的急切。她在外头不停地上厕所，连续上完三次后，这才莫名激动地牵着杨刚的手，按票号找到了他们的入场口。兴致勃勃往里头进，把门那位一眼瞅见柳莺手里握着的矿泉水瓶子，大老远就大声嚷嚷："哎哎，不准带水！说你哪，你！还往里走，听见没有你？"说着冷不丁从旁拽了一把柳莺裙子的吊带。

柳莺一愣，本能地往后一躲说："干什么你？！"

把门的半大老头子说："告诉你不许带水听见没有？"

柳莺这时被拽得有些上火，也不由得提高了嗓音说："谁说的？哪儿写着不许带水了？"老头儿甩着一口圆熟的京片子："看球不许带软包装饮料，明白不？"柳莺白眼仁儿朝上翻，说："不明白。"死老头子说："不明白就看看票后边印的说明。"柳莺也来了劲，把票翻转过来举到老头子面前："你自己看，哪儿写了，有吗？"票后边的确是没写。可老头子仍在顽固："嘿！我说你是想怎么着？看过球没有？"杨刚在一旁忙接过来："没看过，没看过，我俩这是头一回。"臭老头子就坡下驴："没看过？没看过就学着点。去，外头把这处理了再进。"

"以后把注意事项写明白点。"杨刚一边小声嘟囔着一边领柳莺退出门来。柳莺鼻子里"哼"了一声，心里边窝着一股无名火。怎么一切还没开始呢就已经变得有点不对味儿了？悻悻地出去，把一大瓶尚未开启的矿泉水扔在一棵树下，空手返回。迎面二道门里穿安检制服的警卫正虎视眈眈。一个脸上抹得油光锃亮的四十来岁女人负责搜查柳莺。女人在柳莺的碎花吊带裙上转圈儿捏了几下，又令她打开蛇皮坤包，将一根电棍样的黑东西粗暴地捅了进去，又用力搅了几搅。柳莺的自尊心一阵痉挛，她勉强咬紧牙关，忍耐着。女人似乎觉得不过瘾，又将弯曲的五指直探进皮包，抓捣了几下，拎出一管儿玫瑰色口红来，拧开，摆弄了摆弄，扔回去。不尽兴，又进去，拎出一盒双色粉饼，打开，凑近鼻子底下闻闻，"啪"地扔回原处，似有些不耐烦。柳莺的忍耐还差一分钟就已到了极限。若是再耽搁一分钟还不放行，她也保不准自己会做出什么样冲动来。

为什么，一沾了球场边，就立即男人粗鲁女人变态了呢？柳莺的体内似乎有一股什么东西在翻卷涌动，抑制不住地想要往外涌溢而出，想喊，想叫，想骂人，想打架，想摆脱一切理性束缚，真真切切用自己的肢体干点什么，干掉点什么。此刻她血管里的血，仿佛已经不受自己中枢神经的控制，而是完全听命于自在，完全被球场辐射出来的"场"所辖服，一个巨大的、解放了的"场"，在辖服所有人的行为，撺掇着人们去与禁锢已久的文明作对。

待到柳莺和杨刚找好座位，在四周围一转圈铁桶似的警察包围中将屁股稳定在橘红色小板凳上时，什么马拉多纳不马拉多纳的，此时已经退隐到他们的思维意识之后去了，无比明晰的，是要自身宣泄的欲望正在周身蒸腾。1996年7月25日夏季傍晚工体上空渐聚起来的人气里，明晃晃浮动着一个巨大的氢弹般的信息：宣泄。渴盼已久的偶像崇拜仪式已经被急切想要自身宣泄的欲望所代替。马拉多纳这时只成为了一个仪式的由头和衬景，一切个人都急欲想亲身表演体验的躁动使球场的白炽灯光摇曳不安。放眼一望，密匝匝的，各看台上都已提前一小时布满了一层层跃跃欲试的微醺激动的人群，从660块钱到80块钱高低起伏不等。低头一瞧，马拉多纳领着他的博卡青年队此刻就在他们的眼皮子底下弯腰劈腿地热身。柳莺赶忙举起她的高倍军用望远镜筒一照，她那紧贴在凸透镜上的妩媚丹凤眼就转告她的心说，别指望了，上帝本来就不应该轻易降临凡间，偶像本来也不是可以拉近了看的。作家只有他写作时才叫个作家，球星也只有他带着球的时候才好看。身上没球时也就跟个自摸不和的相公没多大区别。上停。木着。

在领导讲话电视台采访小姑娘献花等一系列有中国特色的社会主义序幕拉开表演完毕以后，裁判员一声哨响，"嘟儿——"一声，二十来个小人儿开始在场地上跑动。还没等看清谁是谁，"嘟儿——"又一声，阿根廷队进球了。巨大的液晶显示屏上亮出比分：1∶0。

寂静。发愣。大概有那么三五秒钟的沉寂后，看台上开始骚动，混乱，有一些声音响动传出来，不太明晰。然后，气流渐渐碰撞、攒聚，一浪接一浪，唾液的泡沫舔舐到一起，渐渐无比清晰，无比流畅，无比浑浊，无比恶俗，汇成一句话，汇成那一句话：

傻比尔！

柳莺蒙了！傻了！呆了！她反应不过来，对阿根廷队的快速进球反应不过来，对场地上空渐近浮起的那一句话反应不过来。待到那句话又无比热烈，无比欢快、无比生动、无比愉悦众口一词再次响起：傻比尔！傻比尔！柳莺的心跳骤然间停止了，像是突然间被当众扒光了衣服，浑身战栗惊惧着赤裸。怎么回事？这是怎么回事？他们这是在喊，喊……什么？！难道真是在骂，骂……那个吗？！

此刻柳莺比不相信自己的眼睛更不相信自己的耳朵。什么意思？什么意思啊？他们怎么可以这样、这样……说得出口？日常里她也不是没听过粗口，缺知识少修养的人随处可见，甚至就在她所供职的知识分子圈里，甚至就在丈夫杨刚不经意的怒气牢骚里，人类没进化好的那根尾巴骨时时都抖搂出腚后边恶臭操行。她已被迫司空见惯，且不得不麻木不仁。但是，她万万不能相信，此刻，在几万人会聚的公开场合，几万人哪！几万人的粗口汇成一股排山倒海的声浪，用同一种贬损女性性别的语言，叫嚣着，疯狂地挤压过来，压过来，直要把她压塌，压扁。柳莺赧颜，她那颗无端受辱的女性自尊，羞怯地瑟缩着，无处躲，无处藏，不知道怎么办，不知道如何是好。在这突如其来的污损耳膜的脏音里，她的嘴大大张着，呆呆地，渺小无助不知所措地定格。

接下来的足球完全不再是她所期盼的足球，马拉多纳也因着足球的变味儿而失去她心目中的英雄本色。只因为马大爷是上百万美金远道请来的，国安队谁也不敢说轻易给他下绊儿，围他屁股后边绕哄绕哄的，像跟着老师在进行体能训练。马拉多纳的王八式摔倒当然也就无从上演。从660到80块钱的观众都希望物有所值，希望能看到马拉多纳好好当众表演一回射。但是马拉多纳显然是有些兴奋不起来，行动怠惰，草草敷衍，看样子是想尽快把一个回合搞完。力与美的搏击全都隐没于斤斤计较的商业算计之中了。整场九十分钟的比赛里起哄声激将声此起彼伏。脏口，并且是，仅仅是贬损女性的那种脏口如同夏季林子里的蝉鸣，一棵树上的知了起了兴，即刻就有整座林子里的上万只鸟儿跟着群起响应。

柳莺的心悲哀了。她陷入到一种深刻的悲切里，不能说，也不能想，任凭耳膜被一次又一次沉重地污染、毁击，喉咙里却不能够说得出话来。她紧紧并拢双腿，尽量把身体往回缩，往回缩，缩拢到她的那件小小的碎花连衣裙里，以此来躲避和拒斥这可怕的粗俗。在铺天盖地的众声合鸣当中，她不能够表示出自己的不满和反抗。如果表示了，在男人当中她就会是个讨厌的叛逆，在女人当中她也会成为不受欢迎的异族。她看见坐在她前排有两个年轻姑娘，一脸潮红地跟着激动着，也不看球，忙着低头叠纸飞机，还撕了好多碎纸，场上一开始大规模哄骂"傻比尔"，她们就兴奋地站起身来欢蹦乱跳把碎纸乱扬，纸飞机乱抛。柳莺的悲哀，更加彻骨了。

所有的男人和女人都已经把这种语言认同了。这种最不堪入耳的污损女人身体的语言，不断被用来攻击女人也轻贱男人。听上去就仿佛几万人事先预谋排练好了似的。其实他们根本无须事先预谋排练，自古以来他们就已经如此了，自从有了男与女的角色区别那一天起就已经如此了。柳莺的喉头痛苦地嚅动着，憋闷着，嘶哑得有些充血。当又一次辱骂狂潮掀起来的时候，她实在按捺不住了，在她的裙子里站起身来，勇敢地站起身来，张大嘴巴，试图发出一点自己的声音。

可是，没有。当她鼓足勇气，想表示自己的愤怒，想对他们的侮辱进行回击时，却发现这个世界根本就没有供她使用的语言！没有。没有供她捍卫女性自己、发泄自己愤怒的语言。所有的语言都是由他们发明来攻击和侮辱第二性的。所有的语言都被他们垄断了。他们就如此这般地把女性性别恶意贬损刻毒羞辱着，却让女人在愤怒时张口发不出声音。为什么，为什么，这到底是为什么啊？！

柳莺颓然地坐下去，心在猛烈抽搐着，悲哀的无法言说和愤怒的无法排泄让她的喉头痉挛，面部肌肉难看地扭曲。蓦地，她想起一个叫刘恒的作家曾经写的一篇叫"狗日的粮食"的小说。狗日的。"狗日的"可能是她唯一知道的与女性无关的粗语。狗日的粮食。狗日的足球。狗日的国安。狗日的马拉多纳。她在心里默默地说着，但是仍旧张不开口。即便是狗日的，也仍充满对阳具的自恋和褒扬，仍让狗的后腰上的某部位与太阳崇拜发生关联。

柳莺彻底绝望了。在阿根廷队以 2∶1 终场前的又一阵铺天盖地的谩骂狂潮里，她默默咽干了她屈辱的眼泪，在无法言传的哀伤中，闭上眼睛，以一种痛楚的决绝，拼命吹起了胸前的小喇叭。

"呜哇——"

那种尖厉的声音，在众声合鸣之中显得分外纤弱，又分外坚强。她只能用这种纤弱的坚强，把自己娇柔的视听遮盖、掩埋住，把自己无端受损的性别刻意修复。"呜呜哇——"

犀利的长号，吹得竞技场上狂欢停止了，飨宴的饕餮曲终人散。她枯坐那里，还在吹，不停地吹，诉说着她的孤独愤懑。她感到自己的反抗力量正一点点被耗尽，被广大的、虚无的男权铁壁消耗殆尽。在尖厉的号声中她听到自己的嗓音断碎了，皮肤断碎了，裙子断碎了，性别断碎了，一颗优柔善感的心，也最后断碎了。

1996 年 8 月 14 日于北京双秀

厨
房

厨房是一个女人的出发点和停泊地。

　瓷器在厨房里优雅闪亮，它们以各种弯曲的弧度和洁白形状，在傍晚的昏暗中闪出细腻的密纹瓷光。墙砖和地板平展无沿，一些美妙的联想映上去之后，顷刻之间又会反射回眸子的幽深之处，湿漉漉的。细长瓶颈的红葡萄酒和黑加仑纯酿，总是不失时机地把人的嘴唇染得通红黢紫，连呼吸也不连贯了。灶上的圆火苗在灯光下扑扑闪闪，透明瓦蓝，炖肉的香气时时扑溢到下面的铁圈上，"刺啦"一声，香气醇厚飘散，升腾出一屋子的白烟儿。莴笋和水芹菜烹炒过后它们会荡漾出满眼的浅绿，紫米粥和苞谷羹又会时时飘溢出一室的黑紫和金黄……

厨房里色香味俱全的一切，无不在悄声记叙着女人一生的漫长。女人并不知道厨房为何生来就属于阴性。她并没有去想。时候到了，她便像从前她的母亲那样，自然而然走进了厨房里。

这个夏天的傍晚，在一阵骤然而至的雷阵雨的突袭过后，燠热和喧嚣全被随风吸附而走。大地逐渐静止了。城市一枚火红的斜阳正从容地在立交桥上燃烧，一层层散漫的红光悠然飘落而下，照耀着一个在厨房里忙碌的叫作枝子的女人。女人优美的身体的轮廓被夕阳镶上了一层金边，从远处望去，很是有些耀眼。女人利手利脚无比快活地忙碌，还不断在切洗烹炸的间隙，抬头向西窗外暸上一眼。夕阳就仿佛跟她有某种默契，含情脉脉地越过一棵临窗的茂盛玉兰树枝头对她俯首回望。

枝子的目光，也便跟着燃烧在一片红辉之中，润润的，柔柔的。

厨房并不是她自己家里的厨房，而是另一个男人的厨房。女人枝子正处心积虑地，在用她的厨房语言向这个男人表示她的真爱。

一条鳜鱼浑身被横横竖竖切了无数刀后，周身码放好了蒜片、葱丝和姜条，然后被放进锅屉里热气腾腾地蒸着。卷心菜和河藕也油亮亮地沾着水珠儿洗好，与沙拉酱一起错落有致码放在盘子里边等待搅拌。水汽正顺着不锈钢盖子的缝隙慢慢地一点点往上溢起来。枝子停下手，幽幽地喘了一口气，转头偷眼向客厅里望了一眼。透过宽大明亮的钢化玻璃厨门，她看见男人松泽正懒散地踡坐在沙发上，一张报纸遮住了大半个脸。男人的身子、手、脚都长长大大的，T恤的短袖裸露出他筋肉结实的小臂，套在牛仔裤里的两条长腿疏懒地伸着，大腿弯的部分绷得很紧，衬出大腿内侧十分饱满，很有力度——枝子的脸突然莫名其妙地红了，浑身迸过一阵难以自抑的幸福。她赶紧收回自己潮润润的目光，慌慌转回身去放眼观望窗外斜阳。

夕阳巨大的圆轮现在只剩下半个，它正在被树梢和钢筋水泥的建筑物奋力衔住，一口一口激情地往下吞吻。枝子的脸庞转瞬间又被烧红，周身辉映起一阵盲目的幸福。

我爱这个男人。我爱。

枝子在心里这样迷乱地对自己说。在这样说着的时候她的心里充满了羞涩。

枝子是被称作"女强人"的那种已然不惑的女人。爱情到了她这个年纪并不容易那么轻易来临。经过了岁月风尘的磨洗，枝子早年的一颗多愁善感的心，早就像茧子那样硬厚，那样对一切漠然、无动于衷了。多少年过去，一番刻苦的拼搏摔打，早年柔弱、驯顺、缺乏主见、动辄就泪水长流的枝子，如今已经百炼成钢，成为商界里远近闻名的一名新秀。

她这个奇葩，将自己的社会身份和地位向上茂盛地苗苗固定之后，却偏偏不愿在那块烂泥塘里长了，一心一意想要躲回温室里，想要回被她当初毅然决然抛弃割舍在身后的家。

不知为什么，就是想回到厨房，回到家。

事业成功后的女人，在一个个孤夜难眠的时刻，真是不由自主地常要想家，怀念那个遥远的家中厨房，厨房里一团橘黄色的温暖灯光。

家中的厨房，绝不会像她如今在外面的酒桌应酬那样累，那样虚伪，那样食不甘味。家里的饭桌上没有算计，没有强颜欢笑，没有尔虞我诈，没有或明或暗、防不掉也躲不开的性骚扰和准性骚扰，更没有讨厌的卡拉OK在耳朵边上聒噪，将人的胃口和视听都野蛮地割据强奸。家里的厨房，宁静而温馨。每到黄昏时分，厨房里就会有很大的不锈钢精锅咕嘟咕嘟冒出热气，然后是贴心贴肉的一家人聚拢在一起埋头大快朵颐。

能够与亲人围坐吃上一口家里的饭，多么好！那才是彻底地放松和休息。可她年轻气盛的时候哪懂这些？离异而走的日子，她却只有一个简单的念头：她受够了！实在是受够了！她受够了简单乏味的婚姻生活。她受够了家里毫无新意的厨房。她受够了厨房里的一切摆设。那些锅碗瓢盆油盐酱醋全都让她咬牙切齿地憎恨。正是厨房里这些日复一日的无聊琐碎磨灭了她的灵性，耗损了她的才情，让她一个名牌大学毕业的女才子身手不得施展。她走。她得走。说什么她也得走。她绝不甘心做一辈子的灶下婢。无论如何她得冲出家门，她得向那冥想当中的新生活奔跑。

果真她义无反顾，抛雏别夫，逃离围城，走了。

现在她却偏偏又回来了。回来得又是这么主动，这样心甘情愿，这样急躁冒失，毫无顾虑，挺身便进了一个男人的厨房里。

真的叫人匪夷所思。

假如不是当初的出走，那么她还会有今天的想要回来吗？

她并没有想。

此时她只是很想回到厨房。回到一个与人共享的厨房。她是曾经有过婚姻生活，曾经爱和被爱过的人，比较明了单身和已婚的截然不同。一个人的家不能算家，一个人的厨房也不能叫作厨房。爱上一个人，组成一个家，共同拥有一个厨房，这就是她目前的心愿。她愿意一天无数次地悠闲地待在自家的厨房里头，摸摸这，碰碰那，无所事事，随意将厨房里的小摆设碰得叮当乱响。她还愿意将做一顿饭的时间无限地延长，每天要去菜市场挑选最时鲜的蔬菜，回来再将它们的每一片叶子和茎秆儿都认真地洗择。做每一顿饭之前她都要参照书上的说法，不厌其烦地考虑如何将饭菜营养搭配。慢慢料理这些的时候，她的心情定会像水一样沉稳，绝对不会再以为这是在空耗生命和时间。纤纤素手被洗菜水浸泡得指尖红肿、关节粗大，她也不会再牢骚埋怨。她希望她的心情就那样像水一样，温吞，空泛，温吞、空泛地在厨房里消磨时光，什么外面争斗的事情都不去想。她愿意看见有一两个食客，当然是丈夫和孩子吃着她亲手烧的好菜，连好吃都顾不上说，只顾低头吃得满嘴流油，脑满肠肥。

脑满肠肥？一想到这个词，枝子就不由得偷偷地笑了。

她真的是不想再在外面应酬做事，整天神经绷紧，跟来来往往形形色色的人虚与委蛇。不知为什么，她有些厌倦人。名利场上各色各样的人：卑鄙的、龌龊的、猥琐的、工于心计的、趋利务实的人……看都看得她眼花了。整天与人打交道也快把她的神经折磨垮。她想反身逃逸，逃到没有人的地方去。而厨房就是她最后的避难之所。

厨房对她来说从来没像现在这样亲切过。她从来没有像今天这样对厨房充满了深情。

炉上的不锈钢精锅冒出袅袅热气。枝子的想象也随之袅袅。太阳就在她缥缈的想象里一点一点落到树梢下面去，落到她想象的尽头。那个长胳臂长腿的男人松泽看完了报纸，起身伸了一个懒腰，慢慢腾腾挪到厨房里来，再次问枝子需不需要帮什么忙。枝子听到男人满怀关切的问候，赶忙满心欢喜的连连说："不用，不用"。今天是这个男人松泽的生日，她想独立完成整个操作，让他尽情品尝一番她的烹饪手艺。

她为什么要主动向这个男人献艺？献艺完了又将会是什么呢？枝子不愿意想，不情愿这样残酷地拷问自己。她愿意在心里给自己的自尊留有一点余地。该是什么就是什么。枝子在心里说。枝子只希望能是她所想要达到的那个。此时她真是觉着自己对这个男人有些过分俯就，甚至有些低三下四。因为照她素常里的做人态度，以一个商界女星的身份来说，对她前呼后拥献殷勤的男人总是数不胜数。而她的鼻孔总是抬得很高，并且，暗中加着千倍的小心，很怕落入某些勾引利用的圈套。如今却这样巴巴地主动送上门来，可真是有些不好对自己的心解释了呢！

管它呢。随它去吧！反正来也是来了，还费力解释它干什么？

拖着长头发的高个儿男人松泽扎煞着两只手，在枝子身边围前围后转了两转，明白自己也实在帮不上什么。看来枝子对于今天的下厨是有过精心准备的，知道他这个单身汉的厨房里可能会七七八八的不全，所有的素菜、荤菜备料都由她亲自从外面带来。连烧菜用的油和醋等作料，也全被她准备到了。甚至枝子还带来了围裙，柔软的白细棉布套头裙，腰间勒一根细带子，自上而下洒下一捧捧勿忘我小碎花。绵软的白裙贴在她身上，正好勾勒出枝子腰条的纤细。枝子的头发本来可以戴上与围裙配套的棉布帽，以免熏进油烟味儿。但她想了想，还是将帽子舍弃，将头发挽了几挽，然后向上用一枚鱼形的发卡松松一别，这样，她乌黑发亮的秀发就尽显在男人松泽的视野。

松泽盯着这个体态窈窕的女人，心里怦怦怦乱动了几动。当然，他是艺术家。艺术家面对美没有不动心的。他和她一直都算得上是很亲密的朋友，亲密的最初原因是枝子出资帮他举办个人画展的成功。从合作的愉快到亲密友好地交往，两人的关系大致上就是走的这样一个过程。但是，再友好，他也不敢说是劳动她的大驾来给自己庆贺什么生日，尤其是没想到她还要亲自下厨。这该是出乎意外且又让他承受不起的情分。

能有一个漂亮女人主动来家里给自己过生日，真是一个求之不得的美事情。男人一方面惴惴，觉得女人枝子给他的面子太大了；另一方面又稍嫌累赘，觉得整夜晚在自己家里吃上一顿饭，太缺乏新意。艺术家，总是爱好推陈出新。就在枝子下厨期间，就有三四个女孩子的电话打来，邀他出去派对。

他不得不柔声细语轻声回绝。与待在家里传统地吃生日饭相比，当然 OK 包间或派对沙龙里搂搂抱抱的扭捏抚摸更能激发创造力。但若从长远的角度看，比起跟那些小女崇拜者玩玩白相，跟女老板的关系处理好对他将来的用途更大一些。男人在考虑问题时，往往从最实利的目的想。所以他决定还是死心塌地，留在家里与女老板亲近感情。

这样心里边一踏实下来，男人也就专注移情于厨房中的枝子身上，渐渐从忙而不乱的枝子身姿当中体味到另一种情致。枝子的动作，熟练而静美，如一朵栀子花儿开放在氤氲的厨房香气中。植物烹炒的香气中夹杂的成熟女人的体香，熏得男人松泽有些想入非非。在不知道该从哪儿下嘴的情况下，他便懒散地一条腿以另一条腿为重心，倚在厨房门框上，一边静待时机，一边向忙碌的枝子身上乱抛多情的眼神。

枝子意识到了男人的注视，略微有些慌乱，不等春风吹绽，便先兀自欢颜，面若桃花，有些气短。她一面竖起耳根，悉心倾听男人粗长的呼吸，一面竭力命令自己镇定，尽量掩饰住狂乱心跳，将身体动作恢复成正常。她所期望的，不就是这个男人的这样一种目光吗？如今已经等到了，那么她还紧张什么？这么想着，她手里切菜的动作就有了几分表演性质。

厨房不大，容不得两人同时在里面转身，只要一动，就势必会发生身体上某些部位的接触。所以他们就在各自位置站着，口里还要间或说上几句哼哼哈哈应酬话，身体里却不免都暗暗生出几分紧张。主要是男主人还没有拿捏得好女老板的意图。松泽虽说已是风情老手，但在从来都很端庄的枝子面前，毕竟也是不敢造次，不知道她想要他做什么，要他做到什么程度。他还时时没有忘记她是投资人。所以他只是听之任之，一边散漫无际地调着情，一边还要暂时做出温文尔雅。这种孤男寡女同一屋檐独处的情境，终归还是需要有一些半真半假调情意调的。不然，艺术家就显得太不艺术，太寡淡无味了些。

而女人枝子也还没想好该如何开始。她也很希望能有一些情调，并且，最好由这情调本身给她一个循序渐进、顺理成章、水到渠成过程。她倒是很希望示爱能由松泽一方主动开始。可一旦他真的主动了，说不定她反而会变得厌恶他，拒斥他。见他站在原地兀自不动，她不禁有些既希望又失望的心理。她看上他，经营他，是看中他的画风里的野气和灵活。后来单相思瞄上他，也是因为在相处过程里发现他已将这野气和灵活全然融合、发挥殆尽，在各种场合都圆熟，灵动，洒脱，很符合她眼里真正艺术家的气质。她以为四周围到处都是被文明过分文明化了的衰人，他的画里未曾泯灭的人类远古的粗犷之气，还有与神明相通的灵性。而这一切，正是她内心所深深需要的。

在女老板的得力赞助经营下，松泽果然就大获成功且声名远扬。而她则以画推人，认为理所当然人如其画，画如其人。她便因此而爱上了自己的经营品。

两个身体持久的紧张让他们都有些承受不住。枝子在男人松泽的目光里已经汗流浃背。假如还没有进一步的动作，却还要这样无谓地僵持下去，枝子的细腰简直就要绷断了。她不停地用眼角余光扫射着身旁男人，脸蛋儿烧得厉害，肢体以一种柔和的弧度微微向他倾斜过去，那种身段中分明表示着一丝丝鼓励、期盼和犹豫不决。男人在承受温软的肉体倾斜过来的弯度同时也同样是犹疑不定、优柔寡断。他的身体不易察觉地晃了两晃，终于什么也没有能够做得出来。

就这样又沉默了一会儿，枝子的手指在水盆里游动时漫不经心地挑起"哗哗"的水声，听起来略微显出了一点烦躁。过分的紧张和犹疑终于把松泽自己调情的兴致破坏了，松泽说了一句："我去布置餐桌"，借机急忙把自己从厨房打发开。

枝子的身体这才有空隙松弛下来。她抬起胳膊肘悄悄抹了一把头上的细汗。松泽到厅里叮哩当啷地去拿碗筷、摆酒，布置餐桌。餐桌就由一个矮脚茶几临时串演。画家的客厅里一切当然都不正规，几个绣着花儿的软垫子散乱地扔在手工绘绣的波斯地毯上，床铺比正常人的矮去半截，只由一层席梦思垫子铺在地上充当。靠墙的一圈转角水牛皮沙发无比宽大，舒适，倒仿佛画家的一切日常活动都要依靠在沙发里展开似的。

松泽把枝子买来的油蜜蜜的生日蛋糕摆在桌子中央。巧克力奶油在灯下沁出浓浓的甜色，样子极其诱人。松泽盯着蛋糕上的奶油想了几想，终究也没想出个子午卯酉来。到现在为止他的另一股情绪并没有得到完全的调动，行动中仍旧有一些惯常与枝子交往时候的应酬色彩。"另一股情绪"当然就是他每每见到来为他献身的崇拜艺术的女孩子时的，那种身体内部的骤然启动，那种非要把一个回合进行到底时的狂乱和野性。说来也怪，他这样野气狂生的时候，竟然没有一次是不得逞的。

可现在他的身体里却分明缺乏这种感觉。怎么回事？这究竟是怎么回子事呢？松泽暗暗为自己的身体担忧。他并不明了，一旦有了身份和功利的意念，一切就都不好玩了，连一点点肉体的冲动都不容易发生。松泽坐下来开启酒瓶，同时也散漫地回眼向厨房打量了一眼。玻璃厨门内的枝子似乎也已料到自己的身影会牵动男人的目光，于是，弯腰投臂的动作都尽力跟他欣赏的趣味相暗合，不慌不忙，舒缓有致。光与影当中枝子的柔媚影像，正跟厨房的轮廓形成一个妥帖的默契。那一道剪影仿佛是在说：我跟这个厨房是多么鱼水交融啊！厨房因了我这样一个女人才变得生动起来啊！

而松泽眼睛里却始终是莫衷一是的虚无。

太阳这时已经完全落下去了。晚霞收起她最后一轮艳丽，渐渐沉没于幽暗之中。夜的幕布开启，一切的人与物转眼之间变得朦胧。灶台上的累累成果现在被移到了餐桌上，香气淋漓，色泽也炫目。紧张和等待了大半晌的松泽这会儿真感到体能被消耗得够呛，确实需要补充营养了。可饥饿之后见到琳琅满目的这么一大桌子，却又有了几分惴惴和惶惶，越发不知嘴从哪里下比较合适。抬眼再望枝子，枝子这会儿已经面目一新地端坐在他对面，脉脉含情地抬头凝望他。忙完了厨房里活计的枝子没忘了到卫生间里隆重地整修了一下自己。她在眼圈周围细心加过了眼影，这样眼中就越发布满深情。唇线也用唇笔淡描素抹而过。腮影要不要打上橘红呢？枝子思忖了一下，最后决定放弃。等到进入接吻的实质性阶段时，满腮满脸地厮磨，粉影多了容易弄成一团花脸。

脸部修饰完毕，然后枝子又从手提袋里拿出一套真丝晚装，换下了身上一进门来时穿的果绿色白领丽人套服。套服太呆板，僵硬，笨手笨脚，不太使人容易介入，而丝绸可就相对质感，也简洁轻快得多了。这些都是为今晚的爱情特地准备的。虽然烦琐，但在她满心都是甜蜜憧憬之时，也并不觉得有什么费周折。

再从房里出来时，枝子就已经是黑色真丝长裙飘逸，身体上最值得称赞的部位——修长的脖颈和光洁的臂膊全都从领口和袖口裸露出来，它们在灯下泛起象牙色的皮肤光泽。而没有裸露出来的部位正包裹在真丝绸的内部炫耀着它们的初始神秘，诱惑着艺术家修长的手指去一点一点开启。

松泽再怎么上不来情绪，也还是不免为枝子的这一身装扮眼皮跳了几跳。饱览美，而后再将其饱尝，本来就是他作为画家的特长。这时的松泽他赶忙表示惊艳，表情夸张地一手扶杯，一手将握着倒酒的瓶子停在半空，眼含赞许地盯住枝子，仿佛喃喃自语地说："唔，我的上帝！真漂亮，你真漂亮！"

枝子有些激动，又不好意思流露，只很含蓄地说："谢谢。"说完便用眼光四下里斜了一下，思忖着自己该落座哪儿。松泽正很舒服地陷落在沙发里，把住了桌子的一方。枝子此刻也很想陷到沙发里去坐，跟松泽并排紧挨着……那样就比较方便多了。枝子脸一红，暗中瞬时一转念：可那样是不显得自己过分主动了呢？她又把眼光偷偷瞟向松泽。可恨松泽那家伙此时并不给她一个在身边坐下的台阶，他若是能拍拍身边的席位，再半开玩笑半正经地说上一句："此处正虚席以待。"那么她也就顺水推舟地坐下来了。可现在他除了假装惊艳，别的一点表示都不呈现。害得她只好溜溜地错过他的身边，绕到对面去，隔着一张桌子，带着好大的失望装出款款落座。毕竟，在一切没正式开始之前，她不愿意将身份失得太轻率。

红葡萄酒在高脚杯子里幽幽地泛情。顶灯、壁灯、落地灯都被男主人一盏一盏地熄掉，只留下烛台上几支红红的蜡烛闪烁灼灼。隐藏进棚顶四角的音箱放送出柔柔地软歌。那是一种从鼻腔送出来的哼唱，绵绵无骨的含在一管萨克斯里头。枝子姿态软软地给松泽一小块一小块切了生日蛋糕，将带有粉红色玫瑰花的那块儿送进了他的碟子，而自己只留一枚嫩绿色的奶油叶子。祝福的话语一说就落入了俗套，远没有喝酒更能展示出新意。枝子和松泽俩人就频频地碰杯，你一杯，我一杯，你再敬我一杯，我再还你一杯。看架势好像都要成心地把自己灌醉。

其实枝子才没想把自己灌醉，她只想借酒壮胆，把自己灌出几分将过程进行到底的勇气来。松泽暂时还没有想到那么多，他一边不辜负枝子的手艺，大快朵颐，一边还要腾出嘴，抽空把枝子的手艺表扬。那些称赞的话语落到枝子的耳垂儿上便款款粘住不下，湿乎乎的受用动听。而枝子手中的筷子却难得一动。一来是厨师从来就吃不下经自己手做出的美味佳肴，二来嘛，枝子的心思也完全不在这上头。枝子的眼睛在酒的滋润下，酒汪汪，直勾勾地，几乎是目不转睛地盯着对面的松泽，直勾勾地瞧着他咀嚼时腮帮肌肉的漂亮滚动，看着他对女人说赞美话的时候口吐莲花，满头的艺术家长发一甩一甩的，还有他四十多岁男人刮得铁青的富含魅力的下巴，枝子真是看得又怜又爱，脸蛋儿烧得要起火，连眼珠儿都嗞啦嗞啦地要冒出火星子来。

这个时候的枝子就有些恨，有些爱，有些无奈，有些牙根儿发痒。她就只好又恨又无奈地猛往自己嗓子眼里灌酒。她不知道松泽对她是怎么感觉的，反正，是直到了这会儿他还没有动作。她想他至少应该是提议跳舞，或者是提议做点别的，发挥出这种场合他惯用的技巧和手段，找个恰当的方式，让亲密和爱意的身体接触有个自然而然的过渡和衔接，而不要显得太雄起和突兀。总不能就这样整个晚上待在一个位置彬彬有礼固定坐着吧？可他为什么不提议呢？难道这还要让我一个女人家来提议吗？

他还要让我怎么样呢？枝子想。该做的我都做了，我再也越不过我这个年纪的矜持和自尊。她想自己无法保持长久期待状态，得不到满足的期待是持续不下去的。

枝子就越发独饮自斟，把自己喝得眼神和身态都酒汪汪的。

松泽没边没沿摇头晃脑夸赞了半天，稍一停顿下来时，才发觉耳朵里却只听见自己的话音，对面枝子连一点回声都没有。他赶忙伸手去给枝子斟酒，借这工夫用心往她脸上觑了一眼。却见枝子那里，正在拼命用她的眼神织网。枝子的眼神都快要不行了，温软黏稠，密密匝匝来来回回缠绕在他身上，直把他锁困在情意里头，只要他一挨上，就休想再挣得脱。松泽的心一软，身体一晃，酒就有点对不准杯子口，"哆"的一下，一大半都洒到了酒杯外头。

枝子端起顺着杯沿儿滴的酒，摇摇晃晃起身，说："来，我们为今夜晚干杯。"

松泽说："好，为今晚干杯。"

没等松泽的杯子递过去，枝子的杯子却直伸过来，摇摇欲坠地往他的酒杯上碰。但却因为目标不准，杯子直探向他的怀中而来。松泽下意识伸手一搪，"噗"，一杯酒碰洒，全洒在他的 T 恤和裤子上。

枝子慌忙说声"对不起，对不起"，松泽说"没关系，没关系"，说完回身要找东西去擦。枝子忙说"我来，我来"，说着就晃晃地伸手把他拦住，又晃晃地起身，慢慢趸到厨房里，找来抹布和纸巾，欲替他擦拭身上的酒滴。她从厨房径直过到他的身旁，倚在沙发上，不等他客气拒绝，曲下身，半蹲半跪倚下去，伸手替他在裤子上擦。他就姿势艰难地蜷在沙发上承受着。她现在已经跟他靠得这样近了，她的头发已经刮着了他的下巴，他们的身体也几乎完全要贴上，她已经闻到了他身上的体香和酒香。她这时在半晕半醒的脑子里划过一瞬间的迟疑和恍惚：要不要就势投到他的怀里去？

但是就在她这样稍一迟疑的时候，那个可以自然而然投怀送抱的两秒钟已倏忽而过。过了这个时间差，再想要投入进去就显得生硬，扭曲，动作之间的衔接就不紧密、不准确。

恋爱真是不可以用脑子的，只听凭本能去行动就行了。她想。恋爱的时候脑子真是多余啊。她想。她这样想着的时候心里边说不出有多么的沮丧，沮丧得简直就要流出眼泪来了。

还好，就在这当口，一双热乎乎的大手终于伸了出来，温情地顺势将她揽了过去。再不将她揽过去，可就真有些说不过去了。松泽想。松泽就这样做了一个顺水人情，顺势揽过了枝子的腰，让她靠在他身上。枝子听到了男人有力的心跳。她将头紧紧贴在他前胸上，闭着眼，两行委屈的泪水顺着眼缝悄悄流出了一点，但她没有顾得上去擦。她的身子这会儿全软了，软得一塌糊涂，什么也动不了。直到这会儿她被男人搂进怀里，这才觉得所有的骨头立刻都酥化，所有的矜持的铠甲也都立即崩塌。这会儿她想，她只想，我爱这个男人，我爱。跟我爱的男人在一起，这就行了。行了。

男人搂着一个没有骨头的酥软肉体，自身也不免迅速膨胀，酒和本能混杂在一块儿，热辣辣地开始发酵启动。他用力抬起紧贴在他胸口的脸，急速地将嘴唇凑了上去。她那滑得像缎子一样的皮肤，嘴唇在哪儿也站不住脚。他忽然觉得有点咸，稍稍睁眼，推开了一点一看，女人流泪了。泪水顺着鼻梁两侧往下流。他忽然受了莫名的感动，重新将嘴唇贴上去，从眼睛一点一点地往下滑，先是吃干了她的泪，然后将吻落实到她的嘴唇。开始她还有几分矜持，昏昏之中还知道把嘴唇结成一条线，不给他以进去的机会。男人见状手段更加老道，一边吻着，托在她后背上的手还在不停地抚摸，一直抚到她在他手掌里马上就要瘫成一汪水。男人见火候已到，这才缓缓将她抱到沙发上，伸出满是触角的舌头，用力触探上去。果然，女人一双滚烫的红唇，立刻蚌一样张开，她不假思索，一口贪婪吸住了他的舌头。

　　男人立刻就被火辣辣地舔了进去，任凭怎样也抽脱不出来。这时他才晓得了她这一吸的厉害，不是温热，不是柔软，而是一股狠劲，一股不要命的劲，真是恨不能把他的整个生命都吸吮下去，恨不能立即吊在他这棵树上摇晃死。男人领受不住，慌忙将身体稍微挪开，用力摇动出舌头，只剩舌尖在她的口里到处触碰，毛茸茸撩拨，却不敢在一处固定，不再敢让她有踏实吸附的感觉。

　　这样在肉体上用力调度她的同时，男人脑子里还在先惊后怕地想，不得了，真不得了，这个女人，不要命的女人，简直要把我玩死了。松泽他曾跟无数个女人玩过这种把戏，十分知道吻与吻之间的区别，些微的差异都逃不过他舌尖上敏锐的触觉。好玩好散的那些女人真是没有这个样子接吻的。她们吻得非常轻飘，愉悦，吻得蜻蜓点水，心猿意马，风过水面打个呼哨就走了，接吻通常都是向床上靠拢的过门儿小调。她们哪能像现在这个女人一样玩得沉重，死命，执意，奋不顾身，吊在他的舌头上，拼命想把他抓牢贴紧，生怕他跑掉了一般。他忽然间心中一动：莫非她是很认真，真的是跟他动了真情？她今天的表现，好像有点不大对劲啊！她为他所做的一切，她的所有厨房语言，好像都在向他示意：她愿意做他这个厨房的女主人，她是做他这个房间女主人的最好人选……

一意识到这里，男人火烧着的身体忽然就打了一个激灵，热度瞬间就冷了下来。原来女人是认真了。这会儿他忽然明白了女人今天不是来玩的，女人今天是来认真的。女人今天来的目的性非常明确。她想要的是结果。她可不光光玩的是情调，而是想要一个实实在在的结果。从她的接吻态势上他已经就品味出来了。她的那些厨房用语的艰苦卓绝，无不在表明一个实实在在真的心迹，直到这会儿他才把她破译开来。

男人突然间感到懊丧。男人的这份懊丧一下子就灌满了他自己的周身，让他刚刚膨胀起来的身体很快就软化了。真不好玩。实在是不好玩。他能领受假意，却要拒绝真情。他不愿意有负担。在这个人人都趋功近利的时代，谁还想着给自己上套，给自己找负担？尤其是对于他一个艺术家来说，更不愿有任何形式的羁绊。家庭责任也好，社会义务也罢，能躲的就躲，能逃的就逃，能推托的就推托。他松泽卖画的税单，都是被逼无奈被税务部门找上门来才交的。他难道还会在他事业最火爆的时候，去选择接受她，会把一个女人当老婆娶到屋子里来养吗？那样的话他的自由和无羁还怎么体现？

谁说女人只是情感动物，比男人缺乏理性呢？女人一旦目的起来，比男人一点也不傻，也不逊色。关键是她选错了人，挑错了对象。艺术家松泽他一点都不想有什么负担，一点都不想去对别人负责。白玩可以，动真格的却不行。她想依赖上他。可他偏偏不是个愿意被依赖上的人。他不愿意有负担。男人跟女人的想法不一样，从根本上就不一样。若说假意嘛，他可是随便乱施得多了，还挺自在安全挺幸福的；若论真情的话，他画家松泽除了对他自己，对他自己的名和利以外，就再也没对谁真情过。他不怕玩，他就怕认真。以假对假地玩，玩得心情愉快，彼此没有负担，同时毫无顾忌。以真对假地玩，那就没法子玩了。以真对真就更不能玩了。

但是他又不能猝然把这一场游戏结束，装作冷冰冰地拒绝。得罪一位对他有用的女出资人，怎么说也划不来。况且他一贯以怜香惜玉著称，在一位风姿绰约的女人面前也不能显得太缺乏风度。再说，跟一个漂亮女人做一场稍微有一点危险的游戏，有什么不好？在悬崖边上玩，才会玩得过瘾，比平常有刺激。再怎么说，他也不至于被她强奸成婚吧？

等到漫长的拥吻过去，女人感到心力衰竭，停止吸吮睁开眼睛时，见男人却口里嗞着她的双唇在注视她。两个人的脸离得这样近，以至于一瞬间都在彼此的眼里变形。女人感到不好意思，急急避开他的打量，低下头，将脸埋在他的胸里。男人就像理顺一个小狗一样抚摸揉搓着她的后背和头发。她也就顺势连人带衣服蜷进他的怀里做小狗依人状。她闭上眼睛，默默享受着吻后余韵，觉得这心情总算有了着落，爱情也有了着落。对女人枝子来说，能够进行到这一步是多么的不容易，不容易啊！她却哪里有暇猜想，这样的逢场作戏，男人松泽他究竟经历了多少。作为一个男性艺术家，他跟周围那些崇拜他的女人滥情滥得，简直都快要滥不起来了。

沉浸在自己一厢情愿爱情中的女人枝子并没心思去猜想这些。沉浸在不惑爱情中的女人可真是了不得。女人热情似火，稍微给她一点暗示就可以扑上来，又啃又咬，真正像只发情的猫。男人沉着应付，以手指的圆熟技巧来对抗她的目的性，饶有兴味地应付着这场追逐。一旦明晓了女人的目的性，男人的身体立即褪了激情，但他的另一份兴致却被点燃起来。现在他虽然置身其中，但却又像抽身其外一样观看着一场情戏的上演，有点像一个把持全局的导演在陪练一个女演员。他已将她的真情当作了好玩的事情。他还很有兴致再看一看，再陪练陪练。他发现自已倒也是很能进入角色嘛！

男人松泽暗中就很有些为自已得意。

而女人千娇百媚，女人此刻正沦陷在激情里不能自拔。女人的脸蛋已经燃出了大火，非要把他和她自已焚成灰烬不可。女人将红葡萄酒跟他一口一口嘴对着嘴含喝。女人偎在他的怀里，将紫红的蛇果拦腰横切，又在每一半边上都细细刻出锯齿形的牙边，然后两人像小老鼠般将锯齿牙边一点一点地啃啮，咬到最后就是嘴唇跟嘴唇的会合，两片肉体贴在一起狂吻热舔。女人的一切小把戏松泽都来者不拒，含情承受。但是他从不主动往下探索，他的手只是隔着衣服揉捏着她的乳房，然后再摩挲在她的细腰上，尽情挑逗撩拨，接着他就停滞不前，决不打探她那开叉很高的稠裙里面的内容，就仿佛他是真正的谦谦君子似的。

这样女人就不知是什么意思。她把自已频频地发动却得不到最终结果，女人简直都快要对自己失去最后的信心。难道是自已的魅力不够吗？女人在焦灼之中困乏地想，只要他一暗示，一有要求，她就会给他的，毫无保留地全部给他。她太想对这场爱情有一个切切实实的体认，太想要一个他和她定情的深入纪念。但是男人却偏偏就不予以满足，让她更百倍地煎熬和难受。情急之中她就更主动，更狂烈，更以丝绸的质感攀附缠绕在他身上，让他动作松懈不得。他也就紧紧用嘴唇将她的唇吻咬住，手掌忙不迭地将她身姿把玩戏要，极其愉快地观察着她表情的每一点变化，就像一个衔笛起舞的印度耍蛇者。

这样玩着闹着，几个大起大落下去，不知不觉，夜已经深了。当女人又一次滚倒在他的怀中，沉醉于他中音共鸣区的声情并茂时，却听得他咬着她的耳垂，以一种湿漉漉的舌音在耳边叮咛："嗳嗳，你看，已经两点钟了。我该送你回去了。"

女人一愣，像没听清似的，手臂从他脖子上掉下来，呆呆地仰起脸来看着他，两只盈满秋水的大眼睛里露出迷茫。回去？什么回去？为什么要回去？他这是什么意思？是在下逐客令吗？

女人的思绪半天没有回过神儿来。她的自尊与自信受了格外的打击。这是怎么回子事？难道这个样子就算，完了？他这个态度表明的是什么？

可是她能说不走吗？她能说主动要求留下来过夜吗？那样她成什么了？

男人却根本不顾女人情绪的空顿，不由分说，起身离开她去衣橱里取外衣。男人的这一动作果断，坚决，不容置疑，不容商量，仿佛在用他的形体语言在提示她：他并无意于接纳她。他已经玩够了，不想再继续玩下去。他对她已经够负责的了，耐心陪了她一个晚上，且还让她囫囵的样子，并没有说对她始乱终弃或者多做别的什么。

女人看着眼前的一切，巨大的失落和自尊，让她的胸脯急遽起伏着，面部表情剧烈扭曲，半句话竟也说不出来。但也就是那么简单的一刹那，她就立刻止住痉挛着的眼底肌肉，突然变得满脸盈笑，用手指撩了撩额前的长发，装作满不在乎的样子，极其大度极其平静地说："好吧，我先来帮你收拾一下碗筷。"说话的语调，就仿佛她已是情场老手，对于这样的逢场作戏已经司空见惯，仿佛她真的纯粹是为给他过这个生日，为他做一顿生日晚餐而来。并且她还要做得善始善终。

不等男人阻拦，女人便大幅度地行动起来。她的动作幅度很大，有些不正常地难以自抑地夸张，大声问这个东西该放哪儿，那个碟子该放哪儿。她手脚麻利地将所有的东西都归拢好。然后又进卫生间补了补脸上被接吻弄乱的晚妆。接着她表情平静地出来，顺手拎起厨房地上的垃圾袋，对着厨房门口那个看得有些发怔的男人平静地说："走吧。"

树叶在夜风中哗哗响着，冷露提醒给人以无法遮掩的幽凉。枝子不由得在风里打了一个寒战。男人讨好地上来，又殷勤地搂了搂她的肩膀。枝子不说话，任他殷勤着，浑身木木的，一点感觉都没有。进了车里，男人和她并排坐在后座上，车子一开动，他便无限温存地伸过手，将她搂靠在他的臂膊中。枝子不拒绝，也不回应，仍旧是麻木的，任他这样毫无意义地搂着。此时她才觉得一切都变得毫无意义。

车子悄无声息地在暗夜里滑行，滑得轻飘而又滞重。偶尔能见前面的车尾灯划出几抹窒息人的暗红。夜是干燥的。夜根本就没有潮声。她想。到了小区的楼门口，女人下车，男人也跟下来，假意跟她拥抱握别。握别完了，男人又反身低头钻进出租车，跟着车子往来时的路上走。女人目送着载着他的红色皇冠在夜幕中一点一点远去。毕竟，他还不是个坏人。她这样想。她愿意尽量往好的方面想。毕竟他还是有责任感的。哪怕这责任感只是在他最后护送她回家的这短短的一程。短短一程中的呵护和温暖，也足够她凭吊一生。

夜风猛劲地从楼门口吹了过来。女人的头发又乱了，几丝长发贴到脸上来，遮住了她的双眼。她抬手将发梢掠向脑后，无意间手指触到了脸上潮乎乎的东西。她转回身，扭亮的楼道里的廊灯，准备快速上搂。刚一抬脚，一大包东西碰着了她的腿。她低头一看，原来是厨房里的那一袋垃圾。直到现在她还把它紧紧地提在手里。

眼泪，这时才顺着她的腮帮，无比汹涌地流了下来。

1997 年 5 月 26 日于北京双秀

午夜广场最后的探戈

1

　　广场上的地灯惨白，贼亮，是那种一排四个灯头的钨碘灯，在离地一尺左右的高度，从草丛中探出头来，与地面成 30 度角，分别从几个不同方向昂头向上探照。灯光准确地捉住了她不停旋转的两条白腿——那两条腿，除了明晃晃的白，也说不出太多的什么来，勉强可以说得上是纤细，匀称。

当然，还比较长。超过了北京女人通常的腿长高度。贴在大腿根儿部位吊着的几缕碎布，随着身体的摆动起伏荡漾，仿佛多年老店打出的陈酿幌子。那却是一条时兴的劲爆天鹅裙，超短，飘逸，人一转起来，裙子下摆"沙啦""沙啦"绽开，一闪，一闪，闪出了两条修长的白腿；又一闪，一闪，闪出了里边平角螺纹镶有蕾丝花边的真丝底裤。一条猩红色的真丝底裤。不是火红、殷红，也不是橘红，是猩红，故意与绿底白花的裙子颜色戗着碴儿，猩出一股狠歹歹的情色。

周围一群看热闹的民工受不住了，简直看得要喷鼻血。他们或蹲或坐在广场边草地和水泥地上，大张嘴巴，喘着粗气，一只只冒火的眼睛，直勾勾瞄在她的裙底，随着她不断变换的身形，打出一道道血红炽烈的追光。

群众却对此嗤之以鼻。群众就是那些穿着松松垮垮的大背心、大裤衩前来跳舞的正派居民。他们三三两两，搂搂抱抱，踢踢踏踏，懒散挪动着脚底下的"北京平四"舞步，眼光乜斜，态度倨傲地瞟向他们俩——她和他，那对妖冶俗艳跳舞的陌生人。众人把身体的距离拉得与他俩远远地，似乎成心让他俩在明晃晃的灯光下单独现眼出洋相。

他们对此却浑然不觉，或者是根本不在乎。他们是故意用身体来找灯光的，故意让自己的双腿全身暴露在明晃晃的光照下。那个女的依旧转，飞快转。其实也不怎么快，只是紧赶慢赶倒腾着双脚在旋转，尽可能通过旋转的力量将裙裾更多地张开。她的舞伴，那个永远穿着黑色紧身衣裤的男人，干练，精瘦，浑身哪儿哪儿都绷得紧紧的，殷勤环绕她的裙裾伸手抬腿、扭胯耸腰。从后面看，男的简直是要屁股有屁股，要腿有腿，像个专业舞蹈演员，他的拉丁舞姿也很标准，耸、抖、贴、揉，动作跨度大，每个细节都做得很到位。但是，离近了瞧，却会发现，他脸上的皱纹已经不少了，看样子总归也要有个四五十岁。

女的呢？女的看上去也不小了。虽然她忙着在灯光明亮处掀动自己雪白的两条长腿，暗夜的灯火却并没有给她添彩，反倒把她三四十岁的肌肉无情暴露，好像是靠透明丝袜才勉强把腿上松下来的赘肉勒住——不对，她几乎是没穿袜子的，是的，裸着腿，光脚，穿着一双肉色的圆口拉带皮鞋，是半高跟，比起真正的国标舞蹈鞋还差有一两寸的高度。跳舞的水平也就是个大众拉丁舞蹈培训班肄业。

可这又有什么关系呢？女人就是靠一条劲爆天鹅裙、两条大白腿、猩红色底裤的春光乍泄，就花枝招展地把众人目光勾住，就成了广场上的绝对女主角。男的，当然也就跟着沾光，成了广场上的第一男陪舞。

2

广场是城市中老年闲人的集散地。年轻人当然不屑于来这里，他们的休闲娱乐场所是酒吧、迪厅、量贩式卡拉 OK 歌厅。那里喧闹、昂贵，要价不菲。有钱有势的中年人，休闲寻欢也自有按摩桑拿洗脚屋，或者郊区的温泉度假酒店，谁能平白无故跑到这廉价没有成本的露天广场？只有这些上了岁数的城市低收入者阶层，才会成天到晚泡在广场这种开放式的空间，耗在这里晨练、打牌、跳舞、遛狗、遛弯，消磨时光和宣泄欲望。

别的就不说了，单说夜晚的广场舞吧。每天都是从晚八点准时开始的。每晚八点，非常准时，看完中央一台的新闻联播和焦点访谈（北京人喜欢关心时政，这两个节目几乎每家必看），拾掇好了饭桌，关好电视机，然后就掐着表，匆匆出门，直奔广场中心地段灯光明亮处而去。那里，激动人心的音乐已经响起来了！

　　小区物业管理处派设了专门人员负责拉电线、放舞曲。管理处的那个秃头男人每天都会早早地骑自行车赶过来，到达人们跳舞的广场中心地带。这里有十六根气势宏伟的高大巴洛克式廊柱，它的上边顶着几个绿色大气包，很像俄罗斯东正教堂的圆顶，但其实不是，只是一种没有用的装饰。一群群白色灰色羽毛的鸽子在里边出出进进，洒下一片一片的鸽子屎。廊柱旁边，是能够同时容纳一千多人翩翩起舞的巨大空场。白天，鸽子们在这块场地里练脚、觅食，到了晚上，这儿就成了中老年人类男女双双暧昧牵手、贴身贴肉、活动筋骨的娱乐场所。

　　秃头管理员每次都要从旁边一个值班的小屋里牵出电源接线板，然后将插座连接到一个老式收录机上。那本是广场养鸽人值班的屋子。每天晚上，鸽子们回笼以后，养鸽人都会用清水将广场水泥地面的鸽粪清洗得干干净净。被水滋润过的地面总是散发着某种动人的气息。

　　是啊，这里虽说是城北"经济适用房"地区——这是北京近年来城市建设中涌起的一个新名词，说白了也就是城市贫民区，但是它的小区环境建设相对也并不很落后。它留出能盖十栋楼那么大的面积建设出了一个巨型广场，取名叫它"街心花园"。它有方圆，有纵深，有层叠起伏。那些颇似看台的一级一级的水泥石头砌起的花坛、水榭，在冬季枯干的时候，变得斑驳、沧桑，很像古罗马的斗兽场。乍一看去，视觉上显得非常震撼。西边转角处砌起几个红色小尖顶的鸽子窝，窝的背面镶嵌着意大利铁艺花窗。广场东边错落有致的喷泉、水池、雕像，完全采用古希腊风格。那个狩猎女神的水泥雕像上，常被鸽子给屙一身的屎。鸽子也不知为什么，特别喜欢站在雕像的头顶上排泄。

　　种种堆砌到一处的异国风情，气势恢宏，铺排讲究，同时也是杂花生树，不伦不类。初次到这个广场的人，都止不住笑说：这是到了世界上的哪儿啦？这儿除了不像中国，说它是外国的哪儿都成。

后来人们才知道，这片小区，是由黑龙江的开发商建造的。他们把黑龙江老毛子的建筑风格原封不动带到北京来啦！

怪不得呢！人们啧啧称赞。干脆，他们把北京的穷人区都建成黑龙江、都建成苏联得了！住在这儿都跟待在哈尔滨似的。

再说那个负责放乐曲的物业管理员。他把那个老式的仿佛当年黑白电视机那么大的收录机，放到廊柱脚下贴边不碍事的地方，然后从放满盒式录音带的大书包里掏出一盘曲子，塞进录音机里插好，准备迎接跳舞人众到来。世界早都进入数码时代了，他还在用卡式盒带播放音乐！想想，不愧是城市贫民区啊！落后得跟什么似的。曲子也是中老年人们所熟悉的，从郭兰英、王昆的老歌，到邓丽君、费翔、毛阿敏、彭丽媛的演唱，应有尽有。不需要什么专业舞曲，只要能成调子的乐音便能就乎着舞动。

但有一点，这里边绝对没有什么孙燕姿、周杰伦、刀郎、刘若英的歌，就连王菲、孙楠、那英都没有。他们的记忆，通通都留在了20世纪八九十年代，或者是五六十年代，苏联俄罗斯歌曲盛行的那个年代。新人新曲他们就乎不上，不熟悉，听不惯，踩不上点。

晚八点钟，只要音乐一起，人们就会自动从四面八方聚拢过来，各自寻上自己的搭子，跃跃欲试着上场。

多么好啊！夏天的夜晚，月光明朗，大地浩瀚。微风吹来，天地间一派宁静安详。广场上那些冬青、雪松、苜蓿、蔷薇、紫荆、垂柳、洋槐，接足了地气，在夜晚偷偷地铆足了劲儿竞赛飘香。物种繁殖很快，不到两年工夫，就已经把街心花园广场点缀得芳草萋萋，杨柳依依。据说这方广场下边原来是个垃圾场，土质十分肥沃。这里的地下水也比较适合于灌溉农田。

前来跳舞的，基本上都是住在小区附近的人们。他们穿着一点也不讲究，动作也很随意。男的穿着大背心大裤衩，有的人甚至还趿着拖鞋，跟出入菜市场没多大区别。女的也不打扮，素面朝天，肥大的衣服里边连个胸罩也不戴，一派家庭妇女习气。说是在跳舞，倒不如说是在走步，只不过是变成双人走的形式。有的是男女搭配，有的是两个女的搂在一起（倒是从没有看见两个男的搂在一起的）。他们的手和手有意无意搭扣摩挲，脚和脚踢踢踏踏挪动磨蹭，激流情欲在暗中涌动，脸上却是一副见男不是男、见女不是女的平板表情。瞅那一个个莫衷一是的样子，简直就跟从前参加扭大秧歌、打太极拳、打鸡血、喝红茶菌一般，免费集体性群众运动，不干白不干，去晚了就没份。

鸽子在头顶咕咕叫。狗狗在脚下汪汪窜。夜幕下的大都会，劳动人民的寻欢作乐，兴致盎然，单调如水，经久不衰。

3

突然，有一天，广场上出现这么一对妖艳男女，把原本宁静气氛给惊扰、打破了。两人浓烈的表演作秀气息，逼得人喘不过气来。灯光下一大片最光滑、脚感最好的位置被他们占据，整个广场上的风头也被他们两个抢去。人们虽然还在随音乐做着跳舞的动作，心思却全然不在自己的舞步上，全被广场中央这一对给搅散了。

哪儿来的，他们？不知道。干什么的？两人什么关系？干吗要穿成那副德行，跳成那副样子？不知道。统统都不知道。想不明白。也不过是夜晚纳凉休闲的群众性广场舞罢了，有什么必要穿得那么正规风骚？那个女的，那叫个什么玩意？大庭广众之下，三四十岁的人还在裸肩露背，下腰踢腿，透着寒碜，透着惨烈，透着人生最后一搏的老不要脸。那个男的，扭着大屁股，腰胯甩得像抽了筋似的。又不是电视里的交谊舞比赛，并没有镜头对准照你，扭那么欢实干什么？

尤其是那女人的旋转，完全是无谓的，没必要，多余。她好像特别喜欢做旋转动作，那种无谓的旋转，比方说，录音机里唱到"真的好想你啊，你在我的睡梦里"，好像是一个军人妻子思夫的歌儿，唱到这个旋律的时候，有必要接连转上五个圈，旋转360度乘以5等于1800度吗？或者，"一九几几年啊，那是一个春天，有一位老人，在中国的南海边画了一个圈"，她就真的原地画起圈来，双脚飞快地倒腾，脚跟顶脚尖，把自己身体使劲顶起来转，转得像个没头没脑的陀螺。

尤其是，每当旋转，她的裙裾都就势张开，完全无遮挡的，面对着那些仰视的面孔张开，与其说是毫无防范，不如说是毫无羞耻。

——那些仰视的面孔，是小区里那些干活的民工。那些脏兮兮蓬头垢面的民工们真是聪明，他们选取了很妙的角度，一律坐在地上，都跟草丛中探出的地灯的高度相一致，正好是从下往上窥视的距离。他们是如此安静，乖顺，自动地，整齐有序地坐在水泥地上，忘记了蚊虫的叮咬，忘记了潮湿的沁浸，简直物我两忘，甚至屏气凝神，就等着她旋转那个时刻的到来——像孔雀开屏一样。

他们并不知道雌孔雀不开屏，开的，都是雄的。每当那猩红底裤一露面，他们的脑袋就"嗡——"的一声，血直往上涌，嘴也合不上，口角微微露出些涎水，看得直愣愣，一动也不动。

这种免费观看的底裤，比起其他娱乐活动，比如说去旁边的地下录像厅看非法黄色录像，或者去哪家隐秘的洗脚屋找小姐，更诱人，更魅惑，更安全，更自由，更引人入胜，更想入非非。

她的旋转，就是为了亮出底裤来对民工展览吗？群众想。看来暴露狂和窥阴癖最可以心照不宣。群众不由得对民工和他俩同时嗤之以鼻。

群众悉心观察打量过，这两个身份不明的人，好像不是两口子。每天晚上，人们都看见他们分别骑自行车过来，女的从一个方向，男的从另一个方向，骑到这里以后会合。两人把车子停靠在廊柱旁边。女人骑的是 26 车，男人也是 26 车。都很旧。车筐里有水，瓶装矿泉水，还有擦脸毛巾。他们都是在家里穿戴披挂好了才来，不是到了这里登台前现换的。

很难想象，穿着一身劲爆天鹅裙的女人，是怎样骑着辆半旧不新的 26 自行车，一路招摇着赶来。也很难想象，穿一身紧身跳舞演出服的男人，又是怎样将丰厚绷紧的臀，压在生锈登硬的自行车皮鞍座上，一路迤逦而行。他们的自行车旁边，就是一个公共昼夜停车场，那里奔驰、宝马、路虎等好车应有尽有。他们的自行车大大方方地泊靠在它们旁边，没有丝毫自卑的表现，车头车尾，双双倚靠着，亲密无间，心安理得，怡然自得。

现在，这会儿，华灯初上，夜晚的幕布拉开。乐声响起。他们先在广场中央立定，亮相，男女手臂上扬，身体拉出一个架势，完全是正规表演前的模样，一上场就先声夺人。不像别的跳舞男女，哈着腰，驼着背，男的揪住女的，脚底一出溜，互相薅着衣襟就滑进场地中央去了。这对男女，做完亮相定格，就蓦地挥臂耸腰，爆发力很强地动作起来，肢体幅度很大。只要一动起来，就完全不管不顾，即刻进入状态，就仿佛这世界上只剩下他们两个人。仿佛，他们就是这露天广场上的王子和公主。不，不，也许应该说是皇帝和皇后。除了舞蹈，他们好像什么也看不见，什么也听不见。周围人的冷眼，民工的窥视，他们好像统统都看不见听不见。他们完全沉浸在自己的舞蹈世界中。

他们在自己的舞蹈里睥睨世人，啸傲众生，自给自足，相互挑逗，在卑微中起舞，在自信中亢奋。他们的低语没人能听得见。他们的对视没人能瞧得清。实际上，他们既很少低语也绝少对视，他们互相只用身体进行交谈。他是她身体的实际操纵者，他的手指像点穴，点哪儿哪儿开。旋转时，他的左手轻轻一推，右手高高擎起——她就乖乖转过身去，让身体打旋。双方身体的接触点，现在只是她握住他的一根手指，而不是全部手掌——以他的手指为轴，开屏旋转，这样她在晕眩之中的旋转方向才不至于太过偏离。

　　他的手指，她的手指，半含半握，半紧半松，隐秘暧昧。胶着粘离。现在，说话成为多余，舞蹈就是他们的交欢语言。他们把臀耸得更厉害了，他们把胯扭得更邪乎。跳到《蓝色多瑙河》里的快拍时，男人箍着女人的腰疯狂旋转，周围灯光唰唰连成一片，简直不知今夕何夕，今年何年。一瞬间他们就仿佛有了凌波之姿，有了凌空之势，双双堕入美妙的晕眩。

　　他们的个子差不多一般高，所以，他腰以下的支点，只能顶到她肉乎乎的小腹（肉乎乎，这就是非专业舞蹈演员的体质特点）。她觉出了他的摩擦和崛起，兀自脸红，没有闪避，而是亢奋，动作更加隐蔽，俯仰离合皆是欲。

　　他们明修栈道，暗度陈仓。

　　他们在公开的半明半暗的交欢中，把舞蹈进行到底。

4

　　习惯是一种巨大的力量。几次过后，周围旁观的群众也就习惯了。除了抢风头以外，这对男女并没有妨碍到谁，倒是招来的看客越来越多，攒足了夜晚广场上的人气。每晚，只要他俩一来，广场上的兴奋度就能饱和。民工越聚越多，管音响的秃头物业管理人员，也越发敬业起来，甚至悉心搜索来好多专业舞曲带子，让广场上的舞步变得丰富又复杂。

一种莫名的兴奋，在广场四周围荡漾。每晚八点，人们都急切盼望着这一时刻。同时，也自觉不自觉地盼着他们俩，像盼着明星出场。渐渐地，人们习惯了他们的华服，适应了他们的舞姿，甚至，在他俩的舞姿里，恍惚还看见了维也纳新年音乐会上的舞蹈演出，看见了电视里的国标舞蹈大赛的表演。那些表演太华贵，太遥远，人们根本没有眼福观看。好了，现在，有了他们，把舞蹈的真人秀送到了自己面前。

人们也不得不承认，俩人的舞姿确实比别人跳得好，是专门练过的。那个男的，据谁说是好像在电视里看过，是哪个国标舞大赛的评委。对于两人关系的最新猜测，说是最有可能是舞蹈教练和他的学员，就是那种北京市面上最近兴起的业余交谊舞拉丁舞培训班。男的，当然是教练，女的，一看就是业余学员，腿上没有肌肉，脚背线条也不够高，跳舞的难度系数也不大，也就是个中偏上水平，但是还蛮灵巧，矫健，有悟性，身手不凡。另外她皮肤的白劲儿可真让人羡慕，白花花的，简直像奶油雪糕。还有那一把小腰条，那个岁数还能保持苗条，真不容易。至于说内裤嘛，看惯了，也不觉得扎眼。甚至，人们觉得，绿色劲爆天鹅裙，原本就应该配猩红色底裤。

人们有时也不免偷偷跟他们学两招。不光滑动简单的"北京平四"，偶尔试着比画来一两下阿根廷探戈。难度很大。确实不好探，脖子快速扭动时容易抽筋，踢腿时，稍微扬得高一点，就能听到膝关节"嘎巴"一声。人们就心里感喟：不是所有中老年人类，都能招架得住探戈——那种在娘们儿身上做文章的玩意儿。人们有点服了，暗自佩服，渐渐不再疏离，跳着跳着，会向中心靠拢，主动接近他们。

他俩似无感觉，只在他们自己有限的活动半径内专注地跳着。慢三慢四、国标、伦巴、桑巴、爵士、恰恰、摇摆、阿根廷探戈……舞蹈越来越复杂。广场成了他们公开炫技的场地。他们身体趋近，摩肩擦背，大规模摇臀，狂野而暧昧。他们在不易被人察觉的视线和角度里，触摸，沉浸，飘逸，投入，亢奋，自如。他们，在群众赞扬称美的目光里，越发飞扬，燃烧，娴熟，默契，旁若无人，探囊取物。

他们欲望喷薄而出。肉体水到渠成。

夜风沙沙。这是一道不见光的风景。这是一片见光死的奇观。它陪伴人们熬过盛夏，驱走溽热。

5

忽然地，他们就不来了。失踪了。不见了。在农历七夕那天，他们突然双双失踪。

广场上跳舞的人们就像被闪了一下，很费解，很不习惯，仿佛一下子失去了什么，但也不知道究竟失去的是什么。来的人见广场中央空空落落，不免都是一副惘然若失的样子。

要说这一年的农历七夕也过得怪，早早地，报纸上就铺天盖地地造势炒新闻，说什么有政协委员呼吁，要把农历七夕打造成中国式情人节。消息层层下达，还要在群众中举行民意测验。小区物业还挺当回事，发送选票让每户居民填写。居民们就笑，说：真逗，还情人节呢！七月七牛郎织女鹊桥相会，人家那是两口子的事儿。什么情人？咱中国有几对情人？难道鼓励我们都去找情人不成？

他们就怀疑那些什么什么代表是商家的托儿，比方说卖玫瑰、卖情侣表、卖钻戒的商家，事先给了委员们什么好处，托他们来提交这项提案的。"我们举双脚赞成"，他们调侃着说。

情人不情人的先不说，广场上那一对男女从场地上消失了，却是事实。他们不打一声招呼就消失了。他们的不告而别，就如同他们的不请自来，实在是显得没有道理。舞场一下子变得晦暗，没有人气。人们无精打采，唉声叹气，脚底下的步子又变成懒散拖沓，仿佛又恢复了以前疲沓倦怠的老秩序。

可是，经过破坏后的老秩序，还能再恢复成原样吗？

人们无从抱怨，也无从诉说。因为他们不能明确说出这舞场上失落的究竟是什么。就连看热闹的民工也不来了。那些脸色黝黑、头发长草的小区民工们，哈欠连天，望了几眼场上磨蹭着脚步的肥衣肥裤的大爷大妈，就都无精打采怏怏怅怅地纷纷离去。等待他们的，将又是漫漫长夜录像厅的闷热和工棚里的寂寞。

那个秃头管理员播放舞曲的热情也锐减。许多时候，他索性连舞曲也不放，改放小电影，诸如防艾滋病宣传片，纪念抗战胜利 60 周年打仗片，等等。一块发黄的、颤抖的银幕挂在廊柱之间，黑压压的人群摇着大蒲扇，挤在正面和反面有一搭无一搭地观看。这情景仿佛一下子让时光倒流，回到了贫穷落后的 20 世纪六七十年代。银幕上不清晰的影像，草丛中飞来撞去仓皇的蚊虫，都让人们显得颇不耐烦。这热天儿，只要不动起来，中老年人类绵甜的血液，肯定要成为蚊虫可口的牙祭。

就在那对男女离去的那段时间，也曾有人试图挺身而出替代他们的角色，霸占他们的位置。然而，没用。所有的努力全都失效。比方说，那个看起来十分年轻的大眼睛女子，化着很酷的浓妆，穿三寸高的高跟鞋，上身一个小吊带背心，下身一件艳粉色大褶喇叭花及膝裙，粉墨登场，招摇出现。不断有男人请她跳舞，她就挽上他们翩翩跹跹，莺莺燕燕，翻转飞腾在钨碘灯下。

她也学着从前那个女人的样子，没事儿就转、无谓地旋转，转得天昏地暗，也让裙摆"扑喇喇"张开，起伏有致，亮出两条银光闪闪的玉腿，青春长腿，以及底裤，纯白色的三角内裤。

她跳得很好，很不错，无论被哪个男人上手，她都能跟对方配合很熟练，很协调，很风情。她的那个裙摆也很扑喇喇，她的那个底裤也忽悠悠，她的那种艳粉色的裙裾在灯光下也极其耀眼刺目。

可是，不行，怎么跳，都没有那个劲儿。无论她怎么风骚，搔首弄姿，娇柔做态，却都不是那么回事。怎么回事，人们说不清。民工们说不清。但是他们心知肚明。他们已经认同和默许了从前那一对男女的舞蹈风格——一对一的固定舞伴，一对一的虚拟交欢，一对一的风骚、激情、浪漫、璀璨，一对一的红雨翻腾、秋波暗转，一对一的回光返照、姣妍与妖艳。

他们只是一对一的彼此彼此。跟别人，跟任何一个他者，都没有关联。

一对一，可能是最美、最让人艳羡、最遭人嫉妒、最惹人联想的人类情感。谁都可以上手的，那是婊子，毫不值钱。民工们虽然不懂，他们嘴里说不出来，但是他们在心中已经颇有领会。在经历过那对男女之后，他们心里已经有了关于风骚的范本模式。他们的胃口已经被固定，吊高。别人，谁来，再怎么着，他们也不认。

6

那对男女的失踪，大概也就是两个星期之久。两个星期，够长的了。北方的夏天，转瞬即逝，总共也才有多长啊？

当他们又重新露头的时候，众人的精气神儿全都陡地往上一提——舞场上，确实太需要明星了！无论多么大的场子，大到国家，小到广场，都需要个别领军领袖式的人物，用他们的个人魅力和感召力，用他们的激情和热度，感染照亮芸芸众生。

民工们兴致勃勃，重新回到广场边的水泥地草丛旁，重新将身形降低到跟地灯一般高矮，重新目光齐刷刷、热辣辣，等待着熟稔的底裤模式重新上演。寂寞已久的群众也在热切以盼。他们自觉自动地把那块地方让出来，那块最最光滑的水泥地面、那个最最亮堂的舞台中心，自觉自动腾让出来，等待他们心目中的明星重新登场。

他们来了。他们重新登场。他们举手投足、他们踢腿下腰……怎么，他们的举手投足、他们的踢腿下腰，怎么看起来跟以前有点不太一样？

虽然他们来了，虽然仍像以前一样的跳着，舞着，然而，分明有什么东西是不对头了。是什么东西？也说不清。反正是觉得哪地方跟从前有点不太一样。

那对男女，外表跟从前毫无二致，女的，还是绿底白花劲爆天鹅裙，男的，仍然是黑色紧身衣，头发也还是用摩丝打理得根根不乱，然而，就是让人觉得两人跟以前不一样。他们虽也在跳舞，肢体的紧张程度，却远不如从前。他们似乎都有点漫不经心，三心二意，充斥着身体密码互相破解后的无限倦怠。女人不再轻盈，男人不再紧绷。女人慵懒怠惰，脚步尽量平移，少了许多旋转。即便偶尔转一下，也是转得勉强，难看，身体滞重，转得差强人意，似乎随时都能绊个跟头。男的手指暗号的推动显得有气无力，腰和屁股懒洋洋的，腰胯耸动马马虎虎，脸面颈部爱甩不甩。他们的身体偶然接触碰撞时，女人一点都不再为之战栗、激动，满脸都是漠然，仿佛无意间触到了一根棒槌。她的不激动、不激励、不唤起，搞得他也发蔫儿，整个人显得没阳气、没精神，无精打采。

他们的身体，像海啸过后疲惫的沙滩，满目疮痍。

尤其是，女人的底裤颜色明显褪色，从那里散发出的气息不再撩拨人心。民工们凭借雄性动物的敏感，从那里似乎嗅到某种真实交欢过后的蹂躏气味。

才仅仅半个月，怎么就有如此大的变化？半个月里，都发生过什么？下过两场雨。刮过一场未遂的名叫"麦莎"的台风。台风贴着陆地的边缘行走，很快拐到渤海湾附近的大连海边去肆虐，只是象征性地在身后给都市遗下几场小雨。雨过天晴，地上的蒿草又猛然蹿出一尺来高。割草机在嗡嗡嗡嗡勤快地工作，阵阵香气从广场四周围袭来。青草的香味一成不变。可是，下过雨跟没下雨的季候，总归也是物是人非的感觉。

难道人的感觉会变得这么快吗？仅仅才半个月而已。半个月。却已经是汗湿湿透了脊背。半个月前的衣服被盛夏的汗水浸得已难再穿，勉强穿出来，也已是没款没形，漂白发皱，透着穷酸寒碜。半个月前的人们已经被连日来的闷湿浸得浮肿虚胖，微微发酵出一丝丝苦夏的蠢相。

半个月以后的舞仍同半个月以前一般跳着。只是不咸不淡。男人和女人，似乎有点无奈，又似乎在等待。在消磨中等待、虚耗，在虚耗中等待、消磨，似乎不知该如何完结。看得出，他们的身体已成强弩之末。每一次都像是恓惶的告别。第二天，却又来了，勉强地移动腿脚。观众们，似乎也看出了几许苗头，却又很快习惯了这种勉强。人活世上，不总能随心所欲、率性起舞，早晚有一天都要堕入半死不活的勉强。不管怎么说，只要他们还在，仍旧照常到广场来，便是好的。

所不同的是，现在人们已经消除了畏惧，也失去了崇拜，已经勇于跟这男女俩一同舞动在广场中央。人们也已经仿照他们的样子，把复杂舞步学会了不少。现在，失去了激情的他俩已经不再是广场中心的绝对主角。

7

一晃，已经进入秋天了，到了这个城市最美的季节。从西南边刮来的秋风把城市的天空托举得很高，很高，树上每一片叶子都在阳光下油光闪亮，一片耀眼的怡爽。微风夜寒，广场跳舞的人们已经穿上了薄呢裙和厚外套。而他们，那一对男女，却还是穿着一成不变的夏装。那一套已经穿了一夏的靓装，在秋天的灯光底下看着怎么那么薄相？不仅仅是薄相，又分明像是命薄、情薄。

九月中旬中秋节这天，正赶上一个星期天，小区管理处破例让人们可以在广场上昼夜狂欢，可以跳舞跳到夜里 12 点。平常，为了防止乐声扰民，物业管理处规定，每天跳到晚 10 点钟就必须收曲结束。

这一天，按照民俗习惯，注定将是一个群众性的狂欢节日。夜晚广场上聚集的闲人满满当当，来望月的、遛狗的、消食儿的、跳舞的、看热闹的，人声鼎沸，喧声连天。还有一家超市将卖剩的月饼拿到广场人多的地方减价推销。狗狗们欢快地汪汪狂叫，鸽子被惊得扑棱棱地盘旋乱飞。月亮隐进云层，乌云在广场上空愉快地翻卷游动。俗话里说中秋节的月亮是"十五不圆十六圆"，这个道理在北京这个纬度特别能应验。

舞曲还是从八点钟准时开始播放。群众演员首先鱼贯入场。群众一点都不客气，密密挨挨，挤挤擦擦，互相都有点不待见。群众跟群众彼此相像，你我不分，乌压压一群，转不过身，有时难免发生身体碰撞，偶尔，还会发生一些小的口角。跳着跳着，广场上的个别老舞迷就止不住郁闷，眼光不往地往钨碘灯照射的中心方向扫，看看那个劲爆天鹅裙和两条熟悉的大白腿来没来。只要领舞的一来，广场上的人众才能分出三六九等，跳舞的层次档次才能逐级拉开。

可惜，没有。这场浩大的群众狂欢仪式上，群龙无首，一片模糊，简直可以说是没有任何亮点靓腿可言。一个小时过去了，直到9点半钟，那对男女还没有来。老舞棍老舞迷们就止不住失望，心说，难道，他们又要玩失踪？

还好。尽管来得晚，那两个人终于也还是来了，在接近10点钟的时候。群众演员们的热身早已经热得火辣辣的。那两人一来，群众眼前一亮，身体一勃，立刻用舞姿掀起新的波澜。那两个主角也没想到广场今天是这副饱和样子，也受了感染，丝毫没犹豫，一个亮相就扭了进去，毫不谦让地占据了中心位置。女人今天头一次换了一件宝蓝色的舞蹈裙，掐腰，大摆，下面缀满金光闪闪的亮片，一转起来，像裹在金子里飞。众人的眼球简直都要给晃瞎了！那个放舞曲的秃头管理员，本来已经要打瞌睡，忽见他们来，立即如同打了鸡血般，兴奋无比地按下录音机停止键，立马改放难度大的表演性质的舞曲伴奏带。

这是一场多么激动人心宏大集体舞情景啊！天空为幕布，大地成舞台。他们在中央灯光明亮处领跳，周围人一圈圈里三层外三层跟着移动，旋转。就像经过导演事先编排好了似的，他们一来，广场舞的人群立即主次分明，秩序井然。从三步四步缓步交谊舞开始。欲望全落在腿上，心情全收在腰间。随飒飒的秋风起舞，随看不见的明月招摇。随树枝的摇曳、秋虫的低吟逐渐高亢。

今夜晚他们发挥得可真好。轻灵，飘逸，似乎找到了最初的他们自己。他们都有点含情脉脉，还有点魂不守舍。他们时不时深情凝视，好像舞蹈语汇已经不够用，他们必须用彼此对视的眼光来表达。人们的心思也随着他们的舞步激动、明媚、思绪飞升。人们这会儿还不知道，就连他们自己也不知道，这将是他们广场舞蹈生涯的告别演出。

逐渐过渡到快节奏的水兵舞、摇摆、伦巴、桑巴、爵士、探戈。这是他们俩最拿手的，最能炫技的动作。广场上只剩极少部分人能跟上了，偌大的场子几乎又成了他们两人表演的舞台。围观的人群却没有怨言，心甘情愿晾在边上。毕竟，很久没有看见这对男女明星跳得这么敞亮、痛快、酣畅淋漓，即便是站一边看着，心里也舒坦。

最后一曲探戈舞曲响起。女人这时已经完全进入状态，香汗淋漓，身体的每个细胞里都是鼓点，野得有点收不住了。她亢奋地甩头，大规模摆尾摇臀，扭胯贴近。男的情绪也被她挑起，也亢奋得跟踩了电门，浑身每一处关节都在剧烈耸动，完全被舞蹈节奏所控制。他们已经完全物我两忘，一切只在不言之中。女人盆骨夸张耸动，趋前贴近他的小腹，臀部一摇一摇，做着虚拟摩擦。蓦地，她大胆疯狂，也丧心病狂，左脚点地，右脚高举，抬起白花花的大腿，去盘缠住男人的下半身！

这个动作简直突如其来，太狂野了！作为探戈舞蹈中的高难度动作，也只能在电视荧屏里向舞蹈比赛评委们炫技表演，却怎能在大庭广众之下，对广大手无寸铁、毫无抵抗力的老百姓们真人秀呢？

就听广场上的人"嗷——"了一声，然后又急遽安静下来。人们都屏气凝神，瞪大眼睛，盯着他们的下一步动作。

男人也被女人的举动搞得一惊，毫无防备，却还是下意识地伸出手去回应。他的右手在女人的腰后一托，同时左手高举，完成一个接续造型动作。本以为她会马上松开、赶紧下去就完了。谁知女人还不善罢甘休，就势将上身往后一仰，双手一松，左脚跟离地后翘，将全身重量，一下子全留在箍住男人腰的那条大腿上。

怎生得了！怎生得了！毫无默契、毫无准备的男人，不提防会是这样，心里一惊，手一软，没有托住，脚底下也没有站稳，眼见着女人就后仰着倒下去了。是整个背部着地，重重地、结结实实倒在地上。直至倒地，女人缠着他的那条大腿始终都没有松开，一直死死缠着，勾着男人的身体随之倒下，轰然倒下，倒了个正着，结结实实压在她身上。

多尴尬！多丢人！两个大活人，活生生压在一起，倒在广场中心最明亮的地方。还好，男人到底是专业演员出身，有一身好功夫底子，在倒地两秒钟之后，他就"腾"地跳了起来，在众人还没有来得及看仔细的时候，他已经一下子跃起来，假装没事人似的，然后，伸手去拉地上的女人。

女人的立起就显得比较艰难，迟缓。看起来她摔得不轻。她是慢慢站起来的，先是缓缓蜷起双腿，坐起，表情痛楚，龇牙咧嘴。男人用目光朝她示意一下，她就迅速把痛楚表情收回，瞬间就收敛了回去，做出一副平静状。然后，她就着他手臂的力量，很缓，但是很坚定地站了起来。

他们都假装不在意，也没有互相安慰。男人搂着女人的腰，像是从后背托扶着她，慢慢地向停放车子的广场廊柱边走去。众人看见两人走到倚靠在一起的自行车旁，用钥匙开了车子，推上，什么也没说，双双提前退场。

观众们盯着他们撤离现场，无数双眼睛落在他们的背上。他们是一起推着车子往同一个方向走的。女的，好像还一瘸一拐。从他们的背影上，人们看清了，这已是两个多么衰老的身形！他们早已不年轻了。其实他们早就知道这对男女已经不年轻了。不知为什么，当他们在夏季的广场燃起一段青春还阳之火，当沉闷的广场被他们的激情照亮时，众人还是忘记了他们的年龄。

他们渐行渐远。渐行渐远。舞曲也一点点进入到弱声阶段。人们的舞再也跳不下去了，他们有点意兴阑珊。狂欢的人群逐渐散去。午夜的钟声在广场上空响起。这是个水晶鞋变脚丫、美丽公主变回灰姑娘的时刻。月亮终于从云层里探出头来，一层金属般的铜红色清辉瞬间洒满了大地。

2005 年 8 月 16 日于北京以北

遭遇爱情

　　我们假设男主人公岛村遭遇爱情的日子是在暮春时节，一个细雨微蒙的美妙时刻。

　　我们再假定岛村最初怦然心动的时刻是在接到梅那女人的电话之后。

　　叫作岛村的这个男人仔细地系好一条名贵的金利来领带，看了一下表，然后带着一副漠然的神情走出家门。虽说已是暮春时节，斜风细雨依然将空气割刮得极其清凛，丝丝凉意不停地在刚刚泛绿的枝头抽动着。岛村把头深藏在立起的风衣领子里，用鼻梁托住一副宽边水晶墨镜，样子就跟某些枪战片里的猛男颇为类似，但那隐藏在镜片后边的眼睛里，却分明透出几分掩饰不住的倦怠。这个季节里他对什么都提不起精神来，对一切都失去了兴趣。

岛村先生，可以请您共进晚餐吗？

梅小姐设的不是鸿门宴吧？

那么我可要摔杯为号喽。

梅笑吟吟地说。

好吧。我情愿单刀赴会。

岛村坐在车子里，回味着刚才电话里听到的梅的声音。梅的嗓音很清脆，也很柔媚。是媚而不是嗲。岛村在心里玩味着。嗲多半是出于一种职业需要，或是为着某种功利目的而故意做出来的。比方说总机台的接线员小姐，再比方说那些纷纷承命前来洽谈生意的凌厉的公关小姐，往往是用撒娇作嗲先攻下他的裤腰，而后再攻下他的钱包。那一套老鼠逗猫、猫捉老鼠的游戏他已经玩腻了。

而柔媚却大不一样。媚多半是由于女性的天性使然，怡人悦耳而又不失风范。在这个无聊的阴晦的雨天里，电话里那个清脆且柔媚的声音激起了岛村的些许兴致。具有这种纯美音色的女人大概也应该是柔情似水风情万种吧？

几许不安分的想法慢慢地飘浮上来，却很快又隐没了下去。岛村陷在柔软的车座里，渐渐又恢复成一脸的漠然。他始终不敢肯定，那些争相以身相许，或者稍微给一点暗示就能牵引着上床，并且趁他耳聋眼瞎就要进入快感极致时却还在趁火打劫谈生意条件的女人还算不算是女人，同时他也不知道自己这般视上床如如厕的人心中是否还会有什么真正的爱情萌生。金钱早已严重破坏掉了岛村对女人的兴致，连同他对美的鉴赏也一道给毁掉了。没有谁能够拯救得了他。也没有任何一颗心灵能够向他靠近。偶尔他也会为自己的心灵不能得到满足而感到悲哀。而这悲哀，很快又会被新一轮肉体的快感冲淡了。

岛村不知道这次深圳方面派来洽谈业务的梅究竟是怎样一个女人。有一点让岛村觉得有趣的是，梅那女人将初次会面设计得别出心裁。梅在电话里邀请他赴约时，有意不给岛村留下有关她自己的面部形体特征，除了告知见面的时间地点外却没有约定任何其他暗号，仿佛是有意要考验一下岛村的鉴别力似的。除非她是很丑，觉得自己的面目实在是不值得一说。否则她就应该是很漂亮，漂亮到相信自己绝对会给他造成惊艳的感觉。岛村暗暗地笑了。他也有意不再往下细问，以便让女人的小精明小算计有个得逞的机会。

他当然猜想不到，梅那女人在放下电话、准备迎候他到来之前，先将干湿粉饼和双色唇膏等器物小心翼翼地收进蛇皮手袋里，然后便在一张白纸上开始勾勒整个事件发展的每一处细节。男主角岛村便被放置在故事高潮中最最起伏跌宕的位置上。

而岛村此时正在来的路上百无聊赖地发着冥想。

初次见面时，岛村很幸运地没有把对方认错。岛村一眼就在宾馆大堂三三两两啜饮小憩的人堆里把梅分拣了出来。因为这个美得炫目的女人正在对着玻璃旋转门频频放送着顾盼的眼神。

女人的漂亮程度远在他的想象之外，看样子正似红日东升的年纪，正处于那种既熟且嫩、收得拢又放得开的季节。那件印满碎花的鹅黄薄呢裙招招摇摇摆动的时候，岛村的眼里就印满了一朵一朵的鹅黄色的诱惑。就有水一样很润泽的东西充溢在眼底深处，想要去罩住那些个摇曳的花朵。岛村百无聊赖的倦慵心绪顿时便化解了许多，麻木的末梢神经也仿佛有了些酥酥痒痒的蚁走感觉。

女人见了岛村，似乎也微微怔了一下。她大概也没有想到，在岛村所在的那个号称"京城痞腕"集团公司中，除了那些只会伸出一根手指做"Fuck"

之类下流动作的胡同串子外，偶尔也会冒出岛村这么个英俊儒雅的方正造型来。刹那间的感觉失准后，女人旋即调整好策略，吟吟笑着，矜持而又优雅地定格以待。

如果我没认错的话，一定是梅小姐喽？

是岛村先生吧？

相互莞尔而笑，有些湿润的手礼仪性地勾了勾，彼此便测出了对方掌心里的几分湿度。

经过最初的寒暄之后，场景很快向饭店的酒桌上切换。几句不多的话，梅便将岛村的简历搞清楚了。岛村虽然嘴上说自己的经历"不值得一提"，但在得知梅小姐是大学毕业以后才辞职下海的，便十分乐意地把自己也受过正规高等教育，并还有过难忘的插队经历等底细和盘托出。通常他从不在人前炫耀自己的文化水平，怕跟圈子里的哥们儿造成隔阂，被人骂成装孙子，也怕公关小姐们抓住他的文人弱点轻易将身击破。但是对梅，他却乐意坦然告之，一则是为了在受教育程度上与对方对等，二则强调自己在生活经验上比对方阅历沧桑。梅果然有一见如故之感，并对他的知青遭遇表示艳羡。

老板派我来时我还不太愿意接这活儿，对北京的侃爷们心怀惧意。能遇上岛村先生真是我的福分。梅由衷地说。

认识梅小姐我也很高兴。岛村对答。

我很佩服"老三届"那些人，经了那么多苦难折磨后，没什么事情是他们干不成的。梅很真诚地说。岛村的心里动了动。吊灯从屋顶延伸下来，橘黄色的柔光罩住了梅小姐和她手中的酒杯。梅变得朦胧而酒变得清澈。到现在为止，他能够肯定的是，女人极其悦目。悦目的女人，不知是否也能够赏心。眼下他还无法判明梅是个有多大底蕴的女人，但他知道她跟别的前来洽谈生意的女人的目的是一致的，没有多大区别。但是又很希望她跟其他的女人能够有所区别。

在一片犹豫不定的心情里，岛村仔细打量对面坐定的这个悦目的女人，看她熟练地点着菜，又看她为自己要上一盒"红塔山"，从烟盒底部撕开，熟练地弹出一支，嗅了嗅烟丝，检查着标牌的真伪，完全一副老道的男子气派。

这种男子式的潇洒与她那娇小的女性身份产生了巨大的反差。岛村饶有兴致地看着，很默契地充当着观众，觉得这种表演很有情味，不时递与激赏的眼神，鼓励女人把演出一直进行下去。

岛村先生，还满意吗？梅的手指优雅地托着杯子，目光盈盈地盯着岛村问。

你指什么？是这桌酒菜，还是人？

二者都有。梅仍定定地注视着岛村，眸子已被酒精滋润得晶莹闪烁了。

我可要把你的问话当成摔杯前的信号喽。岛村微笑着答。如果我说满意了，梅小姐接着是不是就要乘胜跟我杀价了呢？

梅的脸色陡然一沉。没想到岛村先生原来也这样煞风景。我还以为我们应该有更多的话题可谈。

哦，是吗？岛村的兴致被进一步调动起来了。这么说我让梅小姐失望了？

不，我只是觉得有点儿……感伤。梅幽幽地说。我一直都希望有那么一个时刻，能忘掉生意，忘掉工作，一心一意沉浸在某种氛围里。岛村先生不希望如此吗？

是我把这种氛围破坏了？真抱歉。

不，不必了。我们都在戴着镣铐跳舞，不是吗？

梅的目光又定定地射了过来，岛村有些心慌，不敢去接她的眼神。窗外正闲散飘着若有似无的小雨，浇得人的心情也是飘飘忽忽的，有些不着边际。岛村极力将一颗戒心定紧。女人的这种谈话方式他还是第一次领受，应答起来显得有些吃力。这本来是他过去娴熟使用的一套话语，是他在客厅书斋朋友聚会场合中耳熟能详的，如今却已经变得相当陌生，女人的话将他的记忆唤起了，竟让他有了恍然如梦之感。

我们到底是在追求什么呢？女人说。女人妩媚的双眼变得迷离了。她不间断地叙说着她自己的故事。她辞职。她下海。她不得已离婚，她一次次碰壁。她偶尔得胜的战绩。她屡次三番的跳槽。故事陈旧得跟任何一个潇洒走南方的女子的经历毫无二致。但当这些话从一个面对面沾着酒精的红唇中轻软吐出时，并且又是那么真诚、坦率、毫无保留，岛村的思路还是不自觉地被牵引过去，艰辛和感慨便无形当中成了他们共同的际遇。他的胸臆便也随之一起不加掩饰地抒发开来，话题一时变得既浓且酣。两颗心似乎在淡黄色液体的浇灌中溅起一朵朵火花。梅的脸蛋正在泛起好看的嫣红，岛村的脸色也越发地清俊白皙了。

不知不觉三四个钟头已经过去。岛村对时间的流逝却毫无所感。到目前为止，梅对生意的事闭口不提，仿佛已经忘掉了此行的目的。女人那种酒逢知己千杯少的沉醉神态，将岛村深深导引进一种知音难觅的欣喜里。岛村内心深处那层冷漠的东西正一点一点地散开来。他已经好久没有做这样毫无功利目的的清谈了。尤其是跟一个漂亮女人做这样你来我往的清谈。温情在他的血管里慢慢地散开。

我现在所在的这家音像公司已经是我跳的第五个单位。老板这次派我来京跟你谈这笔影带生意，实际上是对我的一次试用，还不知道我能不能保住这个饭碗。梅以手支颐，盯住眼前的杯子，一副茫然无助的神态，一反刚才的老练潇洒。

岛村的戒心差不多去除光了，换上了对眼前这个饱经坎坷柔弱无助女子的无比恻隐。

岛村先生在这个行当里干得久远了，经验也相当丰富，请您一定多多关照，帮我过了这一关。

女人买完单，起身往外走时仿佛不胜酒力似的摇晃了一下身体。岛村连忙援之以手。女人半依半靠在岛村臂上飘了出来，一丝温热便缓缓地通过岛村的神经末梢向周身扩散着。

广场上湿润的水泥地面折射着橘红色的温暖灯光，就像岛村暧昧的身体在回应着梅明亮的热情。一行行濡湿的脚印反复地印下去之后，岛村被挽住的左臂肌肉慢慢地柔软了，与梅纤巧的右臂挽成一个松紧适度的结。感觉着梅吊在臂上的体温，岛村心里不住思忖：这个女人，凭什么自信我会心甘情愿把大块时光与她这样消磨？

我最喜欢小雨中的散步了。梅伸出一只手去当空触摸若有似无的雨水。它能让我想起一切美好的日子。

是的，一切都很美好。岛村这样想着，嘴里却没有说。就像他接的那个梅的电话，眼见的梅这个炫目的女人，酒杯中那透明绵软的液体，还有那些如泣如诉的话题……一切都美好得不可思议。

更不可思议的是，他是思绪正屡屡顺着梅那女人的牵引而不断延伸下去，随着她的忧伤而忧伤，随着她的欢喜而欢喜。究竟是什么东西如此打动了他的心，让他和梅之间如此默契呢？

爱情。

岛村把这种久违的情绪假定为爱情了。爱情的来临简直是不可思议，有时竟像猫一样悄无声息。岛村自如地轻揽着梅小姐的细腰，忍不住侧过脸去将她细细打量着。爱情就像今夜的广场，广场上的纪念碑，纪念碑上的浮雕一样濡湿而美妙。梅小姐的发丝偶然会随风轻拂过岛村的脸庞。岛村不禁有些心旌摇荡：是谁把梅这个女人给我送来的呢？

> 来临来时总有一种通感，
>
> 所以你让你的心扉敞开着……

岛村深深沉入一种诗意的幻觉里。

怀着对某种激情的向往，他们走过金黄色的纪念堂，走过泛着灰白色光泽的圆柱，又走过一排排壁立的红墙，一直走进梅下榻的贵宾楼里。进得门去，梅刚把壁灯扭亮，岛村便不相信梅有经济能力住进这么阔绰的房间。梅像是看出他的疑惑，轻笑着说，是一个朋友替她定下的，朋友曾欠下她一份人情。梅道了一声"抱歉"，接着转身进了卫生间。岛村仍旧不能够释然，他搞不清梅究竟有多大的神通和能量，会有人为她埋单住下如此规模的睡房。刚刚窥得见一点真面目的女人转眼间又变得神秘了。

脱下风衣，在沙发上坐定之后，岛村的心绪便慢慢地缓解过来，开始细细品味房间里的舒适和温暖。温柔敦厚的窗帘把一切可视物都拦在了窗外，剩下的，满眼就是那张横陈的床，以及暧昧不明的浅粉色灯光。那张宽大的双人席梦思是那样肆无忌惮地裸着，轻轻地施展着无限的魔力。那应该是等同于梅邀他来房间小憩的无形含义吧？岛村的肉体一时间产生了几丝迷乱，梅的温香玉体正飘忽在床上迭现，合着岛村的激情肆意翻滚翻飞……

是要茶呢还是要咖啡？

梅小姐笑意吟吟地站在他面前。岛村一惊，忙从沙发上提了提身子正襟危坐，床和灯也迅速和幻想分离，各自归位恢复成普通家具的模样。梅小姐像变魔术似的，换了一袭无袖的葱绿软缎旗袍出来，瀑布似的长发已挽成一个髻，旗袍的袖口和开叉处将她光洁的手臂和秀美的双腿生动完美地显示出来。岛村看呆了，情不自禁以欣赏的目光瞧着，以为这爱情差不多已是袒露无遗。

你真美。岛村喃喃地说。你真美。

谢谢。梅轻轻地应着，款款地走过来，在岛村身边，隔着茶几坐下，坐在岛村触手可得而又遥不可及的地方。

岛村心头有一股巨大的热望被强烈地激发起来，很想急迫地采取行动，尽快逼近梅的身体。但是他还是努力将自己遏制住，不使自己的行为显得粗鄙。以往对待其他女人的种种滥情游戏技巧和手段，对待梅这个他心仪的女人应该是全不适用，他以爱情来给他和梅的这种关系命名。他只是等待着，等待着，等待着一种高尚的类似水到渠成式的冲击。

岛村先生……梅侧过脸来望着岛村，羞于开口似的嗫嚅着。

唔？岛村将鼓励的眼神递了过去，分明是有些急切地渴望着下文。

岛村先生，您……愿不愿意……

什么？

愿不愿意帮我……

哦？

帮我做成这笔影带生意，把带子的价格再压低些？

岛村一时无语。思绪扭转不过来，只是听凭她一个人继续说下去。

我们这个音像公司组建时间不长，没有那么雄厚的资本，全靠您这套带子打开销路。您订单上的价码太高了，至少得给我压低五万，我们才能买得起。

岛村一愣，一丝警觉袭上心头，身躯也本能地有些僵硬。

小姐，您可是在以万为单位跟我杀价。您不如说让我把带子拱手相让得了，我们全体演职员两年多的辛苦也就此泡汤。

五万不行，那么岛村先生，您觉得我值多少？

梅小姐的眉梢轻轻一挑，似挑逗，又似挑战，岛村心里怦怦紧跳几下，循声追问：

假如我压低价位把带子卖给你，那么我将得到什么？

您想得到什么？梅小姐不急不愠，吟吟笑着，流光溢彩的眼睛紧紧逼视着岛村。

岛村也不示弱，将眼神迎上去回视着。二人的目光紧紧地咬合了一会儿，又松开，彼此心照不宣地笑了起来。梅那丰满的胸脯在旗袍下笑得微微轻颤，落在岛村眼里，就全变成了挑战的鼓点，全没有挑逗的蜜意了。

电话铃响起来，梅起身去接。岛村便对着这个咫尺天涯的葱绿色侧影，发着紧张的思索。电话里仿佛什么人请她去吃宵夜，梅在婉言谢绝，说此刻正陪着一个朋友，走不脱，活动临时取消。

回身刚刚坐下，又是一个电话进来。有人约她去 KTV，梅又谢绝了，说今晚要陪一个重要的朋友，不出去了。梅特意在"重要的"几个字上加重了语气。

您能给我一个结果吗？重新坐下来后，梅向岛村问。

我也很希望有个结果。岛村意味深长地说。梅小姐既然这样不吝，把我当成朋友看待，那我也不能白担了朋友的名分，就帮你一回忙。这样吧，我给你压低二万，这是最后的价码，不能再低了。

三万。梅毫不迟疑地接口说。

岛村定定地瞅着梅，梅脸上的线条瞬间已变成坚定和刚毅，并没有柔媚出他预期的欣喜和感激。岛村大脑不知怎的一时间呈现出一片前所未有的空白。少顷，才回过神来，挥了一下手说：

好吧，就三万。明天上午你去我那儿，我签份正式合同给你。好了，告辞了。

说完，岛村站起身来，挟上风衣径直朝门走去，连看也不看梅小姐此时的反应。他自己也搞不清自己的动作和言语是怎样变成如此衔接的，只是觉得此时必须这样做，非这样做不可，他已经不能够做别的了。

这一夜岛村彻底失眠了，带着失意和惆怅辗转反侧，对自己和这个世界都没有了把握，仿佛又陷入孤独冷漠里兀自漂浮着。这样一首诗意盎然的美妙情歌，难道只是自己低智商时的自作多情吗？难道梅也不过是一只善变的蛇，用媚笑和声音来将他利用和戏耍？他实在不愿意沿此思路想下去，脑中唯一能够确指的就是他对梅的真心不舍。至少，他跟梅也该算是棋逢对手吧？但他明白他要的不仅仅是这个，他要体认的是另一种深长隽永的承诺。

可那又是什么呢？我们的生活当中频繁降临的究竟是什么？是真情，还是虚妄呢？

等到梅如约来家里取合同的时候，岛村已经在客厅和卧室里把一切氛围都营造好了。梅依旧是神采奕奕，温婉可人，看得出，生意的成功让她昨晚有了一夜的好睡。岛村的心不禁有些微微发痛。

进门以后，梅便四下环顾，对居室的富丽堂皇装饰表示出高度赞赏，又把脚步移向靠墙一大排书柜前细细浏览着。那些脆硬的书页上曾经倾注过岛村青春时代骚动的理想。如今全都阒寂无声地尘封上了。

这是你妻子吗？她可真漂亮。梅拿起桌上一家三口的全家福照片说。

从前是。

哦，对不起。梅"哦"了一声，复杂的表情转瞬间又变得晴朗。你儿子长得真可爱，十分像你。

是吗？他跟着他妈妈走了。岛村淡淡地回答，转而把话题调度过来：这是合同文本，你先看一下吧。

梅接过合同书，坐在沙发上翻看着。岛村挨着梅坐下，也坐进了长沙发里。没有了茶几之类的讨厌障碍物做阻隔，梅就变得十分真切了，就在身边存在着。岛村的鼻息正拂在梅的头发上，发丝便微微波动起伏着。他能感到梅在他焦灼目光的视压下，似乎有了几分窘迫，目光开始散乱地在纸上游移，手中的纸张也仿佛有了千钧重量似的托抓不稳，扑簌簌地竟有几丝倾斜。岛村的肢体不由得火热起来，心也开始怦怦狂跳，这是他许久都不曾有过的动情的狂跳，他太想确认这场爱情的实质了。

梅，岛村低低唤着。梅，你让我动心。

是吗？梅轻轻地，头也不抬，仍盯住手中的合同书。

是的，你会让任何一个男人动心。谁也抗拒不了你的魅力。

您也是个不可抗拒的男人。梅细细地说。

噢，是吗？岛村已经把这当成某种允诺的信号，脸颊通红地燃烧着，缓缓趋近梅那温热的双唇，不再在意梅那欲擒故纵成竹在胸的表情……

丁零——

电话铃不合时宜地响了。岛村的情绪被迫中断，无奈地走过去，抓起听筒。是公司里的恼人事。岛村简单地敷衍几句，马上把电话挂断，同时用身体挡住梅的视线，顺手把电话线插头拔了下来。

回转身来，见梅已端坐在沙发里，身体显露出拒人千里之外的僵硬姿势。岛村笑了笑，随手开了发烧组合音响。舒缓的乐声登时像光一样从天上洒来，落在他们的脸上、身上，也笼住了屋子的四壁和墙角。洒在梅头发上的光是那样柔曼，仿佛要把她的每根发丝都揉起来，揉成暖暖的一团。梅的肢体在音乐的浸泡中舒缓了，棱角不再那么明显。

梅……岛村挨近梅，梦呓般地问，梅，还……满意吗？

什么？梅缓缓侧过脸来，眼中露出迷蒙的神色。

一切。

是的，我对一切都相当满意。这都多亏了岛村先生您，我真不知道该怎样感谢您才好。

不，你知道，你知道。鸟村盯住梅姣好的面容，呼吸变得急促起来。

哦……对了。梅的脸上掠过一丝迷乱，随即镇定下来，像想起什么，随即打开身边的手袋，从里面抽出一个鼓鼓囊囊的信封，递到岛村面前：

这里是三千元钱，作为对岛村先生的一点报偿，请收下吧，您千万别嫌弃。

岛村的面部肌肉登时发僵，进而急遽扭曲着，像是有些不懂似的诘问：

你真是认为我要的就是这个吗？你真的是这样想的吗？

梅被他的表情给震慑住了，睁大眼睛疑惑地问：这样有什么不对吗？那么你还想要什么？

岛村忽然觉得有些无措，有些语噎，有些空落。一长串音符轻捷地在他的大脑皮层里划着，苍白地划过去了，没有留下任何印辙。空白。空白得是那样滞胀，阻塞，让他的心灵已经难以承受了。

岛村先生。女人轻唤着他，将他从怔忪之中拖回到现实中来。如果没有什么疑义的话，就请您在合同上签字吧。

嗯……好吧。岛村木木应着，手里举着笔，却半天都落不下去。一切为什么竟是这样残酷，倏忽即逝？等到他的笔一落，他和这个女人的联系就算彻底完结了。其实从头到尾，维系他和这女人的，也不过就是这一张纸。婚姻，爱情，生命，为什么轻薄如纸？

岛村先生，您还犹豫什么呢？

梅小姐不再仔细读读了？

难道我还不相信岛村您吗？

梅有嫣然一笑，透出无比的魅力。岛村心里一阵揪紧，定定瞅了梅几眼，才在合同上签下了名。

好了，你可以回去交差了。岛村疲惫地一扬手。请吧。

岛村一个人在空寂的屋里呆呆坐着，让暮色一点一点把他吞噬进去。电话线一拔断他便可以暂时与这个世界隔绝。虽然没有报时钟响，可他在心里仍可以感受到梅乘坐的那趟班机已经驶过了他的头顶，把那个美丽的女人送往南国的一个新兴城市去。梅现在已经下了飞机，正兴冲冲地奔向她的老板处报捷。岛村在黑暗中睁开眼来，重新插好电话线，然后拨往梅所在的地方。

是梅小姐吗？

岛村先生？请问还有什么事？电话里梅那个女人的声音依旧很清脆，只是再也听不出柔媚了。岛村此时亦是心如止水。

梅小姐，祝贺您生意取得成功。我要告诉您的是，在复制合同文本时，我忘了把"发行权"字样打上了。就是说，您购买的只是影带的复制权，却没有发行权。您有权拷贝出一卷卷的胶片或磁带，却不可以拿到市场上出售发行。我重新准备了一份比较完备的合同，不知梅小姐是否有兴趣一切从头再来？

听筒里一时寂静无声。岛村似乎可以看到梅那欲哭无泪的眼神。他暗暗笑了，却笑得很苦。

游戏过后，还会有什么能在我们心头永驻？

岛村慢慢放下电话，随着渐渐降临的夜色一道，又堕入到无边的虚妄里。

1995 年 2 月于京西浴风阁

年轻的朋友来相会

1

　　火车嘶哑而尖厉地叫了一声，轰隆轰隆靠了站，身后扬起一阵雪末的粉尘。这是一列从北京直达沈城的特快，夜晚从北京站口出发时漫天大雪已经开始落下，经过八百公里地的疾驰，穿越广阔的华北和东北平原，终于在黎明天色微蒙之际滑进市区。车轮有节奏地咣当咣当在铁轨上敲打，一车的旅客都坠入似梦非醒的昏睡。雪花飘舞，大地沉寂。古老的山川、树木、河流以及寥廓无垠的天庭，在暗夜里静静地幽暗青蓝，闪出一种动人的暗紫色。漫天浮动的雪光灯影，倏忽照亮后世前尘，也足以令人忘却现世今生。雪霰洗拂不尽隋志高梦里的尘埃，相反，在他一夜失重的感伤忧惧中，梦，却像一群忽忽悠悠的棉花，将他浑身上下围裹得紧紧匝匝。

　　火车进入市区时大概是清晨 7 点钟的光景，整座城市仍笼罩在一片清寂之中。进站的笛声给冻了两冻，再叫出来时尾音就淌出了大鼻涕，"呜——嗷""呜——嗷"，叫出了几声东北大糙子味儿。隋志高一脚从车厢脚踏板上下来，一股子冷气"刺溜"一头钻进裤腿儿，裤子霎时间就给打透了，衣服成了摆设，简直就像是浑身光不出溜站在雪地中。北风烟雪小刀片一般迎面割来，"唰"的一下，脸颊和嘴唇就给冻肿。隋志高心里边的后悔这时就像一口黏痰，忽地一下子涌了上来，却又堵在嗓子眼儿的某个部位，吐也吐不出来，吞又吞咽不下去。这个季节，东北天寒地冻的十一月份，就连鸟儿也知道要飞往南方。隋志高却架不住老歪的撺掇，八百多公里地从京城赶回冰天雪地的沈城，为的就是参加个老同学毕业二十周年聚会。

　　老歪当初的电话一打过来，提起要搞二十周年同学聚会，43 岁的国家部门某局副局长隋志高听着就像在做梦一般，一脸惶惑地脱口问道："怎么，离毕业有二十周年了吗？"

　　老歪说："老六，你还合计啥呢？可不是有二十年了嘛。"

　　"老六"这一声叫，让隋志高大梦初醒。这是他们当年在学校宿舍里的排行叫法，都过去二十年了，又被老歪扯出来套近乎。二十年，真有二十年了吗？这么快！真是恍然如梦啊！2002 年是 77、78 级大学生毕业二十周年。他们这些人赶在改革开放、拨乱反正、高考制度恢复后第一批上了大学，77

级先入学半年，78 级的紧随其后，二者在同一年头毕业，显见得学制还没有完全走上正轨。正不正轨并不打紧，要紧的是从此一代盲流青年又从大学校园里获得了文化身份。

20 年前的大学校园，理想主义精神旗帜飘扬，从 17 岁到 35 岁，从拉家带口的到应届毕业生，学生三教九流，经历五花八门。红旗飘飘，歌声嘹亮，大旗之下，每个人都奋勇争先，实现出人头地改变命运的梦想。乡下孩子隋志高，1978 年从县城高中考上大学时正好 19 岁，小草驴一个，蛋蛋刚够在被窝里做梦画花。跻身于那些二三十岁大龄同学当中，他像懵懂的小屁孩，人家有什么惊天地泣鬼神的活动都不带他玩，黑马蹿出没有他的事，就连恋爱也没有他的份。后来他从图书馆的《红与黑》《飘》《约翰·克利斯朵夫》《静静的顿河》等学生必读书目中自学成才，迫不及待挤进追求女生的行列，很小布尔乔亚地写情书、约会、下馆子、亲嘴摸喳地鼓捣了一回，结果却是恋爱未遂。最后带着巨大的伤口远走京城。一晃就是二十年。

打电话来的这个老歪当年跟隋志高住同一间宿舍。当初他们一个屋睡八个人，就跟一群成年期的猴子给塞进一个十四五平方米的笼子里，汗味、体臭、遗精的气息混杂，男生宿舍离老远就能闻到动物园狮虎山和猴山的尿骚味。隋志高在屋里排行老六，老歪排行老四，睡在他的上铺。老歪个儿高，人长得像瘦猴，说话叽叽歪歪，走路哩咧歪斜，故而得名。

"你也不看这什么时候，机关调整，没工夫回去呢。"隋志高答道。说这话时还是在 7 月，京城热得要下火。刚刚结束的世界杯搞得人五迷三道，机关里正常的工作秩序刚刚恢复。老局长要退，新局长还没到任，"三个代表"要学，"十六大"要迎接，隋志高这个副局就必须天天守着摊子，一步也动不得地方。

老歪说："老六，不耽误你工作时间，你周五晚上回来，周日晚再赶回去。你打飞机，来回机票我给你报。"

隋志高一听他说"打飞机"，心里就乐了，心说我打飞机，我还打手枪呢！老歪当年一考古汉语和现代汉语就照隋志高的抄，这么多年了，在词义的进化这方面一点没什么长进，对于"打飞机"一词的外延含义都没整明白。看来方言这玩意在各地的歧义还挺大。隋志高没敢笑，只推说我确实忙，要聚就聚你们的，缺一个少一个都无所谓。我实在是走不开。

当然，忙是一方面原因，另一方面原因是他毫无兴趣。天知道老歪哪里来的那么大张罗热情。眼下人人都在与时俱进，紧着忙地把过去扔在背后，一个心思只是朝前顾奔，怀旧那些事都留给了不着四六的闲人们去整景，除了那些上了年纪七老八十磨磨叨叨的老人，再就是叽叽歪歪有话也不会好好说的美女小资，人家一出生就开始写回忆录了。怀旧也不白怀，怀旧人群的成本投入与效益产出紧密挂钩，白头宫女说往事，赚得纹银好几两，贼着呢！老歪目前具体属于哪种情况尚不清楚。隋志高并不怀疑他动机的单纯和目的的善良，只是眼下他一点都没有兴致陪他玩。

对于隋志高来说，二十年过去，大学生活早已经变得似是而非。同学之间一毕业就南北西东，除了刚毕业那会儿还有几个要好的兄弟还偶有联系，再过几年，基本都疏于来往，只剩了一两个同行业的人还偶有交道，却又因他隋志高在当中官当得最大，都是别人在求着他，在上边管理机关给求个人说个情什么的，都是给他添麻烦的事。这样的往来难以持久。一说起同学，隋志高印象模糊，连一点想见谁的愿望都没有。

老歪却不肯善罢甘休，频频电话骚扰，后来干脆说老六，你看你什么时候有工夫？我们大家伙等你，就乎着你的时间来安排。话已经说到这份上，隋志高仍不为所动，说忙，回不去。见隋志高总是回绝，颇有点怨，话里话外流露出嫌隋志高要大牌、不给面子的意思。老歪说："老六，你可是咱班混得最好的，除了弯弯绕以外，就数你官当得最大，又是京城部委的高官。你要是不回来，咱们这聚会可就没意思了，上不去档次。"

话听着像吹捧，却又分明带刺，扎人，整得隋志高心里不自在。这个老歪，都二十几年了，磨磨叽叽、黏黏糊糊的禀性还是没有改，而且，不会说话的毛病也显然还在。弯弯绕是什么人？一个快要被党和人民判刑枪决的贪污腐败分子！上学时都已经三十出头，是一个当过知青、修理过地球、非常明白自己在什么时候想要什么的人。上大学那会儿，隋志高莫名其妙就被他当成了死敌和竞争对手，没事就挨他踩咕，每逢评三好学生评奖学金等好事，一律被他狂踩，到了毕业愣是没有让隋志高入得了党。这几乎成了隋志高的终生大恨！后来据老歪中间传话说，是因为弯弯绕看上的某个女生对隋志高有好感，隋志高这个小白脸在女生中间人气指数太旺，很碍着弯弯绕的"拔梗梗"立腕。毕业时，弯弯绕作为学生会主席，挑了最好的单位，留到省政府机关当秘书。听说他一帆风顺，后来升至某某省委要人的大秘，后来又当成了市委班子的要员，再后来就被"双规"，一竿子搂进去了。那是一桩惊动全国的腐败大案，听说有可能判个死缓。

而今老歪电话里一拿他和弯弯绕相比，隋志高就觉心里晦气。心说你拿我比什么不好，非得比他！你那叫会说人话啊？再则说了，老歪总是这么"老六""老六"地叫，一次两次还行，叫得多了，隋志高就有点烦，下巴挂了起来，满脸的不待见。隋志高在机关里被下属唯唯诺诺尊崇着，听惯了人们叫他"隋局"，领导也会拍拍他肩膀叫声"志高"，出门到外省检查工作，更是高接低送，远迎近侍，突然间，被老歪叫起了大学宿舍里的排号"老六"，仿佛一下子又给叫成了当年那个光着毛的穷小子，时间一长，不要说心上扎根刺儿，就连肉里也揳满了针。

他不禁皱了皱眉头，摆起了脸色。可惜老歪在电话里看不到。

老歪仍旧没有放弃，执拗地说：“好好，老六，我请不动你，有人要和你说话。你等着。”

手机里传来一阵空茫，接着是一个女生。榆叶梅。隋志高一下就听出是榆叶梅，东北话，有点侉，有点嗲，音调的抑扬平仄都不对，尾音往下走。

“志高，是我，叶梅。你能回来吗？哎呀你看，咱们都多少年不见了，也应该老同学叙叙旧了，啊？你来吧，我等你，啊？”

……

榆叶梅的声音还是那么尖尖细细的，发声部位很靠前，听着不像个成熟女人的声音。当年就是她这有点小女孩腔的尖细声音迷倒多少男生！也包括他隋志高本人。

只是，在走南闯北，历经了无数的女人声音之后，他才能分辨和判断、评判初恋女友的声音，并且，本能地就挑出了缺陷。

他奇怪自己为什么没能激动得心跳几跳。二十年了，经历了多少事，人变得要多淡漠有多淡漠。

但是接下来的几天，只要一有空闲，他的脑子里就回响出榆叶梅侉侉嗲嗲的声音。这声音牵动起隋志高的哪根不结实的脉，促使他鬼使神差地上了周末的火车，并且这一晚上，还在努力想象和回忆着榆叶梅的模样：巴掌脸，山羊腿，细高挑身材，噘嘴唇，狐媚眼，叽里咕噜乱转的不安分眼神……

2

西北风扬起一些雪末子，杀在脸上生疼生疼的。沈城虽然跟北京只隔了个山海关，但毕竟是东北，跟西伯利亚是亲戚，关里关外，大不一样。一过了十月，西北风就跟杀猪刀似的往肉上割，恨不得刀刀见血。站台上那些穿棉服的穿羽绒服的，都跟熊一样，拖着行李往外走。隋志高比较利落，只有一件单薄的风衣和一个公文箱。显然他对两个城市之间的温差没有充分的思想准备。正在这儿哆哆嗦嗦拿眼四下寻摸，却瞥见老歪正迈着鸭子一样的步伐，从车厢的另一个方向歪歪咧咧往这边小跑。一边跑，还一边挥手喊："志高！老六！"

隋志高一见，也挥手喊："老四！"

两人脱下皮手套双手紧紧相握，互相拍拍打打拥抱。老歪明显见老，一张干巴瘦的脸上净剩了皮，一做表情，就把上下肉丝牵动得挺费力，皱纹挤得一小条一小条的，小细米棍儿眼睛被鱼尾纹包围，挤咕得只剩一条缝。脑袋顶上的头发也没剩了几根，焦黄稀疏，从左前方扯着越过秃顶遮向右后方，模样整个像一个大烟鬼。多亏他面皮白净，还有个一米八几的大傻个撑着，否则，这人就完了，简直没法看。

老歪在隋志高身上拍拍打打着说："哎呀我说志高，可算把你盼回来啦！这比盼星星盼月亮还要望穿我这老同学的双眼哪！"

隋志高说："得了吧，就您那眼？！上回见，还是五六年前吧？"

老歪说："可不，我去北京拜见局长大人，你在百忙之中接见我吃了一顿饭，还是在王府井的东来顺涮的锅子。一晃，都上个世纪的事儿，隔了妈了巴子两千来年了。"

隋志高笑，说："几年不见，也不见胖点？"

老歪说："还胖啥胖，没看都啥岁数了，土埋半身了，眼见着要当爷爷，胖不胖能咋地？"又上下打量隋志高，"我说志高，还是你行啊，这么多年，还保持帅哥身材。咱班像你这样的，没几个了。"

老歪拿话猛劲忽悠着，牵着隋志高迈腿绊绊磕磕随臃肿的人流往站台外挤。虽然不年不节，从各路火车里下来的大包小裹人流仍然像是梦游和逃难的。隋志高冻得紧紧裹住他的薄风衣，捂着红鼻头，嘴里哈着白气，慌忙躲避那些巨大行囊的冲撞和人身上冒出来的臭气。从憋憋屈屈的通道里一走出来，眼睛冷不防就被白煞煞的雪地狠刺了一下。原来雪已经住了，只有风还在叫，强劲的北风给站前广场上空刮出一顶蓝瓦瓦的晴天。看这万里无云天空晴朗的模样，好像这里根本不是以重工业为主的沈城，倒像是到了什么高海拔地区的青海、拉萨似的。那些地方不趁别的，就趁一个万里蓝天。人群一出站口，就三三两两分流，等在门外那些吆喝旅馆住宿的、饭店拉客的、卖茶鸡蛋的、卖地图的、黑车拉客的一拥而上，见着人就拉拉扯扯，拉胳膊扯袄袖子，都跟黑道抢劫似的，吓得人们直往旁边躲。老歪的手掌紧贴在隋志高后腰眼半推半托，寸步不离就像一个马弁护着老板。

隋志高一直半眯着眼睛慢慢适应雪雾后的光线，脚步就随老歪手掌的推和托顺势朝外挪动。等到他眼睛能微微睁开、定睛看清前面的物体时，却发现自己已被聚焦在一门摄像机镜头面前，镜头扛在一个小伙子的肩膀上。小伙子细高白净，穿了一件大红的羽绒服，扛了一个黑黢黢的大家伙在身上，两条长腿故意叉得很开，在雪地里杵着，像长脖鹿叉开长腿要蹲下撒尿，姿势很是招摇惹眼。肩膀上那个镜头一直对着隋志高的脸推拉着，隋志高没整明白啥意思，下意识地抬起手把脸遮了一下。没等他遮完全，从小伙身边站出一个小姑娘来，看样也就二十来岁，穿得五颜六色，脸蛋子抹得煞白，头发染得倍黄，手里端着话筒，自来熟地走到隋志高面前，笑吟吟道："隋局长您好！听说您多年没回家乡了，这次回来是为了参加您母校二十周年同学聚会，请问您此刻的心情怎样？"

隋志高面带惶惑，扭过头去冲老歪说："老四，这是……"

老歪忙上前一步："呵呵，那什么，隋局长，是市里电视台听说了咱们母校要搞个聚会，文教部主任是我的铁子，也是咱们校友，特崇拜你，他一听说你要回来，特地派人来抓拍点专题片。这位就是……"

隋志高冲镜头一摆手："再说吧。"

老歪立即明白了他的意思，也没强求，转脸对电视台的小记者说："那什么，小高小黄，你们先回去休息，待会有事我给你们打电话。"转过头来又对隋志高赔笑道，"志高，这事儿怪我，事先也没给你打个招呼。"

隋志高不说话，默默走着。老歪也喏喏，随在他身后，嘴里不放声，心里却嘀咕：操！这可真叫官升脾气长！真他妈的不给面子。

二人来到停车场的位置。老歪钻进他那辆黑色奥迪，打着火，车头调过来，停隋志高身边，伸手从里边把门推开，等着隋志高从旁边进副驾驶座。隋志高却绕过去，习惯性的拉开后车门，一欠屁股坐到司机身后的领导席位上。

老歪的脸上立刻掠过一丝不易察觉的神色。他在心里对自己道：老歪啊老歪，都怪你自己个儿没眼色！看见了吗？这哪里是同学跟同学的聚会，明明是身份跟身份的相处嘛！唉咳，算了吧。谁让我习惯开车而他习惯坐车呢！你就说这一个人的习惯吧，难道只是打小爹妈给的吗？

这么一想，老歪心里就宽松了不少。

待车子驶出站前广场后，老歪问："老六，咱们去哪儿？是先回宾馆休息，还是先找个地界吃饭？"隋志高略一沉吟，问："那个马家馄饨还在不在？""哪家？"老歪问。"就是咱们当年常去那个，学校西门旁边的。""不知道，老长时间不去了。领导既然想吃，那还有什么说的，咱们就拐过去看看呗。"

隋志高嘴里没说，心里却在说：行啊老歪！这么一会工夫，换了四种称呼了。从老六、隋局长到志高、领导，称谓都给喊全。时间地点场合，应时应景而生，没一次整错的，一点不含糊。显见得老歪以前电话里三番五次的狂叫"老六"，也是故意的，脑瓜贼清醒，就是为了勾魂套近乎，触动隋志高怀旧那根筋脉。二十年过去，眼前这个商人老歪，大号"蒲孝忠"的人，早已不是当年那个从铁岭山沟里考上来的天天吃不起早饭的穷小子。无事不请鬼叫门。谁知老歪要折腾出啥景来呢。

今天是周末，上街的车子很少，路上行人也稀稀拉拉的。是个大晴天，太阳有几许要露头的意思，远处的天边泛起几丝珍珠粉的颜色。一排排个头高大的俄罗斯穿天杨和兴安岭雪松，牛皮烘烘地立在宽阔平展的东北大马路两旁，枝头披着银色的树挂，晶莹闪烁。低矮处的忍冬青也被瑞雪装裹成一丛丛毛茸茸的白毛球球。高楼大厦、立交桥都被积雪乔装打扮，看不出本色是什么样子。隋志高依稀还记得这座城市那些风味建筑：南站站前广场东北解放纪念塔，塔顶上的墨绿色苏联红军坦克；老北站候车厅东正教风格的俄罗斯圆顶，圆顶下边青灰色的高大廊柱；八经街和十三纬路两旁遗留下来的小日本时期建造的红色二层砖木小楼房；中街午门雕梁画栋的清故宫门楼子，牌楼下面的汉白玉下马石；城东幽秘精深的努尔哈赤昭陵，城北喧闹繁华的皇太极福陵……正是这些旧时代的建筑构成了这座古城的特色。原先他还待在这儿省城念书的时候，一直就闹不明白一个问题：有着这样复杂文化历史的一座城市，怎么就跟"重工业基地"那玩意画上等号了呢？

后来查书时他看到历史学家下定义说，中华人民共和国成立以后，全国一盘棋。中国人民要站立起来，就必须要尽快发展工业。轻工纺织等行业中心挪到上海，钢铁电力煤炭机械制造等重型工业中心就留在了沈城，因为东北这疙瘩地底下肥，埋藏着丰富的石油啊铁啊煤啊什么的。那么不发展你还发展谁？不把你当中心还拿谁当中心？沈城人民就这样因为地理的原因为全国人民做出了牺牲。"牺牲"的意思就是说，前一半时间，是在城市原有的各种特色建筑群中搭建起厂房，浩浩荡荡产业大军从关里关外直奔而来卅工进驻，全中国人民有多少人就从那时候起跟着借光农转非；后一半时间，是哗哗哗的工厂开始倒闭搬迁，原先那些建筑遗址又享受修缮恢复原貌。浩浩荡荡产业大军开始下岗失业……

车轮过处，大雪覆盖住了城市里的一切，落在眼里的只是一片雪后的清净和炫目的银白。二十年前，隋志高他们在校上学那会儿，这座四百万人口的工业城才会在路上见到这么少的车辆、寥寥无几的行人，也才能见到这么辉煌的降雪。从他毕业走后，进入八十年代起，整个城市的面貌开始乱套了。机器轰鸣，马达飞响，一个经济迅速腾飞的时代急遽降临。作为一个老工业基地，沈城先是那些国营厂矿大规模创产值创效益，埋伏在城里的那些矿山机械厂、重型拖拉机厂、第三机床厂、中捷人民友谊厂、工业橡胶制品厂、辽沈发电厂、新生造纸厂，还有黎明兵工厂……一个个都像着了魔似的，疯狂地在有限的时间、原料和场地里榨取着剩余价值。仿佛是在一夜之间，工人阶级就改善了自己以往贫瘠的生活，他们纷纷把彩电、冰箱、洗衣机等高档电器领入自己家门，像是过起了小康生活。

这种经济腾飞捎带的结果，是没几年时间，沈城就被联合国环保组织列为除了墨西哥城、巴西里约热内卢之外，世界第三大污染城市。跟它同时榜上有名的毗邻的两个城市，一个是钢铁城，一个是煤城。臭氧层被破坏，城市热效应来临，夏天比北京还要热，冬天飘起几片雪花地皮都没给打湿过，一冬天也难得见到降一场透雪。那时隋志高已经毕业分配到北京，每逢人们问他是从哪里来的、隋志高一答"沈城"时，问话人就一点头说：唔，知道。那是全国污染最大的城市。搞得隋志高心里既懊恼又自卑。以后谁再问，干脆就顾左右而言他，对自己的来龙去脉避而不答。

仿佛又是在转眼之间，九十年代，经济体制改革，国有企业大规模倒闭、工人纷纷下岗。利税大户的老大哥工业城，突然间阒寂无声，退出了人们关注的视野。东南沿海和西部开发成了人们谈论的话题。沈城就在人们的忘却之中开始了艰难的生存挣扎。城市环境也因此发生巨大的变化。工人老大哥们是怎样从自傲转向自卑的就不用说了。只提一点变化，就足够沈城人民自豪又羞愧：因着工厂的倒闭和烟囱的不冒火，困扰城市十多年的大气污染竟然不治而愈！一年四季空气质量等级指数以及天空蔚蓝的程度，全都在全国排行头几名，甚至都远远超过了伟大祖国首都北京。

　　这才叫山不转水转，水不转山转。二十年啊！只能说是十年河东，十年河西，转眼就什么都过去了。二十年前，他们那帮青年学子们是怎样憧憬来着？

　　　　年轻的朋友们，
　　　　今天来相会，
　　　　荡起小船儿，
　　　　暖风轻轻吹。
　　　　花儿香，鸟儿鸣，
　　　　春光惹人醉，
　　　　欢歌笑语绕着彩云飞……

　　　　再过二十年，
　　　　我们再相会，
　　　　伟大的祖国，
　　　　该有多么美！
　　　　天也新，地也新，

春光更明媚，

城市乡村处处增光辉。

　　那是在 1980 年，由谷建芬作的一首著名的歌曲，在广大青年中间竞相传唱。谷建芬当年也就是他们现在这个岁数吧？能作出这样的歌曲来，足见其内心多么有朝气，蓬勃，满含着向上的动力！这首歌曲啊，被他们百唱不厌，百哼不倦。他们新年时候唱，班会时候唱，，碰到什么"五月的鲜花"歌会、"六一"儿童节、"七一"党的生日、"八一"建军节、"十一"国庆节庆祝晚会还是唱。他们还在千山的集体宿营篝火晚会上，拉起手，围成圈，就着这首歌，跳集体舞。"但愿到那时，我们再相会，举杯赞英雄，光荣属于谁？为祖国，为四化，流过多少汗？回首往事心中可有愧？

　　他们就这样唱啊，跳啊，他们一个个直跳得热血沸腾，脸蛋子红红的。他们顺便还歌唱哈尔滨的太阳岛："明媚的夏日里天空多么晴朗，美丽的太阳岛多么令人神往，带着垂钓的渔竿，带着露营的篷帐，我们来到了太阳岛上……"他们更歌唱青春，带着对青春的礼赞和对二十年以后美好生活的憧憬，连夜登临千山玉佛顶。到达海拔实际只有五百米的玉佛山顶之时，他们觉得已经攀上了平生最高处，眼望层林尽染的千山万壑，登时感觉心潮起伏，汹涌澎湃。他们纷纷抢得一块块峭立的岩石，腆胸叠肚迎风庄严而立，左手掐腰，大拇指的手指肚向下，右手朝上，当空挥舞，扁平掌在风中劈来砍去，集体酷似伟大领袖毛主席。看苍茫大地谁主沉浮？一万年太久，只争朝夕……

　　太阳从东方地平线冉冉升起，一团一团狂飞乱舞的金光照得他们身上火烧火燎光芒万丈。他们对着那金光大声吟诵：我们，八十年代的青年，一定要为实现四化，贡献力量！

现在，二十年的时间到了。他们来了。可是为何心情如此疲惫？为何笑容如此憔悴？为何吃饱喝足的幸福生活，变得这么鸡巴让人腻歪？

……

马路地面上的雪还没压实，轮子碾过雪地，咕吱咕吱，还不至于侧滑，但也够难走的。老歪像显示车技，开得飞快，见有超车，一律不让，遇到红灯，得闯就闯。隋志高不由叮嘱说："慢点。"老歪说："放心，交通队里有我的铁子。这边扣了，那边队长亲自送上门来。"隋志高说："看不出来啊，你老兄牛大了！大雪天的，拿我开练？"老歪明白了隋志高是嘱咐他注意安全，讪笑说："哪敢啊！我吃了豹子胆！"

老歪越是说话低眉顺气的，隋志高越觉得这里边肯定有点什么。要不然，也不至于。说来说去，老歪还比他大许多呢，在寝室里算是哥，他是弟。老歪总如此谦虚，显得没道理。张罗这么一个大场子，民间性质的聚会，不容易，一点不比他在局里开一次全国各下属部门的工作协调会议轻松。老歪不傻，花时间张罗、掏钱组织这场同学聚会，肯定不属于吃饱了撑的。他所能理解到的老歪也就是大号蒲孝忠的这个同学，非常善于结交人。别看他出身低微，能力有限，个人相貌丑陋，考试总濒临不及格，但是他的自我资源就在于人前肯于放低姿态、忍辱负重、吃苦耐劳，辛苦自己为先，只要觉得对自己有用的人，暂时弯腰塌背给人当一把孙子也没怨言，无论陪喝酒、陪耍钱，哪怕喝成胃穿孔、输得卖媳妇，也在所不惜。以退为进，显示出了老歪农民式的狡黠和伟大的生存智慧。他这些行动，一般人都做不出来。一般人放低身态，尤其受过高等教育的人，也都有个度数，一旦超过了底线，跟狗眼的视觉平行，人的自尊心就抗不住了。老歪不价。老歪什么都能抗，抗完了他还能把损失找补回来。这是他的能耐。所以，一般人还真拿他没办法，被他黏糊上的事情，不知不觉，就替他做得了。谁都受不了在别人面前有强烈优越感，优越感一强烈，脑子就爱迷糊，放松警惕之间，就被人把事给办了。

老歪就是这么干的。为达目的，他从来不惜劳自己筋骨。老歪还有一个赢取人心的小手段，就是平常在同学之间爱传个老婆舌、发放个小道消息什么的，由于态度诚恳，总令人以为是真事儿一般。久而久之，被错误地当成见多识广，老歪差点成了班级的信息中心，个人威信指数逐步升级。当年因为传弯弯绕和外语系某某女生有关系，说两个人插上门躲在弯弯绕的系学生会办公室里干什么什么，还被弯弯绕借酒劲给揍了一顿。弯弯绕上学时就已经是有老婆有孩子的人，所有的勾引女同学之事都属于是犯法的地下活动。老歪这么不长眼色地大肆给乱传，是会影响人家的安定团结和未来美好仕途的。自从那次挨揍以后老歪就对弯弯绕恨之入骨，铁心投靠隋志高一边，悉心拉拢着他，一方面扩大势力同时以期有机会报复。不过这机会到了毕业也没能降临。弯弯绕这回被揍进去让老歪偷着乐得够呛，他是老歪上大学期间唯一结仇的人。

车子碾着厚厚的积雪开往了母校方向。面向皇陵大街一面的正门原先的红砖围墙早已经改建成了透明的铁栅栏，远远可以望见围墙里图书馆和教学主楼那几幢巴洛克风格的高大建筑。那都是当年苏联人在时援建的，直接把他们老毛子的审美气派搬过来，屋顶举架极高，外形宽大厚重，经过几十年风吹雨淋，仍不改恢宏气势。它们跟城里的老火车站、省图书馆、展览馆、老东北大学以及当年的东北局和市少年宫、钟楼、鼓楼、中街、太原街等地的俄罗斯风格建筑一样，记录下了东北人民跟苏联老大哥之间不平凡的一段亲密接触历史。北京的老莫餐厅和北展剧场几乎跟它们外形完全相同，就像出自同一张建筑图纸。这些异国风情的建筑是当年最能引发隋志高奇思妙想的地方。刚从农村出来的孩子，平常就连城市里的楼房都很少见，乍一见，简直要被这种伟大的砖石瓦块叠加结构惊呆了！没事他就跑到城里各处去溜达。中街鼓楼百货商店一共有四层，从没见过楼房的乡下小孩隋志高，在一个星期天的上午专程跑去爬楼梯，上上下下，从一层到四层，不知从楼梯上跑了多少个来回。那是怎样一个对城市充满着新奇、激动与幻想的年纪！

　　学校的南门院墙外是一条小马路，稍嫌偏僻，它一头连接城区，一头通往城郊一处新近挖掘出来的古代人类活动遗址。因为挨着校园区及其附近两家工厂宿舍，早在八十年代初，马路上的商业活动就已偷偷摸摸日益抬头。马路对面原先充斥了各种小店铺，卖烧鸡的、卖朝鲜咸菜的、卖青菜的以及回民烧卖店、小饺子馆、小百货店应有尽有。隋志高去得最多的地方就是那家馄饨馆。一个礼拜去一次，给自己改善改善。当时的馄饨店是一个老太太掌勺，馄饨是猪肉白菜馅，皮薄馅儿嫩，一锅高汤，放点海米紫菜，出锅时再加上一点香菜末，淋一两滴麻油，只闻闻味，就香得要掉眼泪儿！对于一个月拿二十块钱的国家一等助学金的他来说，吃上带肉馅的东西，简直就是奢侈豪华的享受，需要避人耳目，偷偷摸摸去做。家境困难的学生，难道不是理应早餐吃五分钱的咸菜，午餐吃两毛钱的素炒吗？他们怎么也配下馆子？那时的五毛钱一碗的馄饨，吃到隋志高的嘴里时性质就已经变了。那是幸福，口腹之欲的幸福；那也是叛逆，希望尽早摆脱贫困窘境的叛逆。同时，也竟有一种罪恶感，仿佛在用别人施舍来的钱吃香的喝辣的，自己是在欺骗党和人们，骗奖学金，骗学校，是一个不为人所耻的骗子。隋志高嘴里吃着馄饨，心里只是暗暗希望着有一天，能用自己挣来的钱，大大方方吃好的喝好的。

　　公路拓宽，原来的铺面早不见了踪影。车子绕了一圈，最后在校园背阴的北门对面，终于看见了林立的店铺。隋志高一眼看见了那个蓝色的幌子。不错，是这家，马家馄饨店！他激动得跟什么似的，车没停稳就慌忙往外钻了出去。谁能想到，过了二十年，还能在故土上面找到旧物呢！

店铺里的老板娘换了中年女人，不认识了。铺面比原来宽了些。桌椅板凳也都不熟悉。然而，那馄饨的热气，却是熟悉的。老板娘热情招呼他们落座，手脚麻利地将已经包好的馄饨下到锅里。不出几分钟，馄饨出锅，配上麻油香菜末，递到隋志高面前。不曾张口动箸，隋志高眼泪差点夺眶而出！这就是那令他隋志高终生难以忘记的味道：贫穷，幸福，自卑，叛逆，同时还夹杂着某种莫名其妙的罪恶感。

隋志高夹起一个馄饨放进嘴里。这就是二十年前青春的记忆啊！猪肉白菜，麻油芫荽，一锅高汤。简单，便捷，满意，鲜香，轻易就可获得巨大的幸福感。

一碗馄饨下肚，隋志高那根怀旧肠子才算被彻底勾将起来。馄饨太香了。香得过分，显然是味精放得太多。奇怪当年他是穷学生时，怎么没觉得味精的味道有多难忍？也像是他初恋的滋味，注入了添加剂却感觉不出来，却只记住眼泪，欢笑，奋斗，挣扎的苦涩。就是靠这点微薄的味精紫菜虾米皮营养，隋志高毕业时硬是比入学时蹿高了三公分，长到了一米七五，符合东北男人身高的一般标准。

他很想跟老板娘问点什么，话到嘴边，又咽了回去。问什么呢？那个老店主，显然不可能在世了，当年她就已经快七十岁。一个怀旧的人，能寻到一点过去的蛛丝马迹，就算很幸运。

从馄饨店里出来，觉得身上的热气聚敛了许多，不像来时那样寒冷。就怔怔地在风中站着，隔着马路朝母校校园里张望。老歪在车里喊："志高，上车吧。有的是时间回来呢。"他说的是日程安排中有一项是要回母校跟在校师生交流。隋志高只好收回目光，随他上路。

3

孔雀宾馆位于皇陵大街附近，是一家老式旅馆，八十年代建造的，20世纪九十年代经过艰苦的跟风改造，也才勉强挂上一个三星级牌位。虽说里面的设施齐全，但是服务水平相当一般。按老歪的说法，把返校同学安排在这里下榻，是因为这里离母校近，谁要想回去看个老师什么的也方便。当老歪将车子驶向宾馆那条路上时，隋志高还是顺便问了一句："老四，这次活动开销可不小，你怎么打算的？如果不行就大家凑……"

老歪打断他说："咳，志高，瞧你说的，难得请老同学们回来相聚一次，我蒲孝忠连这点心意还表不起？"

隋志高也就不再多问。他在脑子里大概地合计了一下，按常规，像这种民间聚会，估计每人的来回路费要自理，至于食宿，总共只住一晚，就算每间标准间200元的话，全班同学都回来，有三十来个人，两人一屋，也不过三千多元。外加一顿接风宴，老歪个人的付出其实也没多少，满打满算也就大概在5000块钱左右。其他饭局都是各处打秋风，听他讲明天还有母校系里请客，晚上还有一个什么企业老板也要请一顿。总之是各项债务一分摊，落实到老歪头上的负担就没多少了。而他在这场团聚当中获取的效益，应该不止5000块钱吧？

这样一想，隋志高觉得自己有点俗。且俗不可耐。为什么就不能像二十年前那样至幻至梦地去估量一个人？比方说，把老歪此举想象成一次纯粹的忆旧活动？也许是因为人到中年，也许是现如今这个过分重实利的社会，总之是逢事就想到钱，搞得人连一点浪漫想法都没有了，哪怕是一点点微薄的穷浪漫。

隋志高跟着老歪一走进宾馆大堂，一眼就见正中央扯起的那个极大的横幅，上面用红纸刷出斗大的鹅黄字迹：热烈欢迎各地校友回沈城团聚！字体硕大，分外煽情。标语下面，跟大班台相对的位置上，还设立了一个签到处，两个小姑娘在那里把守忙乎着。老歪说那是请的学校低年级学生来帮忙。旁边还站了两个小男生，准备随时帮助拿拿行李跑跑腿什么的。隋志高随口夸赞道："行啊，老四，工作效率挺高，还组织起一个工作组。"老歪说："咳，整景呗！你们这些大人物回来了，我还敢不给伺候好？"

　　他们俩提着公文包走过去。只见前面已经有一男一女两个人拎大包小裹站那里等候签名，顺带拿房间钥匙。女的站在男的身后，从背后望去，见她身板瘦削，骨头节宽敞，站在那里后脊梁看上去比男人的背部还要宽，穿着件橘黄色羽绒服，头发胡乱耷拉在肩膀上，毛哄哄的，浑身散发一股馊烘烘的气味，像是从火车卧铺上直接翻下来就滚进了大堂，根本也没洗漱捯饬捯饬。听到脚步声，女人回过头来，看见了走在前面的隋志高，就使劲打量他。隋志高给瞅得心里发虚，也赶紧拿眼回应，努力辨认着眼前这个干瘦单薄、满脸是褶儿的高个女人。片刻，女的猛地扯了一下前面男人的袄袖子，大声惊呼道："哎呀妈呀！你快看看，这是谁来啦？！"

　　男的闻声从签名簿上抬起头，也盯盯地瞅了两眼隋志高，然后"嗷——"的一声扑了过来，大呼小叫一声："隋志高！"然后拿拳头照准隋志高肩膀就是一杵子。

　　这一拳可打得不轻，隋志高的肩胛骨都哆嗦了。我的野蛮同学！他在心里叫了一声，咧了咧嘴，本想表示疼痛，半道上立即又改成笑逐颜开表情，跟来人迎面紧紧贴将上去，左胳膊下力气使劲箍在对方脖子上，右胳膊勒紧对方粗壮的熊腰，将两具身体贴得严丝合缝，疯狂摇晃拍打，同时他的大眼皮迅速耷拉下去，目光飞快地瞥着签名簿上的名字。尽管那上面的字龙飞凤舞，不像个人爪子能划拉出来的，隋志高还是辨认并回忆起来了，男的王鹏举，女的叫李红！这二位是两口子，也是当年班里恋爱成功的三对儿之一。毕业后女的为了爱情离开家乡绥中，跟男的去了他老家吉林的一个县里当老师，一晃就是二十来年没音讯。隋志高赶忙就松开紧箍着对方脖子上的胳膊，终于可以放心大胆面对面激动地喊一声：

"鹏举！"

紧紧握手，摇晃，又转过身来喊：

"李红！"

又是一通紧紧握手。这回没有摇晃，只是捏在手掌心里，握了有千分之零点一的时辰。李红已经是鼻涕眼泪吧嚓了，一边忙用剩余一只手的手背在脸上抹巴，嘴里一边说："哎呀妈呀，你看这是咋了，老同学一晃都分别二十年不见了呢！"

"你看你，你看你，你咋还哭了呢？老同学见面，笑还笑不过来呢，你哭个啥劲呢？整得像谁欺负了你似的。你说是吧志高？"王鹏举一边逗着他媳妇，一边又把大熊掌伸了出来。隋志高心里发怵，有意躲闪，却又抹不开面子，正迟疑着，一看，还好，熊爪子已经越过他，伸向身后的老歪。老歪从后边跟上来，跟他们夫妻二人握手，拍打。其热情洋溢程度，显然要比隋志高跟他们的见面情形差。显见得老歪跟他们之间是常有来往的，这回见了，也不觉特别新鲜。

经过一通忙乱，签到，寒暄，几个人终于拿好了各自房间钥匙牌，一起坐电梯到十一楼。电梯空间狭小，王鹏举一人就占了两个人的地盘。二十年的时间，他把自己充分发酵起来了，胖得要水肿，走起道来呼哧带喘的。他抑制不住老同学相见的喜悦，上下打量隋志高说："家伙，志高，这么多年，你可一点都没变，还是那么年轻，咋整的？都吃些啥山参大补丸？"隋志高说："不行啊，老喽，熬心啊！哪像你小子，春风得意，心宽体胖。"李红抽空在旁揶揄："就他，还春风得意呢？你问他，高血压、高血脂、心脏病，什么没让他得上？"王鹏举拦住老婆说："你说那玩意干啥？那不也是显得咱们的生活好了吗？二十年前你让我得我能得吗？"李红用瘦拳给了他老公一下，他老公呼哧呼哧地笑，李红自己也哧哧哧地笑。隋志高感觉出了这一对夫妻的和谐与甜蜜。

到了十一楼，老歪帮这两拨人归拢到各自屋子，道一声你们先休息，又忙去张罗别的事情。隋志高放下公文包，关起门，水没喝，茶没泡，第一件事情，就是看那张老同学名单。刚才趁老歪他们不注意，他很有心地从签到处拿来了每位来宾的房间分配名单。经过第一次跟王鹏举夫妻见面没想起对方名字的遭遇后，隋志高已经充分提高了警惕，把脑子里一根弦绷紧起来，迫使自己进入临战状态，调整到即将来临的应酬场景中。

不知怎么搞的，一场二十年前的老同学聚会，非但不能让他放松，想着在轻松愉快气氛中去重温旧时友情，反倒惹得他分外紧张，把它当成了官场之外的又一场应酬。

可能是因为人过四十，也许是因为多年当公务员养成的习性，只要一出家门，隋志高就分外关注自己在他人面前的形象，以及过后自己会在他人心中留下点什么印记。尤其是在故交旧友面前，更是不愿意显露出任何不得体，或者人生失意挫败印象。

那么在他自己心中，是不是本来就充斥了生命的挫败感呢？

隋志高顾不得清理这些。他敛气凝神，把即将来的同学名字迅速复习一遍。尤其对那几个特别感到陌生、已经多年不交往的，又大概想了想他们当年的模样。能够迅速记住人名，是作为一个领导者的基本素质。前一秒钟记住，哪怕后一秒钟就忘，只要有用，就得记，哪怕这个用处只不过是在现场用一次，简单喊一声对方名字，拍拍对方肩膀。领导能够首先叫出下属的名字，职位高的人能够首先喊出职位低的人的名称，在官场上取得的效果，永远是事半功倍。作为国家部委机关一名高级公务员，二十年的磨炼，隋志高这方面的才能，已经修炼得相当可以。

既来之，则安之吧！他这样劝诫自己。

把名单熟悉得差不多，随后他才稳下神来，给自己沏上了一杯茶。

还没喝上两口，就听电话铃声丁零零响。这边拿起来刚"喂——"了一声，那边门已经被人不客气地敲开，老二、老七、老八一个跟一个进来，老同学见面、轮番轰炸会晤狂欢就算开始了！

二十年前的老同学们一个接着一个，从各个城市里陆陆续续赶来。每一次楼道里出现脚步声和钥匙开门的动静，都会引起一阵大呼小叫、搂脖子抱腰、狂喜、猜测，彼此猛劲儿消耗刚见面时的热情和体力。二十年了，时光的印痕在每个人的脸上都挂了相。从十八九、二十来岁的小青年到四五十岁的中年，有的模样变得大，有的变得小。相同一点，是男生普遍肥胖，挺起大肚腩，女生们多半显得沧桑，有的像怨妇，有的像老娘们儿。人到了这个岁数，最怕发胖，男人一胖，腆起难看的肚子，再一露出白头发，整个人就显老相，说四十也行，说五十、六十也有人信。女人一胖，显得更年期提前，往后像是没有了什么奔头。像怨妇的，是那些单位效益不怎么好，时刻面临下岗的；像老娘们儿的，是长期坐机关的，没熬上什么大官，反倒坐出了一个下坠的肥臀和一肚子鸡毛蒜皮。无论沧桑还是臃肿的脸，隋志高也都还能认得出来，因为他已经将同学名单琢磨好多遍了。只有一个他没认出来，那就是一个叫燕燕的女生，割了双眼皮，垫高了鼻梁，双眼皮没太割好，圆弧稍微大了些，有点浮肿，总像是在哭，表情像寡妇。另外一个差点没认出来的是同寝室的老五，大面积谢顶，像长了杨梅大疮，让他一惊。

隋志高遂也从他们身上照见了自己：43岁，单身，离异，消瘦，带着一个孩子，跟父母一道过活。有轻微的抑郁症。脸上带有离异单身男人特有的萧索表情。

他也这才明白原来自己懒得跟人聚会，还有一个理由：实际上他内心并不快乐自由。他也就不愿意参与各种带有狂欢性质的聚会拍拖。

初见时的生分、惊咋、哄叫渐渐平息。谈话的主题和气氛逐渐入港。当分别多年的大家打消了刚见时的隔膜，话语越说越密、套瓷越套越近乎的时候，刚开始看着别扭的眼前这帮家伙们，现在看上去顺眼多了。刚一见面时，在隋志高眼里，这群人都已经老模老相白内障青光眼，颇不招人爱看，说话做派都像戏剧小品里演的东北油子；过两个小时，就已经有三分之一人顺眼，找回了当年一起登山玩球时的感觉；又过了两个小时，又有三分之一看着也凑合，虽然面有老相，可说起话来艮起艮，乐呵呵，听起来很是人情练达幽默风趣呢！照这样下去，他想，再过上几个小时，只不定就会看谁谁可爱了呢！人啊，可真是个臭毛病，都架不住这么翻来覆去、躲不过避不开地来回地看。看来看去，连歪瓜裂枣都成了顺瓢子。

谈话聊天的地点不断地挪腾、转移，从北屋到南屋，从一个房间转移到又一个房间。聊天队伍也在不断扩大，先是一两个，然后三四个，接着男女生不分，一股脑扎堆聚一起唠闲嗑。在老歪会务组占用的那个南屋套间里，北方冬天上午十点多钟明媚的阳光射进窗来，给闲聊聚会的场所增添了温暖的景色。隋志高一不留神就发现了个别同学脑袋顶上的新问题——那是追赶时尚及其与衰老做斗争的痕迹——个别同学脑袋瓜子顶上染了头发，而且还不是一般的染，是挑染，挑起一小撮一小撮的头发来染，致使脑袋瓜子顶上一块黑一块黄，黑黄相间，富于动感。黄也不是街上小韩流们染那种特扎眼的明黄，而是跟黑比较靠近的金属铜黄色。太阳不照不知道，太阳一照，全体人民就都知道了。当然，同学们也不一定是挑染，而是头发原来黑白掺杂、一上染料，着色不均，反而造成意外的挑染效果。还有极个别的土老帽男生染了黑发，乌黑乌黑的，像戴着一顶假发，一看就知道是把便宜染发水买回家里，老婆戴着胶皮手套大把大把抓挠，拿着细齿木梳给染的。不管怎么说，追赶时尚本身就表明了对生活的信心和热爱。

隋志高想，对同学们的美，我怎么一点都没发现出来了呢？可能是刚才情绪不对位，缺乏一种审美的眼光，一眼看到的竟全是一群老男老女老没牙屎鼠眼的衰相。你看王鹏举，早脱下了那身臃肿的羽绒衣，现在就换上了一身藏青色毛料西装，上身宽厚，下半身也笔挺，再把领带一拉，就显得人模人样，看着挺符合当地教委主任身份；夫人李红也已装扮一新，跟早上刚见面时判若两人，回房间洗漱完毕后，略施粉黛，描眉画眼儿，头发梳成一个小抓髻，归归整整盘到脑勺后边，一件雪青色高领山羊绒毛衣，配一串紫檀色的木珠项链，整个人一下变得有气质了。怎么说人家也是当地著名的享受国家特殊贡献津贴的特级教师呢！

放眼再看别的人，似乎不像他肉眼第一眼所看到的那么忧戚，反而一个个笑逐颜开，充满老同学见面后真挚的激动与感怀。早先上学那会儿就关系好的女生手牵手在一起呱嗒着，一个还给另一个带来了家乡的土特产；原来住一个屋上下铺的男生还在数落当年谁谁最爱打呼噜。人们互相问着打听着这个怎么样了，那个哪去了，这个在干什么，那个在倒腾什么。他就想，也许，那忧戚，实际上来自于他自己，与别人无关。

老同学们互相盘问这，询问那，二十年过去，彼此传递的，却已经都是生死讯息了啊！

——弯弯绕干得最冲，家伙算是飞黄腾达了，可惜，判了个死缓……算了，算了，不提他了。

——老家在梅河口那个老毕，还记得不？哪个哪个？就是那个，平时蔫不叽不爱说话，拉得一手好胡琴那个。已经去世了。是吗？真的吗？可不是嘛。大前年。胃癌。年龄不到五十。家里还有两个孩子，爱人还下岗。怪可怜。

——小胡，还记得不？在学校时老是小胡小胡地叫，其实早就是出版社的副总了。前年，也出车祸死了。去青海开会，遇到塌方。怎么那么倒霉，一行三辆车，石头就砸他的车上，车里边还就他一个人死。司机和副驾驶座上的人都没事。你说这是不是命啊？命里注定。

——是啊。兔死狐悲啊。咱们这些健在的人，有什么理由不好好活着？

——还有谁没能来？佟大姐啊？就是当年那个铁饼投得最远的那个？原来在农村下乡时就是铁姑娘队长，那身板，那力气，掰腕子，咱班男生也不敢不服啊！分回锦州，现在已经退休啦，在一家中学返聘当高考班辅导教师呢。本来说好能来的，昨天刚打电话来说，下雪，滑了一跤，骨盆粉碎性骨折。现在躺医院里头呢。哎呀，是吗？要不要去看看她呀？要不打打电话问候一下？那么好身板的人也能骨折？可不是，中老年妇女，普遍缺钙，可别当自己还是铁姑娘那会儿了。一晃，咱都是快做爷爷奶奶的人。学会心疼自个儿吧。

——还有一个孙立惠也没来？跟老公出国去了澳大利亚。咱班出国的人还真不算很多。唉，学中文的，出啥出哇，出去了又能干点啥？也不就那么回事嘛。出去了，混得不好，还不一定比待在国内强。就说孙立惠吧，那年回来省亲，请老同学见面，嗳，你在不在？没来哈？你可不知道，把人请到家里去，桌子上就摆了几块小点心，几瓶小饮料，连顿饭也没舍得请，太寒碜人了！咱也知道人家是学得洋气了，可是人一回来，到了东北家乡这块地界上，最起码也要符合国情吧？

——是啊，得罪谁也别得罪老同学。得罪了老同学，等于绝了自己归乡的道儿。

——你那块效益怎么样？还行？还行就够啦！我那地界不行，天天闹精简，现在都鼓励提前退休，工龄买断，从经济效益上说哪一种更合适？那要看你自己怎么打算的。怎么打算？再打算我也比不得老兄你，堂堂的地级市领导，挥手一招呼，什么都送到家门口。

——家里老人都挺好吧？孩子怎么样？多大了？连老二都结婚有孩子了？爱人做什么呢？就别叫什么爱人了吧，就直接称老伴得了呗，叫爱人听着我不好意思，牙酸。好好好，老伴老伴，你家老伴也挺好吧？糖尿病？唉，咋得上那玩意。有啥别有病，没啥别没钱。现在看病可是看不起。单位说给上医疗保险，大病统筹，结果到真有病的时候，还是麻烦，唉……

——啥也别说了，眼泪哗哗地。靠谁都不如靠自己。

——你那里房改完了吗？产权买下来啦？房子多少平米？

——160平米？哦，还行，比我的还大一点。平顶还是复式？

——复式？行啊，一步到位。我当初后悔没买复式。你是贷款还是付现？

——付现。

——嚯，家伙，厉害呀！

——不能跟你比啊，你那里房价多高啊。我们这小地方，便宜。

——买车了没有？

——儿子媳妇刚买了一辆奇瑞。我们这岁数的，就别冒那个险、出那个奇了。搭孩子们的车坐就算有福喽！

——我那老婆，看人都有车，非要闹着自己也有一辆。这不，刚给她弄了一辆捷达王。捷达不错，一汽产的，就在家门口嘛不是，有个啥事换个零件啥的也方便……

　　……

　　隋志高厌倦。疲惫。烦。刚开始还一直跟着应付几句，保持着真诚的微笑，关心老同学们的长短，说东聊西。时间一长，就烦了。他对别人的生活没兴趣，从来不爱打听别人的私生活，也不愿意把自己的生活形态告诉给别人。老同学们拼命打探别人生活状况的那种心情，他们话语里露出的无形的攀比，既幼稚，又实在。这些都是隋志高所不喜欢的。但是没办法，在他这个比较各色的北京人儿眼里，外省，本身就是个市民社会。以前每次回乡探亲或者办事，他都觉得是一脚踏入市民社会。虽说是大家共同生活在同一个时代，又都那个年代过来的人，同学们当年被共同教化、灌输的都是同一个救世治民、让中华民族崛起于世界之林的国家民族理想，但是经过二十来年的磨炼，每个人的理想都遭逢过拐弯。老同学们在家门口过活，包裹在宗族宗法三亲六故的大网络中，生活目的很实在，过的就是个老人子女升官发财。隋志高早早脱离了那个网，只身漂流在政治文化中心的京城，深深濡染上京城的知识分子气，有一腔怀揣天下的理想和忧国忧民的政治家情怀。他每天盯着政治局的人事变动，关注美伊战争，讨论中国加入世贸后的文化市场开放，提案环境污染和交通堵塞的管理……人活在那里，话语形态总是显得无限邈远，不着边际。而对于日常生活他并不关心，也十分不屑，因而在这方面的能力也十分微弱。一轮到唠家常嗑、扯点老婆舌闲话什么的，他就蒙了，没什么话说，词汇量小，口语能力特别差。关于日常生活方面的建设和扯淡的繁重任务，以前全是被他的前妻承担着的。所以，终有一天，当他妻子不愿再独自承担此重任，不打招呼就从他这个工作狂这里卸任辞职时，似乎也是意料之中可以理解。

见那几个身板已经沦落成大妈型的女同学正揪住一个个人使劲刨根问底，老婆孩子车子房子地问个没完，隋志高怕了，趁她们不注意，假装去洗手间，在里面偷耳听听外面仍在喧哗，蹑手蹑脚启开个门缝，然后悄悄就从尿道溜了出去。

　　出来，到外廊大口大口喘了几下气。似乎相邻的每一个房间都有人聊天。他轻手轻脚往回走，路过隔壁房间时，只见房门大开，一男一女两个小朋友在那里叽叽嘎嘎玩电脑游戏。

　　隋志高乐了。他就愿意跟小孩玩。自从儿子他妈跟他离婚后，他和儿子成了亲密无间的玩伴。他把大量时间都花在改善跟儿子关系身上，希望能借此弥补他们夫妻离婚给孩子带来的心灵损伤。儿子的态度是爱搭不理，基本不领情。十四五岁的孩子，正是半懂半不懂，长个儿也长心眼的时候。隋志高心里真是苦恼多多。

　　他走进去，跟小孩子们打招呼。小孩子还挺有礼貌，那个站着的高个儿小男孩先说"叔叔好"，另一个坐在笔记本电脑前的小女孩忙乎得头也不抬，也跟着说了句"叔叔好"。

　　隋志高说让我猜猜你们都是谁家的孩子。他先猜男孩子，说是老七家的，小孩说不对，又说是老八家的，还说不对。男孩自己供认说是陈平威和许少鹏家的。隋志高一听，哦，是班级里处成的另一对夫妻。心说看来咱们班爱情坚贞程度还不错啊！这么多年了，还在一起过呢！男孩说他跟爹妈来省城给哥哥抓药、配血型。哥哥得了白血病，爸妈到处找药为他治疗。隋志高心里一沉：原来他们承受这么大的不幸！刚才看他们在那里谈笑风生，一点看不出来此行还有这一项沉重任务。

　　隋志高又问小女还说："你呢？你跟谁来的呀？"

　　小女孩头也不抬说燕燕。就是那个割了双眼皮的那个。"我妈说她自己来没意思，非得拉上我。其实我一点都不愿意来。学校马上要考试了。"小女孩抱怨着。

隋志高往前探探头，见她在玩电脑游戏《骇客帝国》。这个游戏他跟儿子玩过，战斗非常激烈。他就提出要求跟他们一块打。小男孩显得很高兴，客气地让座给他。小女孩恋恋不舍地从光屏前抬起头来，一见他，惊说："叔叔，你好像梁朝伟耶！"

隋志高笑了，说："哦，我有那么阴吗？"

"那当然。你像他一样有一双电眼，专门电中年女人。"

隋志高放声大笑。这是他到这儿以来，笑得最畅快的一次。

他熟练地从弹药库里拣起一把手枪，投入了战斗。

一边开枪打，还一边想：

我果真有那么忧郁的眼睛吗？

中午大家都拿着餐券到饭厅吃自助餐。召集人老歪说，见面接风宴会安排在晚上，中午大家就简单凑合着吃点，咱们边吃边等还没有到的同学。大家表示能够理解。于是都在餐厅里拿盘子夹好了自己的一份饭，转身回来又凑坐到一起，叨咕来叨咕去还是那点车轱辘话。隋志高就纳闷：为什么分别二十来年的话，见面一说，只一会儿，就没了呢？再说，就全是重复。早知这样没意思的话，当年，他们还会不会唱"再过二十年，我们再相会"？

吃过午饭，隋志高立刻回房，关好门，也拔了电话，栽歪在床上休息。老歪挺有眼力见，给他自己独自安排了一个屋，别人都是两人一间。好不容易躲开那么多人、那么多他不愿意参与的话题，他想他得抓紧时间休息。躺下来，闭眼睛想睡。可不知怎的，只要一闭眼，就觉得仍旧是在火车上，一团棉花在脑子里忽悠来忽悠去，那种失重的感觉，让人好不心烦。稍微迷糊了一会儿，隔壁房间的喧哗声把他惊醒，一看表，离晚上还很远。于是打电话问老歪下午的安排。老歪说下午没什么安排，有事的办事，没事的休息。晚上接风，去他的饭店。隋志高本想问问榆叶梅何时来，话到嘴边，又咽回去，只说："我想出去走走。"老歪说："等会儿，我马上到你那儿去，开车拉你。"隋志高说："不用，我就在附近转转，去去北陵公园。"老歪说："那也好。去北陵的话就你身上穿那点玩意根本不够用，别给领导冻个好歹，我可担当不起。等着，我借件军大衣给你送过去。"隋志高刚想说不用，老歪已经不由分说，把电话挂了。

老歪还真就送对了，没有军大衣真是不成。一上午猫在屋里不觉得，冷不丁一出门，还是觉得北风飕飕的，打穿裤脚管。他把大衣裹紧，信步往前走。转过了宾馆的角门，就是北陵公园。隋志高有个脾气，就是帝王的陵墓一直为他所喜爱，河北的清东陵，北京的明十三陵，都是他常爱去观光的地方，但凡有机会，就跟过去溜达一趟。至于为什么，他自己也说不上，只是觉得那些地方有点什么通灵的、超常东西，那是日常生活中所没有的。置身于陵墓群中，对天、地、神、人都能产生出畏惧。人活着总得畏惧点什么，不然就没法活了。

相比那些大型的陵墓群，沈城眼下这块清朝始祖的陵墓，显得很袖珍，虽说也是陵墓，却是毗邻这所大学里学生们的恋爱嬉戏乐园。谁让它们在距离上如此挨得近了呢！当年到省城上学后第一次来这里玩，见到那些雕栏玉砌的牌坊和隆起的坟包，他还在想，白山黑水之间，出了这么一群玩意，骑马扛刀的，就把汉族的历史割断了。作为山东关里的大汉族传人，他在心里不服。还有他们的故宫，也把他看得眼花缭乱。清朝人打天下时的遗迹都留在这座城市里，习以为常时，便对它们没了感觉。当年他听榆叶梅讲，她小的时候，每年清明学校都要领着祭扫烈士墓，在抗美援朝烈士陵园献完花圈、宣过誓后，接着就来逛北陵公园。扫墓和逛公园是连在一起的，所以她们每年都特别盼望清明节。听她这么一说，隋志高的羡慕之情油然而生！他不能想象，一个人小的时候就能把这么好的风景习以为常当成玩耍之地；就像他第一次听他前妻小敏讲，她小时候搞少先队活动是去天安门广场，然后一定要顺带着逛王府井和大栅栏。当时听了，他的心里又是怎样的一动！剧烈震动！那是他这个乡下孩子几经奋斗才能够到达的地方，她们却从一出生就能享用，是那些地方的主人。潜意识里，她，她们，就是她们所在的城市的象征。跟她们建立起联系，就是跟她们所在的城市建立起了一种关系。

隋志高顺着湖边慢慢踱着，一点一点找寻着旧时的痕迹。他点着了一根烟，在湖边的望月亭上坐下来。北陵周末的湖面上，异常宁静。远处儿童乐园那地方有几对年轻父母带着孩子在那里堆雪人。通往陵园深处的甬道上有几个半大孩子结伴嬉闹而行，其中一个不时往路边树干踢上几脚，树上的雪末子唰唰落下，灌了另一个一袄领子，他们就互相嬉闹着追追打打。那些属于青春的喧闹声更衬托出了他一个中年人内心的孤寂。是孤寂吗？不！分明是，分明是，他的耳膜里，传来了榆叶梅生动娇俏的笑声。那笑声，属于1980年的青春的笑声，娇俏欢乐地倾洒在北陵湖面的冰雪跑道上。

榆叶梅穿了件高领嫩绿的套头羊毛衫，扎着一条马尾辫，像春天的小树，亭亭玉立在北陵三月洁白的冰面上。1980年的春天，并不是所有的人都穿得起高领羊毛衫。她的身后，追随着一群穿着藏蓝色秋衣的男性爱慕者，叽叽喳喳，喧闹起哄，仿佛一群春天的鸟儿追随嫩绿的柳枝招摇。

滑冰场里不断有人摔倒，又不断有人跟上。主航道中心线热闹非凡。

隋志高那时只能待在跑道外圈溜达，在冰场的边缘走着鸭子步。他一个农村小孩，根本连冰刀都没见过，更别说滑了。同学中有许多滑得好的，尤其那些老大不小的同学，不知都从哪儿修炼出来一身的本事，见什么会玩什么，有能耐的，一上阵，就使劲显摆，没人管别人是怎样愚笨。本来，大学的游戏场就是供每个人显示才艺的地方。弯弯绕也是多才多艺的一个。他不但会滑，还能倒背着手，弯着虾米腰，撅起大屁股，做花样滑行，模样挺专业。

隋志高又一次摔倒了，咕咚一声，摔得挺厉害。听到弯弯绕嬉笑一声，隋志高气馁，站不起来，两腿是朝两个方向劈着摔倒的，一时收拢不回来。他很窘，坐在地上忧戚地听着弯弯绕的笑，心里很不是滋味。

一双白色冰刀停在他眼前。一只戴着棕色小羊皮手套的手伸过来："来。我拉你一把。"

是榆叶梅。一株春天的小树，亭亭玉立，凤眼含笑，双颊飞红，那是被寒风打出的一点点娇红。

隋志高受宠若惊，将手伸过去—— 一双戴着白色线织的劳保手套的手，递向一只戴着精致小羊皮手套的手，给牵住，拉了起来，磕磕绊绊，从边缘向中心，一步一步向前。

——1980年初春北陵湖面上一双小羊皮手套的小手一伸，第一次将他从边缘拉向中心，从此改变了他的命运。

第一次的亲密接触，其中的原因很多，很多。按理说，以他的出身、资历，跟榆叶梅相差太大，榆叶梅又比他大三岁，一般是不会对他感兴趣的。但她就是那种充满了优越感，虚荣又浪漫的女孩，自我感觉好得过分，希望普天下男人都喜欢她，都围着她转。屁股后边围着一大群，都是唾手可得的，她不待见，唯有隋志高例外，隋志高从不主动追求她。连多看她一眼都没有，在男生里显得牛皮烘烘的。其实她哪里知道，那实在是因为隋志高不懂，还不开窍，他对这个城市的自卑情结还没有过去，有那么多新鲜好玩的东西等着去看，同时还要忙着应付肚子问题，他哪里有心思和经历去追女孩子？他对她不在意，反倒使她来了兴致，非要逗他玩，吸引他的注意力不可。榆叶梅抛多少凤眼这傻小子都接不过去，最后非要逼得人家姑娘主动伸出手去拉他不可。

除了要征服一个不向她献媚的小傻子男生外，隋志高长得帅气，白净，手指修长，面庞忧郁，"一点不像农村来的孩子"（这是榆叶梅当着别的女生面对他的评价），也是吸引榆叶梅要控制他的一个原因。他那种很面、很忧郁的性格，听话、随人摆弄的傻样，都很适合她的颐指气使脾气。他学习好，人聪明，入学成绩就排第一，以后一直都名列前茅；写字好，速度快，课堂笔记在考试前总被全班同学传抄，总有许多平时不听讲不上课的人临考试前抱佛脚，拿着他的笔记狂背，最后都能得个及格分。再后来就发展到隋志高选哪门课，那些懒人就跟着选哪门课，平时他们不用去听，考试前抄他笔记，一背就行了。这是小屁孩隋志高当年在班级同学里的威信和用处。

不管他长得多么好看，他的笔记做得再好，他也只是她逗着玩的一块作料，她的目的就是挥霍青春，显示魅力。不想，他当真了，动了真格的，不管不顾，爱得天昏地暗。老实的孩子不能逗，一逗就容易出硬伤。她想退，他拉着不放。她也被本能冲动驱使，玩到哪儿算哪儿，没有什么害怕，看哪一天算玩到家。

爱上榆叶梅，也改变了隋志高的自我评价。隋志高一直都对自己的定位很难处置：他既不是知青，也不是城里出生的新一代，他只是土生土长的农家孩子。当年知青当道，使劲渲染他们在乡下的苦难，喊着"夺回被林彪'四人帮'耽误的青春"口号时，隋志高心里说：妈的，你们下了回乡就有了苦难，我呢？我们这些一落地就掉在柴火堆稻草堆大粪堆里的孩子呢？注定一辈子就要脸朝黄土背朝天？你们牛 X 什么你们？都是同龄人，你们优越感的来源，只不过就是出生地而已。

现在，他被爱情冲昏了头脑，充分的自信在年轻的面庞上一天天扩展开来。他爱上的是全城最好、最美丽的姑娘。全城最好、最美丽的姑娘爱上了他！她就是这座城。这座城就是她这位好姑娘。第一次跟同学到她家玩时，越发加重了这个印象。作为一个省银行副行长的女儿，她可以随便展示一点她家里的东西就震慑死他们。像他和他的同学们那样的普通家庭甚至更贫困一点的家庭，在1980年时没有谁家的房子在那时就可以四室一厅，没有谁家客厅茶几上就已经摆放上了瓜果梨桃。他崇拜，向往，惊奇，赞叹。这是他第一次亲眼看到的城市人家生活。他有理由向这个目标挣扎、奋进。虽然他知道他和她差距太大，她身上有太多不安定因素，是他所抓不住控制不住的，但是他喜欢、他稀奇，他要把爱情坚持到底。有一次他们谈理想。"我想过与众不同的生活。"她说。"你呢？"她问。"我想跳出农门，不再回去种地。"他实实在在地回答。

榆叶梅太著名，太招摇，一朵校花人人掐。谁若跟她在一起，显然要被人所瞩目，也必将成为众矢之的。由于跟榆叶梅的特殊关系，他成了男生们关注和嫉妒的焦点。人的脾气秉性，往往也是越被人关注就越要强。他的肾上腺素分泌激烈，胡须开始长得坚硬，开始狂看爱情小说，并对征服郝思嘉的白瑞德有了自己的理解：有的时候，爱情需要些强硬手段。尤其对那些貌似性情刚烈的女人。

也是在北陵湖边的画舫上，他与榆叶梅第一次接吻；在那个渔舟唱晚的小桥旁，他第一次把她挤靠树干上，手掌探进她的胸衣，颤巍巍握到了她的乳房——那是不盈一握的一对害羞小鸽子般的乳房，乳头像苏醒过来的小鸽子嘴，在他手掌心里一啄一啄的。那种美妙的感受他终生难忘！再往下深入，榆叶梅就不让了。她并紧两腿，将连衣裙的裙裾紧紧卷裹在大腿内侧，意乱情迷然而却分外坚定地说："不。"

榆叶梅分外坚定地说："不。"别看她表面招摇，骨子里也很传统，只不过是得着了开放之风，得着了环境，容着她卖弄姿色，挥霍青春。但凡漂亮女子，在青春期都有漫长的挥霍经历，如果没来得及挥霍就被老公领回家睡觉去的，婚后也一定会找补回来，让老公当王八戴绿帽子。展示羽毛是一切美丽动物的自恋天性，不管这展示有没有回报。她也知道，他们是不会有结果的，但她控制不住自己爱玩喜欢刺激的天性。她知道给自己留条底线，无论跟哪个男生玩，她都不会越过。因为那不是她最终想要的。所以她说"不"。他不知道，但是她知道，他们的关系终归有一天要解体摊牌的。她不知道哪一天，那个合适的分手机会会是在哪儿，但是那一天早晚都要来的。

　　那一天终于来到了。那是毕业分配来临之前，隋志高跟榆叶梅商谈，希望能确定和公布他们俩的恋爱关系，因为一旦如此，隋志高就有可能留在省城。虽说一入学时学校就宣布大学期间不主张谈恋爱，但是到了毕业分配时，还是照顾这种关系，尽量把恋人们分到一起。隋志高非常希望能这样，因为当时的留城名额紧张，除了本地学生以外，再有就是像弯弯绕之类的学生党员、班干部才会受照顾。隋志高有竞争力的地方仅仅在于学习成绩好，当时系里为鼓励大家平时好好学习，也曾有承诺，成绩连续几年排前几名的，毕业分配时照顾，可以首先挑选工作。如果他再加上榆叶梅这层关系，留在省城机关几乎可以说是手拿把掐。

　　然而榆叶梅恰恰在这个时候退缩了。榆叶梅的退缩给了隋志高的人生前途致命的有力的一击。她不想公开宣布和承认两人的关系。脱离关系的说明是以写信的方式传达的。她在给隋志高的信中言辞诚恳，情意深长，说自从隋志高提出要跟系里公布两人之间的关系后，她就心如潮涌，夜不能寐，经过几天几夜的慎重考虑，还是觉得两人不合适，性格脾气秉性都合不来，不适合于将来在一起共同生活。她还说她的家长也不同意她找一个比自己小三岁的小弟弟做朋友。榆叶梅还很抱歉地说，对于我的单方面的绝交行为你也许一时接受不了，那就让我们勇敢一些，挺胸抬头面对新生活吧！隋志高同学，爱情不在友谊在，敬个礼拉拉手，我们还是好朋友！衷心祝你有个远大前程。署名：友：叶梅。

信发出后，榆叶梅就杳无踪影，躲了起来。无论隋志高见信后有何反应，只要是错过了毕业分配前这几天，再说什么也是白费。而她自己则无所谓，毕业分不分配她也是本市的，随便让她老爸给安排个工作，几乎是想去哪儿就去哪儿。她这一招也是太毒太损了！隋志高那几天几乎精神失常差点没疯掉，他天天跑女生宿舍打听，整夜整夜地站在榆叶梅家楼下等着。他已经失去了理智，大脑一片空白，也不知道自己该干啥该不干啥。同学们该走门子的走门子，该盗洞的盗洞，四下里紧忙的找关系活动，只有傻小子隋志高处于失恋的疯狂之中痴痴地等。这样下去，等待他的真就剩一纸回乡派遣证书。

直到辅导员找到隋志高谈话，商讨他毕业后去向时他才缓过神来。这只是毕业分配前的一项例行谈话，对于那些有去向的人早已私下谈完了；剩下的就是这些听从分配的学生。辅导员是老一届工农兵大学生，为人厚道，年龄比班里最大的同学还要小，平时跟大家处得不错，说起来，隋志高还是他的小老乡。老乡见老乡，两眼泪汪汪，对于隋志高的一举一动，辅导员一直都很关注，对于他和榆叶梅的事情，他也一清二楚，心知肚明。有了一层老乡关系，跟没有那是大不一样，他是真心希望自己的老乡里边能有人有出息，成大器。于是就在1982年夏天那个蚊虫肆虐的溽热的北方夜晚，辅导员把小老乡隋志高叫到自己办公室，开门见山地问道："给你一个进北京的机会，你去不去？"

隋志高应该永远记住1982年夏天沈城那个蚊虫肆虐的溽热的北方夜晚。一个濒临精神崩溃的爱情失意的穷小子，被一个好心人重又拉上一条前途无限美好的康庄大道。

贵人啊！人生中所有的贵人他都该涌泉相报！

他当天就签下了分配意向书，第二天办手续，拿毕业生派遣证，第三天晚上，就毅然登上了进京的列车。他只让老歪帮他把行李托运到车站，没有举行任何告别仪式，也没有跟其他人打招呼。一腔愁绪，满怀离索，匆匆告别他生活四年的沈城，把梦与泪，放飞在进京的两条长长铁轨上……

4

晚上的接风宴在老歪的饭店里举行。老歪开的饭店在五里河夏宫旁边，属于市里繁华地段。当初他买这块地皮时，这里还是浑河边上的一片荒滩，地价便宜，没人看得上眼。后来机场高速路修起来，五里河体育场盖起来，著名的水上嬉戏乐园夏宫也拔地而起，这块地皮便开始升值得不得了，人气一股脑聚拢来。这一切并不证明老歪有经济头脑，而是傻人有傻命，活该他发财。

老歪毕业后先分到机关，不久就从机关辞职下海，先是倒腾过钢材、盘条，也炒股，但都输得一塌糊涂。他在数字方面根本没有一点天分，考大学时数学就不及格，全靠历史地理死记硬背，把分数凑够了才上来。后来才开始开饭店，开始是小本经营，把他老家铁岭的小鸡蘑菇、野山菌、獐子肉、山野菜等倒腾来，整成特色菜，形成别具特色的野山珍菜馆。后来，他们铁岭的大人物赵本山在全国走红了，"铁岭"这个大城市名也很快就随之传遍塞外江南。老歪脑筋活，跟风快，立刻把自己餐馆名字也叫成"铁岭山珍菜馆"，还将老乡赵本山的照片给放大成足足有一面墙那么大，在小饭馆里一进门的显眼地方给挂起来。别人问他这是不是有侵犯肖像权的嫌疑，老歪理直气壮答：啥肖像权？那才叫瞎掰呢！这纯属于偶像崇拜！没见我这全都是从画报和招贴画上剪下来的吗？属于免费替明星做宣传。再则说，我女儿把山口百惠贴一墙，我儿子还把足球明星照片贴一屋子呢，你说那都是侵权吗？

别人就笑说：看来你们家有偶像崇拜的基因。

也说不准是不是借着明星的光，反正他的饭店逐渐红火了，回头客一拨接一拨。他一看用赵本山用的时间太长了，容易引起食客审美疲劳，于是就毫不吝惜地给摘下去，改挂潘长江。一段时间内，一看又用得差不多了，潘长江已经调到北京，不在沈城这疙瘩有影响了，就改挂春节晚会上演卖拐的范伟。反正都是他自己老乡，谁正当红就挂谁。生意进入赢利阶段后，老歪将他老家的七大姑八大姨组织起来，在本省另外几个小城还开了几家分店。他这饭馆发了点财，无以炫耀，只有在同学面前露脸。除了工商税务环卫那些揩他油的部门以外，"同学"是他最主要社交范围。作为一个过去年代的中文系毕业生，别看老歪在文学上没什么才气和出息，却也遗留了些真风雅和假清高，对于生意上的伙伴，除了金钱来往，心里一律瞧不上，不屑于与他们为伍做朋友。而他的交往范围，又难得遇见什么文化圈子里的同人，故而只剩下了同学。尤其是那些当了官的、出了名的同学，整天挂在他的嘴巴头上。他们班有一个同学毕业后去了西藏当了先锋作家，他买了二十本书替那位同学到处送人，尽管他自己根本整不明白那里边的勃尔赫斯什么的叙事圈套究竟是啥玩意。老歪也一直将隋志高真心景仰，在外边对人吹牛时总提"我有个铁子在北京某部当局长"。只不过，这景仰表达到语言上，就变成了显摆老歪自己，隋志高反倒成了依附对象。

老同学们仨一群俩一伙从宾馆打车过去，隋志高待遇特殊，还是坐老歪的车。车里同时还搭上了王鹏举夫妻俩。一路上这两口子都在惊呼沈城的变化，一惊一乍，一逗一捧，夫唱妇随，听着像说相声。隋志高搞不清他们夫妻哪来那么旺盛的精力。

到了饭店，一看，门面修得不错，张灯结彩，蛮是气派。这是座二层小楼，包间雅间齐全。进门处以及走廊通道里果然挂着铁岭老乡巨照，几个主要人物大活宝给放大得跟活人爬在墙上似的。二楼包间之间的屏风隔断收拢开去，露出篮球场那么大的空场，留给他们今天的聚会。几位服务员小姐红旗袍红嘴唇地侍立两厢，四张圆桌早已摆好，刀叉冷盘拼好图形。一看那里的萝卜刻花，就知今天这场景整得挺大。

人们闹哄哄就座，喧哗，等待。隋志高被安排在跟老歪同桌，王鹏举夫妻、燕燕及其女儿等一起就座。老歪今晚精神抖擞，脱去了早晨接站时那件牛皮夹克，换了一身柔软挺括的黑色毛料西装，内穿一件鼠灰色衬衫，扎一根金黄带碎花的领带，左手中指和无名指各戴一枚戒指，老板范儿一下子就出来了。人们七嘴八舌夸赞老歪饭店有气派，装潢独特，香味袭人，夸赞老歪财大气粗，一表人才，众口一词调侃道：老四，你看你这样儿，你这才叫真正的成功人士啊！别人，都是穷扯！老歪听了，既得意又谦虚，走来走去，摇头晃脑，指挥调度，吩咐安排。隋志高见自己身边还留下一个空位子，随口问道这是给谁留的。老歪说榆叶梅。她刚打电话来说路上堵车，她马上就到。隋志高没言语，心说这么多年，榆叶梅还是那个喜欢作秀的脾气，非要惹人注目，一定要自己拿捏够了、众星捧月才能出场。她以为她是谁？还是当年学校里那个万人追？

奇怪这么多年，他们竟没有再见面。他和榆叶梅，一直避免见面。他有过许多次回乡的机会却没想去找她；她也有过来北京出差的机会却也没想要去见他。对他来说，那是心口上的一种疼；对她来说，又是什么？隋志高不知道。他不是不知道，只是避免去想。后来，果真也就不想了。

果不其然，这边刚把酒杯里的酒都斟上，老歪把各桌情况都检查了一遍，见没有什么纰漏，于是又回到主桌，刚端起杯子，站定，整了整领带，说了声："各位老同学——"

话音未落，就听一声细细侉侉的道歉声传来："哎呀，我来晚啦！抱歉抱歉！对不起大家啦！"

那声音抑扬顿挫，有如名角出场前的一声肥喏。接着就是门口迎宾小姐两旁一闪，榆叶梅出现在正中央，亮相，定格，嘴角挂笑，目光闪闪，眼中向大家暗暗送出秋天的菠菜。没错，还是那个巴掌小脸，山羊腿，细高挑身材，噘嘴唇，狐媚眼，叽里咕噜乱转的不安分眼神。看得出，榆叶梅比以前更丰满、更性感了。穿了件大红羊绒连衣裙，配一双黑色羊皮高腰靴，腕上搭一件酡红色裘皮大氅，浑身上下捯饬得没有一丝一毫杂毛，每一个细胞都在灯光照耀之下熠熠闪亮。

在座的没有谁不服气的。男生有点看傻眼了。女生回过神来，赶紧招呼："叶梅啊，快来坐，坐。怎么来的？自己开车来的呀？"榆叶梅说："没有，我让司机开的。雪大，路滑。自己不敢开。""那快让司机也进来一块儿吃吧。""不介了，我已经让司机回去，待会咱们完事时再呼他。"

寥寥数语，就把先前议论是买奇瑞还是捷达的那几位打发了。人家不但是有车族，人家还是个有私人司机族。

榆叶梅莲步轻移，缓缓落座隋志高身边，扭过身来，冲他嫣然一笑。

这顿饭，隋志高没有吃好。

……

闹腾到晚上 9 点来钟，人们基本上都已经喝得歪歪斜斜。先前还规矩着，小声地吃喝，谈一些久别相聚的文明话题。待到后来，酒一上脸，就无所顾忌了，一屋子人粗声大嗓使劲喧哗，可嗓门子造。结果是谁也听不清谁说什么，谁也都差点忘记了自己是 52 岁啊还是 25 岁。有两个年轻时曾共同是榆叶梅爱好者的男生话不投机，不知哪句没说好，两人脸红脖子粗站起来，互相指责、呵斥，比比画画差点没打起来。众人一旁给劝架拉开。老歪把两人给分开到两个桌上，又继续喝自己的酒去了。饭店里这种事是家常便饭，东北男人就习惯借酒盖脸，在酒桌上撒撒野，动动气，支巴得挺厉害，过后啥事没有，根本打不起来。老歪对此习以为常，一点也不显得惊诧。

吃累了喝累了，有男生问老歪能不能给整点好玩的。老歪说有啊，洗脚、桑拿、按摩、二人转、搓麻，想选哪个？众人乱嚷嚷一气，结果没达成统一意见。最后各取所需，洗脚、桑拿的一批老歪先给弄过去了；接着看二人转的几个也给指了地点，打电话联系妥，他们自己过去；搓麻的一批跟他走，去他的辉山别墅可以彻夜打通宵。隋志高说自己想回宾馆去睡觉。老歪说别价啊，好不容易来了，怎么能就回去？走吧走吧，愿意睡觉，到我别墅那儿一样睡，有的是房间供你休息。

隋志高无奈，只好跟上贼船一样上了老歪的黑车。榆叶梅也钻他们的车里来。这一晚隋志高走到哪儿，她跟到哪儿，整得隋志高好紧张，有点累。先前还那么想她来着，被她电话里的声音逗着，里想外想，也没想出个什么名堂来。一旦见了，一点感觉都没有。就是想暂时躲开，回避开，自己个儿悄悄待一会儿。他想也许是因为自己这一天太累的缘故，情绪忽高忽低，总是上不来劲。榆叶梅这么跟腔似的总盯着他，说不定也是老歪嘱咐她陪着的。

从饭店到老歪别墅，中间是很漫长一段距离，黑黢黢的，两旁都是林子，路灯不很亮，全靠车前灯和反射的雪光照明。大概走了三十来分钟后，远远见辉山脚下一片灯火通明的所在，那就是这个城市富人们的别墅区了。几辆车一停靠在大铁栅栏门前，各家的狗听见了动静，开始用暗号相互联络，继而狂吠。老歪把车开进去，其他人从车里下来，跟进院里。浓重的夜色雪景中，也具体看不清什么，影影绰绰见黑森森的树林环绕中，一幢二层带尖顶的白色小楼耸立院子中央，仿佛电影《蝴蝶梦》里的曼德利庄园的外景地。

老歪吩咐开门，那个用人打开了院子里所有的灯，先领众人在院里转悠。灯光唰地一亮，映照出别墅的辉煌。同学们酒气醺醺地观看他的暖窖，菜地，鸡圈，狗窝，夏天时候的葡萄园子。有人打趣说："老四，你这是典型的城市中产阶级的生活啊！有房有车，郊区有别墅。就差再养几个小老婆了。嗳，怎么你夫人一直没看见？"老歪说："她领孩子回娘家了。啥中产阶级？中产阶级就我这破样？"又有人打趣说："老四，哪一天重新划分阶级成分的话，你这算不算得上是小地主？"另一个说："小地主？他这算老地主了。多少家产啦，操！"

老歪暗自得意，领他们进屋，楼上楼下参观，打开所有客房，供客人们休息娱乐。那几个赌棍已经手痒难耐，凑齐了搭子，钻进麻将室就开战。一桌不够，又临时加了一桌。女人们则聚在一个房间唠嗑。老歪安顿完了他们，问隋志高想玩点啥，隋志高说："我喝点茶，看看电视，就这儿歇会。你忙你的，别管我。"

老歪说："我看你是太累了。这样吧，我有个朋友，会看病，特灵，特管用，连人大副委员长也找他看过病。我让他过来，给你也看看，做做电疗。"隋志高说："算了。我就这么待着就行。"老歪很执拗，说："待着也是待着，你就让他看看。有病治病，没病健身。"隋志高说："啥？他是卖大力丸的？"老歪没理会，忙着打电话喂喂去了。

不一会儿，会看病的神人来了。吹了半天，不过就是一个穿得埋了巴汰的民工模样的人，身后跟一个农村家庭妇女模样的媳妇。老歪给他们做介绍，管那人叫"大先生"，说大先生医术高明，一般人他不给看。只有贵客临门才能出山。说完，让大先生上楼去准备准备。

那边王鹏举听了，嚷着先要上去，说他最近以来一直腰疼，想请神医看看。周围麻将搭子们不干，说刚上就走？要不，喊你老婆来盯会儿。李红就过去替王鹏举摸牌，王鹏举这才腾出身子来，一步一晃上二楼。

等到隋志高被领上去时，王鹏举已经被看完。只见二楼书房里，大先生正在写字台前肃穆而立，右手空着，左手握着一根黑粗的电线头。电线延伸下去，连着地毯上的一个圆疙瘩头的普通插座，插座上又有一根线出去，连着墙壁上一个普通的两相电源插头。啥也没有，啥也看不出个名堂，一切都简单到了极点，就是电门上接出一根黑电线，大先生再把这根民用的二百二电压的电线捏在手里，像个不通电的人一般那儿站着呢。他对面，是刚被电完的王鹏举，正坐在床边系裤子，脑门上全是汗，嘴里叨咕着："这玩意，太厉害了！嗯，好使！我说老四，这到底是啥原理？"

老歪说："大先生通过自己的身体调整电压，再用电流把你身体里淤积的病灶疏通了。"

王鹏举点头佩服，系完裤带走下楼去。轮到隋志高坐到了大先生对面。大先生问："治哪儿？"老歪说："这位是北京来的领导，领导通常都日理万机，都有神经衰弱。就做做脑神经吧。""嗯。伸出手。摊平。"大先生下了命令。

没容隋志高多想，猛然间，觉得似有一根针在手心里扎了一下，隋志高的心里跟着一紧。接着而来的，是一阵麻酥酥的痛痒。隋志高眼见着大先生左手捏电线，将空着的右手食指随意在他手心里点了一点，麻痒的感觉立即从手心、手掌顺着胳膊一路爬上来，传遍了全身。一瞬间的很酥痒的感觉过后，大先生的手指就逗留得长了。他的手指尖儿触在他的手掌心里不动，隋志高便眼见着自己的手不由自主地痉挛，几个手指迅速蜷曲，向手心部分哆喽着弯拢，像小儿麻痹后遗症。一股麻劲和电力顺着胳膊走了上去，迅速逼近了心脏。热辣辣的，感觉到了胸腔不太好受。

"伸另一只手。"

隋志高随着声音，乖乖听口令伸出另一只手，眼见着手掌遭受的是同样痉挛，像被开水烫过的死鸡爪子，脑袋瓜子里也有点空白，虚无。不由得手心里的汗渗了出来。大先生的声音从虚无缥缈处传来："气脉发虚，你的虚汗逼出来了。"然后开始用食指击点隋志高的脸。手指尖每一次触到脸上皮肤，他都明显感到那个部位面瘫，痉挛，口眼歪斜，哈喇子难以自抑。

接着大先生又顺序向上，空手点到他的脑门上。隋志高不由自主闭上了眼睛。随着大先生手指的点拨，眼前冒出一片片股指曲线波动图，和一道道大起大落的错乱的心电图，全是倒 V 字形，波长起伏不定，伴有金光乱闪。隋志高能够感觉出大先生逐渐加大了手指尖电流量，下手开始有点狠了，一下，一下，像用锥子，在他心尖上一剜，又一剜，剜掉他心脏瓣膜上许多肉来。他心脏明显感到窒息、难受，不禁下意识地叫唤起来"行了行了"，一边闭着眼睛使劲往后躲闪。大先生不动声色，不依不饶，又追着他的脸连电了两下，仿佛狠狠闷了他的心脏两拳，这才肯放手罢休。隋志高的脑袋上出了汗，浑身也都出了汗。

老歪说："行了。这回你的汗出透了。怎么样？浑身清爽了吧？"

隋志高没言语，脸色苍白，行为缓慢。他慢吞吞下楼，回到刚才那间客人休息室，挨近床边，艰难地放平身体躺下，一边暂缓着自己的心跳，一边在心里骂：妈个 X 老歪，是想整死我啊！

直到榆叶梅敲门进来，他还未从刚才的惊惧完全缓过来。榆叶梅问明原因，说："唉！你信他！他总共就结交下那么几个大仙儿，一天臭显摆。谁来给谁看病。早知道，我非拦着你不可。走这么老远的路，累了一天，哪禁得住他们咋呼！"

几句热乎话，说得隋志高心里受用。这就是榆叶梅，她想玩你时，体恤，多情，嘴会来事儿，什么娇姿娇调都使得出来。等她玩够了想走人时，也是拍拍屁股一股烟而散，丝毫不顾及他人感受。

他没说什么话，气脉还不够用。他请榆叶梅给倒了一杯茶，仍旧平躺着，往上缓劲。榆叶梅守在床前，慢悠悠地给他削苹果。一股香耐尔香水的气息，缭绕在他的床边。

喝了几口茶，缓过点劲来了，隋志高挺不好意思地说："你看，刚见面，竟成这样……"

榆叶梅打断他说："哎呀，志高，你看你，这么客气干啥呀，又不是外人……"

一句话，说得隋志高微微脸红。没等说出什么，门一推，老歪过来。见榆叶梅在屋坐着，隋志高躺在床上，两人的坐卧形态，显然有点暧昧。老歪就假装打扰了别人好事一般，干咳一声，说："啊，叶梅也在这儿呢？"

榆叶梅嗔怪他说："看你把他整成啥样，万一有个好歹的可怎么办？就你认识那俩破大仙，到处抖搂什么抖搂？"

老歪一听，很紧张，忙说："咋了咋了？我看看。"一边走到床前，见隋志高脸色还有点煞白，忙问："那什么，志高，要不要紧哇？不行咱们赶紧上医院。你看你不舒服你咋不早说呢，我还以为你理疗得挺好的呢。"

隋志高摆摆手："没事。待会就好了。"

老歪说："要不，那什么，志高，今晚就别回宾馆那边了，就住在这儿，正好咱哥俩也好好聊聊。"

榆叶梅也劝说："志高你就别走了，这儿有用人，有司机，万一有点啥事，也好招呼个人。"

玩麻将的两伙人持续到下半夜两点多钟才散。那几个出去洗脚的、洗头的、桑拿的、听二人转的也都纷纷回去了。榆叶梅也没有什么理由留下来陪隋志高，只好也走了。鸡鸭鹅狗们都已入睡。整个别墅清静下来，映入宁静的月光清辉之中。

　　洗过热水澡，泡上一杯热茶，老歪、隋志高两个人在烧得暖暖和和的客房里穿着睡衣，歪在各自床上，有一搭无一搭地聊着天。电视里的一出韩国言情剧闪来闪去，哭哭啼啼、明明暗暗地晃着，给这个别墅的雪夜增加了些惆怅的气氛。隋志高此时感觉身体状况好多了，话也有兴致说得多一些。他由衷地夸赞说："老四，真不错，一个人置办起这么大的家业。不容易。真不错。"

　　老歪说了一句"咳——"，然后点燃一支烟，深吸了一口，又长长地吐出来。灯光下的老歪，身体疲惫状态也接近了极限，此时的话语和各方面态度反而都显得真诚。他长叹一声道，"咳，志高你不知道哇，我这人知道自己一辈子不能有啥大出息，当官当不上去，念书也念不成啥大气。我就合计着，这一辈子，辛苦点，能攒下俩钱儿，一来是接爹妈来养老，二来也能往后给孩子们留点。唉，谁想到，二老没那个福气啊，还没等我房子盖好别墅建完就双双过世了。你说，我还留这鸡巴理想有啥用？唉……"

　　说到这里，老歪眼圈红了，用手在脸上抹擦一把，说不下去。老歪家里三代单传，就他这一根独苗。所以他光宗耀祖传宗接代的任务很艰巨。前一个老婆给他生了一个闺女，现任老婆给他生了一个闺女一个儿子。现在他把老家的姐姐接来帮他带孩子，老家的老舅、老舅妈在别墅给他看庭护院，喂鸡喂狗喂鸽子。老蒲家祖坟在他身上冒了青烟，铁岭老家的千家万户穷亲戚都跟着鸡犬升天。不要说他，他们那代人，从农民成为大学生的人，谁还不是自己家祖坟上冒起的一股青烟？隋志高也是。他这股老隋家祖坟上冒出的一缕青烟，开始冒得极其粗壮，到后来，却越冒越淡。越冒越淡。冒来冒去，就把本来应该承接的光宗耀祖的事情忘掉了。自从他逃离省城，只身飘零，到京城去闯荡以后，就已然脱离了家乡宗族宗法社会的传统生活，只念及了那些形而上的事情，灵魂向着一个虚无缥缈的境界飞升。

1982 年的秋天，23 岁的隋志高一腔愁怨，满怀离索，毕业分配来北京工作。他卧薪尝胆，含辛茹苦，刻苦修炼，从发型到步态，从口音到胸怀，努力按一个北京人的说法做派严格要求自己，挣扎着在这块无亲无朋的土地里立住脚跟。五年以后，由于他的认真负责精神和出色工作业绩，荣升为他所供职的那家权威文艺类报纸的副处级领导。第二年，因为厌恶了报纸内部的派系斗争，愤而离开，什么级别待遇都不要，自己去应考国家机关招聘的公务员。进入机关以后，29 岁的隋志高从最底层的科员做起，每天端茶倒水扫地，应酬往来，上班时间兢兢业业，克己奉公，下班以后看书写字，熟读文件，迅速熟悉相关部门管理知识。到了 1994 年，重又提升为机关的副处长，这时距他毕业已经有十二年。1999 年，做了 5 年副处的隋志高因为工作业绩突出，一个偶然的机会，破格升为副局，时年正好 40 岁。

在北京人才济济的大机关里，40 岁时能够顺利提升为副局，也并不常见。若说这也算生活对他的犒赏的话，那么生活这东西可真是得失兼备，有苦必有甜，有甜必有涩。就在他提升为副局的前一年，妻子小敏离他远去，跟了一名有钱的台湾商人。

妻子小敏是他原来所在报社资料室的管理员，自费读了个大专，比他小五岁。认识她时，隋志高刚毕业分到京城，一方面是刚到北京城的兴奋，一方面是跟榆叶梅恋爱失意的懊恼。这种时候，是很需要来一种新的东西帮他把过去覆盖掉，建立起对新生活的信心。小敏就在这时走进他的生活。小敏是那种典型的北京胡同女孩，既尖刻，又大大咧咧，有当地人的优越感，说起话来没边没沿，仿佛天安门就是她家后院，北京胡同女孩的所有优点和缺点她都具备。他和她好上的契机就是来的第一年，单位组织完新年晚会后，他送她回家，离胡同口老远她就让他把自行车停下来，不让他再往前送了。隋志高看着前方黑黢黢的路口，担心她自己进去会出事，就坚持要送她进去。她却执意自己走回去，坚决不让他再往前走一步，他再送，她就不走。没办法，他只得说那也好，那你自己进去吧，我回了。说完骗腿上车走人。骑出半圈后，他又把车绕回来，主要是不放心，怕万一小姑娘出点什么闪失。待他艰难地将车子拐进去，从一个破旧的大门中看见小敏家住的是怎样一个破败杂乱的四合院时，他就什么都明白了，心里不禁怦然一动。一个北京姑娘也有她的自卑和自尊啊！这个发现多少平衡了一点他对北京城的自卑心态。虽说他是外地农村孩子，但她也不过是北京穷人大杂院里的小姑娘。两相持平，没有什么了不起的。

他只想到了跟一个北京当地姑娘结婚、娶一个北京媳妇在外人眼里是多么舒畅，尤其在老爹老妈、老朋友老同学、老邻里乡亲们眼里，更是成就感大大地高昂；他却低估了大杂院孩子对物质生活的高度向往和企求。外省人一门心思进北京，北京人的心思早已在纽约。几经揉搓，他们十几年婚姻的最后分手，实际上也是必然的。他无法高度满足小敏日益提高标准的物质要求。

1998年妻子离开他和儿子的时候他没有落泪。他虽也伤心，难过，有种被遗弃的感觉，但却没有眼泪，只是觉得心口窝的部位堵得慌。1999年机关房改，最后一次福利分房，要求每个人买下所住房屋的产权。一肩明月、两袖清风的年轻领导干部隋志高因拿不出买房所需的六万块钱而一筹莫展。（这六万还是因为刚刚提升的副局职务算分时也计算在内，帮助他便宜了两万）那时他个人的存款只有两万。他老家的年迈的父母听说此事后，不由分说，从银行取出他们一生辛辛苦苦卖稻米、种麦子所得的全部积蓄，星夜赶往京城，把钱送到他们儿子手中。当隋志高从父母手里接过这还带着亲人体温的五万块钱时，他把自己反锁在卫生间里不禁号啕大哭！爹啊！娘啊！他一遍又一遍在心里唤着外间他的亲人。我活着，虚活了四十来岁，究竟是为了什么啊？！

从那时起，他原谅了妻子小敏的离去。他自己，在物质生活上，是不成功的。他这么想。谁也没有理由强迫一个世俗女人放弃宝马车复式房的理想，去跟一个不会挣钱的穷光蛋天天淡泊以明志、宁静以致远、先天下之忧而忧、后天下之乐而乐。谁的理想，谁就自己扛着吧。

当年他在学校读书时能天天吃碗馄饨就是理想，能够跳出农门，就是实现了理想。后来他出省城，进京城，从副处到副局，从编辑到官员，吃上馄饨，尝遍海味山珍，理想越做越大，一发而不可收。理想长着脚，自己在不断往前跑。越走越远，越飘越高。他徜徉在人类文化形而上的精神高度里，铁肩担道义，辣手著文章。可让他怎能想到，山不转水转，水不转山转。二十年过去，理想转了一圈，又回到出发点上，重又落实到号召人民出名赚钱奔小康、过点好日子身上。

八十年代啊，那个理想主义盛行的年代，培养出这么一个说不清道不明的隋志高。他有愧于他们老隋家的祖坟啊！他不配成为那上面的一股烟儿。

是欠下父母的这笔债务把隋志高逼上一条与时俱进的光明大路。那是父母一辈子的血汗钱啦，怎能还叫白发人体恤黑发人？从此以后，隋志高不再念叨君子喻于义小人喻于利。他不推辞外界请他讲课给予相应级别高额出场费的邀请；他也不拒绝给词典作序、给丛书当主编、给大奖赛当评委等有高额酬劳之事。作为文化部门的管理官员，这是他仅有的一些光明正大创收渠道。他自己也辛勤著书做论，常将夜车开个通宵。当听到某位领导同志对此有异议，在会上提出领导者应该把主要精力放在本职工作上时，他毫无愧色为自己辩驳：作为党的文化官员，领导干部，勤读书写字是提高自身修养的一种方式。说他著书立说是不务正业，难道说他把业余时间都泡在歌厅酒吧、喝酒搓麻就是正业吗？

2002 年，43 岁的跨世纪青年领导干部隋志高虽然面相清俊，内心却已白发苍苍。他的理想在天上。他的身体在地上。

5

按照日程安排，第二天上午同学们回母校和师生见面，中午是系里请客。原先老歪还说要搞一个跟在校生的座谈，还要来电视台的、报社的现场采访。他这个计划被全体同学一致表示不耐烦地给否决了。表示不满的人说，老歪，聚会就悄摸悄聚自己的会，跟老同学老朋友、老师见个面，聊个天就完了，你整那么多景干啥？你是想借机扩大铁岭野山参影响啊？有人接话说：不是，他想当政协委员。老歪听了，也不恼，呵呵呵笑，说：我给大家办事，我招谁惹谁了我！这就是老歪，独一无二的涵养，似乎永远不会发火，从来都没有脾气。

隋志高昨天睡得晚，早起迷迷糊糊的，头痛未消，不想去了。老歪动员他说："志高，前边的事你都跟着大伙一块做了，你就差这一忽悠吗？去吧啊。再说辅导员今天也来。"

隋志高一听，没话说。别人他不见还行，辅导员来，他得去见。不管怎么说，那是当年对他有大恩的人。

一行人哩哩啦啦分别到了学校。见面会安排在系里的大会议室里。隋志高昨天还在馄饨铺眼望校园要流泪。经过昨天那么一折腾，同学大吵大闹、感情大起大落的，仿佛精神头用完了，今天一进来，基本没什么感觉。能看出来学校的今非昔比，从会议室的豪华装修布置、花梨木桌椅、水晶烟灰缸的气派，能看出系里这些年创收的成果喜人。原先教过他们的老师，老的老，退的退，现在接待他们的是新上任的一拨系领导班子成员，也就跟返校同学差不多一般大岁数。所以大家见面相当客气。当年是学生见老师，如鼠儿怕猫；现在是老师接见学生，敬如上宾。学校的发展靠校友，尤其这些大龄的在各条战线上有点小官位说话能顶用的校友同学们，是学校一支不可忽视的依靠力量。

系主任讲讲话，给诸位介绍介绍情况。其实不用介绍大家心里也明镜，现在各大学里，中文系急遽萎缩，俨然成了京剧，是需要特殊呼吁保留的品种。二十年前的中文系是培养干部的，那种"万金油"干部，干啥啥行，吃嘛嘛香。中文系出来的学生什么都能当。当然，也培养作家，也培养学者。现在的大学分科精细，干部由青年管理干部学院和各级团校负责培养，作家由各地作协培养，学者由科研机构负责培养。中文系没事干了，又不能说黄就黄，下边就划分出新闻专业，文秘专业，公关专业等时髦叫法，以骗视听。

这一招儿还真就管用，每年报名的学生都挤破门槛，学校也就趁机扩招。扩大招生的甜头在办公室的豪华装修材料和教师们红润润的脸色中已经初露端倪，今后这项成果还将进一步扩大实验下去。至于扩招以后学校师资后勤力量能否承受，学生毕业能不能分配出去，那就不在他们的操心范围了。反正毕业生现在实行双向选择，有没有工作都得由家长和学生自己兜着。

要叫隋志高他们用一句话说说大学二十年来的变化，他们只能是说：当年读书免费。现在上学交钱。任何一个身为学生家长的父母都会有这种感慨。

学生毕业不好分配，也是愁坏家长们的老大难问题。老歪的外甥求隋志高给找工作。老歪一个在北京上学的外甥，明年研究生毕业，想留在北京，考公务员，进机关，请隋志高给帮个忙。这是昨晚在别墅恳谈时老歪跟隋志高说起的。老歪说："志高，这个你一定得给我当事办，无论送什么礼、走什么门子，该出啥出啥，该拿啥拿啥，咱都不在乎。我老家下一代就这么一个有出息的男孩子，我这个当老舅的，一定帮他留在北京工作，将来也像你似的，当大官，进大部委，在北京扎下根。"

隋志高说："你先别忽悠，到时候让他找我，把简历先拿给我看看。"

老歪忙说哎哎。他摸透了隋志高脾气，知道这就算是答应了。

同时心里还想：这么一路脚跟脚伺候着，还有个不答应？

隋志高心里的一块石头也算落了地。老歪到底把他的目的说出来了。否则，他都觉得自己这一路被老歪卖了，却还不知原因是什么。还好，老歪求他的不是什么特别棘手的事情，比方说不是什么上访上告一类的。他最怕那个。二十年前那会儿，进京的人就办那种事儿的人多。否则，不太好处理，不能随便应承，又不好当面拒绝。虽说事情不棘手，但也不是那么轻易就办得成的。现在的学校，没事就玩扩招，根本不考虑将来学生毕业后社会就业岗位的接纳程度。前几年公务员岗位还不被重视，机关被认为是清水衙门，一般都是那些在学校里老实巴交没什么能耐的学生才来报考。有的毕业生别看自己不咋地，眼眶子忒高，眼睛都盯着外企、大公司写字楼什么的，一般地方瞧不上眼。一旦过了毕业分配找工作的黄金季节，没有地方可接收了，他们才傻眼了，档案免费在学校毕业办公室里放一年，拿着自己简历满北京打漂。说好听的是自主择业能力扩大，新一代大学生勇于担风险，说不好听的就是学生们普遍缺乏正确的自我认知，不知道自己半斤八两，对社会也不了解。显然，这都是我们的现行教育体制留下的弊端，倒不完全怪得着学生。

2003 年是新世纪高校研究生扩招之后的第一届学生毕业，本科生和研究生的分配挤在一起，真是雪上加霜。高校留校的，要求有博士学位；海归们跟土博士争岗位，根本轮不着硕士的份；公务员也爱要本科生，年轻，好使唤，比那些一瓶子不满半瓶子咣当的硕士生强。无论什么岗位，一下子挤满了前来找工作的人，立刻水涨船高，公务员也眨眼成了香饽饽，不好考了。老歪他外甥能不急吗？估计他们家在北京也没有什么可以借得上力的亲戚，所以才找到了省城里的他老舅蒲孝忠；他老舅老歪蒲孝忠就求到了昔日一个寝室里的下铺同学、现任北京国家部位某机关副局长隋志高。隋志高就被他连哄带骗、连拉带拽整回校友返乡聚会的列车上，连接站带陪饭、连电击带治疗，给折腾了这么一大老晚上。

把事一听完了，隋志高心里这堵得慌，心说，唉！瞧这点破事把我折腾的，从关里到关外，还搭上整整一届同学。早说不就完了嘛！

师生相聚时他们原先的辅导员也在座，一来就被同学们奉为上宾。二十年过去，辅导员早已经两鬓如霜。这么些年来，隋志高一时一刻都没有忘记报答他的恩情，他家的七姑八姨亲戚邻里，凡是上北京，一律隋志高给接待，凡是他介绍过去的人物，隋志高没有不悉心打点的，凡是他开口求到要办的事，隋志高无不倾尽全力去办理。滴水之恩，涌泉相报；涌泉之恩，报上加报。辅导员后来经常就感叹唏嘘地对系里学生教育道："我真没有看错人啊！77 届、78 届那学生真叫素质高啊！你再看看你们，啊，你们，一天天花着家长的钱，描眉抹粉，吃喝玩乐，一个个不知愁的样子，还有没有一点当代大学生的远大理想了？"

中午的酒席宴就摆在校园内的外事餐厅。这会儿的留学生招得也多，专门为他们成立了一个餐厅，中西餐兼备。觥筹交错之中，系主任就及时宣布了跨省市校友会联谊的事，说咱们原先在各地都有校友会，现在想联合起来，扩大声势，并说由蒲孝忠同学担任校友联谊会的总会长。老歪忙站起来谦虚说自己只是临时代理总会长，具体事宜，还要大家商讨决定。说完，还拿出事先起草好的有关章程，还有临时领导小组名单，等等，一应俱全，并特聘当年的辅导员为总顾问。一看这架势，就知道这又是老歪自己先起的腻，没事又给自己找热闹玩了。这时有人就在底下起哄道："老四，你的总会长是什么级啊？"有人说："应该正局级吧！"又有人喊："你把我们辅导员聘为老总，每月给发多少工资啊？"另一个说："当然也同样按国家统一规定的正局级发呗！"

这顿饭吃得，又是一通乱乎，一通忙。人们蹿来走去，互相敬酒，碰杯。昨天晚上的是见面饭，今儿中午的就是散伙饭，吃完饭，有些近道的就手散了。同学们未免都感慨唏嘘，道：唉，这人一老，人生的聚散也就眨眼之间了。

隋志高一直坐在辅导员身边陪酒，因为是恩人，不得不陪着多喝了几杯，直喝得眼冒金星，红头涨脸。趁别人敬酒乱乎的工夫，榆叶梅凑到隋志高身边，耳语道："志高，吃完饭有安排吗？"隋志高迷迷糊糊说："目前还没有。"榆叶梅说："那好，待会我请你出去喝茶好吗？"隋志高说："行吧。"其间系主任也过来敬酒，好像还托他办个什么事来着。是什么来着？大概是问他国家教委那边有没有人？他们系里想设立博士点，得想法找人审核通过批准。系主任还强调说他们这是加强学科建设，也有利于提高学校声誉。隋志高哼哼哈哈应着，酒喝得有点高，系主任的求他办事的话左耳朵进右耳朵出，很快就忘狗国去了。这种事他遇得太多，不用自己着忙。过不了多久，求他办事者自会主动打电话上门来提醒的。至于办不办，办到什么程度，到时候根据情况再说。

榆叶梅的司机开车，载着隋志高往回走。他仍坐后边领导席上。榆叶梅坐副驾驶座。他也没问去哪个茶楼，随她走去。路上的小雪花又飘起来了，天气预报说今晚上还会有大雪。榆叶梅问他晚上回北京的车是几点的。回答说是9点一刻。榆叶梅看看表说："嗯，从3点到9点，还有六个小时。"又假装沉思一下说："要不咱们这么着吧，志高，先到我家里坐坐，认认门，喝喝茶。然后咱们再一起出来找个地儿吃点饭，就便送你去火车站上车，你看怎样？"

隋志高不置可否，说："随你安排。"

车子在榆叶梅家住的翡冷翠庄园停住。下车时他还想，榆叶梅，老歪，他们这都是在展示自己人生的成功啊！一个中年人，人生的成功拿什么指标衡量啊？房，车，用人，保姆，这些个烂玩意。

他深一脚浅一脚被榆叶梅牵下车来，又给牵着，脚底无根地给拽进了她的复式小楼。坐下的时候，他还在想，他这是，喝茶来了吗？怎么看这也不像个茶楼，反倒像念书时，教古代文学的高汉卿老师讲的《红楼梦》里那个秦可卿的屋子。

榆叶梅在他眼前转哄来转哄去，一会儿给更衣，一会儿给倒茶，忙得团团转，幸福得团团转，屁颠屁颠的。他浑身燥热，醉眼迷离，望着她的身影，心说这样的色、香、味俱全的美妇人，如果不结上那么几次婚，再离上那么几次婚，那简直就是人力资源浪费。她现任丈夫是第几任？她这奢华生活是怎么来的？他连问都不问，也根本没有兴趣去打听。

榆叶梅要去给他煮解酒姜汤，他给拦住了，他把手在虚空里挥了挥，拍拍身边沙发说："你……坐，你坐，别忙活了，坐下，聊会儿天。"

榆叶梅刚开始还假装扭捏着，可是现在隋志高这么伸手轻轻一扯，她就顺势倒伏在他的身边。隋志高不是把嘴贴过去，而是把手贴过去，把手探进她的绣花真丝锦缎睡衣里。她如此麻利地换上开口极低的绣花真丝锦缎睡衣，不是盼望他的手探进去还能是什么！

隋志高的手轻触到的，不是他想要摸的东西。那一对曾经啄过他20岁年轻手掌心的害羞小鸽子似的东西不见了，带之而来的，是满把满握丰过乳的两个大水瓢。

不知怎么的，这一刻他连哭的心都有了。榆叶梅啊，你这东方美妇人！

榆叶梅啊，我那个啄我手掌心的小鸽子乳房……

榆叶梅啊，榆叶梅啊……

翻身压上去时，他的心里还惴惴的。毕竟跟女人好久没有肌肤之亲，不知道还行不行。到了这会儿，却已经没有退路。还好，起来得很顺利，全仗着酒劲。进去以后，问题就来了，仿佛失去了感觉，总是不对劲，不知道到哪儿了。因为陌生，环境、湿度、气温、气味、被包裹的紧密度，都让他感觉陌生，使不上劲，那些夯实地冲撞其实是没有感觉的，完全是酒精充血状态下的失控。榆叶梅没感觉到这些，她正在摆着最美的姿势，用最美的呼吸和叫声展示着自己成熟的技巧。都到了这个时候了她还想着表演和欣赏自己的姿态，她把别人都当镜子照。半个小时过去后，她才感到她根本不用专门取悦他，他根本不用她挑逗，他一直都很硬，而且还有越来越硬的趋势，本身就没完没了。这下她才感到放松，也感到高兴，以为这是将遇良才，金风玉露一相逢他们俩今晚便要胜却人间无数。于是才开始不管不顾，歪七竖八，撅臀劈叉，怎么痛快怎么来。

他快要不行了。他被自己的骁勇善战吓住了，心脏有点承受不住。人不能总待在充血状态。这该什么时候是个头？这一切已经超出了他的经验。超长的时间，也许是因为长期禁欲，也许是因酒精造成。五十分钟过去了，还没有一点井喷的迹象。榆叶梅的快感由大呼小叫，转成了鬼哭狼嚎。汗水湿透。他感到了接近心衰。腰轴那个部位发酸。他转换角度，趴伏，轻缓速度，用意念控制，想象身下这个人，就是那个初恋情人，扎着马尾巴辫，挤在北陵湖畔柳树边，掀起她的裙子，说：让我进去，让我进去……你这座城市，让我进去，让我进去……你那座城市，让我进去，让我进去……她以手推挡，羞怯拒绝：不，不……掰撬挤压，不管不顾……一股热流，奋力喷射……

　　他们坐在榆叶梅家的餐厅里吃饭。榆叶梅问他晚上想吃点什么，隋志高说想喝碗粥，东北大米，小火，慢熬，煮出来的一锅油汪汪的稀粥。榆叶梅显得很出乎意外，说这好办，咱们去太原街的粥棚去喝。隋志高说不想出去，就想坐在家里喝一碗热乎乎的粥。榆叶梅说那岂不事太简陋了吗？隋志高说我就想喝一碗你亲手煮的粥。一句话激动得榆叶梅差点变成良家妇女，手忙脚乱就进了厨房。

　　其实隋志高是不想动了。他太累。感觉有点虚脱。仿佛又不是肉体的累，而是心累。这一路上返乡过程中所有的累，都在从榆叶梅身上翻下来时积聚起来，累得他身心有些虚空。

　　吃完了饭，看看时间也差不多了，隋志高说："我该走了。"榆叶梅说："我去送送你吧？"隋志高说："不用。"又说，"票在老歪手里，待会儿他会去车站送。"榆叶梅明白他是说被老歪碰见不好，想了一下，就说："要不，我让司机送送你？"隋志高说："不用。我打车过去，很方便。"榆叶梅也就不再坚持。

　　隋志高不让榆叶梅去送，一是避免尴尬，二是确实感到了已没话可说。该见的面见了，该干的事干了，该偿还的债偿还了。他知道自己是不会再见她了。二十年的恨与怨，惆怅与惦念，一笔勾销。就在这从 3 点到 9 点的大雪飞飘的东北夜晚。

再想想自己这么些年在北京的生活，二十年，也像从 3 点到 9 点，倏忽而过，似乎没留下什么痕迹。只留下满脑子的虚空与累乏。

从榆叶梅的翡冷翠庄园出来时，大雪纷纷扬扬从天落下，漫天一片洁白。他走出庄园大门，在路边挥手，一辆出租车停在身边。隋志高起身钻进去，头也不回，"砰"地关紧车门。车子迅速滑离路边，向着远处橘黄色灯光的深处走去。至于身后，那座二层小楼里那个翘首凝望的贵妇人，早已被他撤除到记忆之外。她心中刚被惹起的莫名其妙的眷恋，仿佛也根本与他无关。

站前广场上依旧是灯火通明。老歪拿着票等候在候车大厅门口。见了面色苍白的隋志高，他什么也不说，什么也不问，却又是一副什么都知道的表情。他的这副神态反倒令隋志高起疑：所有这一切都是他的有意安排，或者是他跟榆叶梅的同谋。反过来又一想：就算是有意安排，就算是同谋，又能怎么样？不也是愿打愿挨吗？

想到这，觉得没什么可说。对老歪，似乎是欠了点什么。人情？旧债？似乎都不是。不管怎么说，他外甥工作的事，是非办不可的了。这次回来，老歪尽心尽力地巴结奉承，整得隋志高已经没有退路。老歪的心计可不浅，虽然他使出了这么多心计，却也并不使隋志高感到厌烦。说到底，还是有二十年前大学校园里的老感情摆在那儿。

老歪把隋志高送进车厢，把一个装有野山参和灵芝的礼品袋子给他安置在卧铺底下。两个人又是一通握手，拥抱，依依惜别。老歪说："那啥，志高，你看这次回来也没招待好你。没事就常回来看看。在外边有啥事，就招呼一声，这老家里的同学，朋友，都是你在这儿的亲戚。"

这些话对老歪来说，也就是平常一般水平的煽情热乎话。不知怎的，这回听了，隋志高却有点动了感情。他眼圈微红地握紧老歪的手，紧紧地摇晃了几摇晃，什么话也没说出来。

开车的铃声响了。火车汽笛又是"嗷——"的一声，带着东北大楂子味，回响在风雪夜中。雪花飘忽之际，老歪的身影渐渐往后退去，风雪中的站台顷刻变得迷茫……

柴门闻犬吠，风雪夜归人。那个荒凉的诗句忽然出现在隋志高的脑海里。车轮滚滚转动。重温旧梦，也就是失去旧梦啊，他想……

2002 年 8 月——2003 年 2 月于北京以北

行者妩媚

诗曰：

混沌未分天地乱，茫茫渺渺无人见。

自从盘古破鸿蒙，开辟从兹清浊辨。

覆载群生仰至仁，发明万物皆成善。

欲知造化会元功，须看《西游释厄传》。

——语见《西游记》第一回：灵根育孕源流出

心性修持大道生

第一幕　序幕从结局处展现

第一场：在通天河那边

时间：唐朝，贞观年间
地点：在通天河那边

说书人旁白：历史本身就是一部循环往复陈陈相因的大戏。历史的序幕通常都展现在历史的结局里。历史在历史当中鞠躬尽瘁；历史在历史身外死而后已。

话说，那齐天大圣孙悟空等人，护佑着三藏唐僧，一路从西天取经回来，历经九九八十一劫，完成使命后，各自归真，修成正果。

说来可恨，就在他们师徒四人扛着经卷，疲惫不堪地从天竺国马上返回到东土大唐意欲表功之时，走到最后一站通天河处，眼看首府长安已经隔岸在望，却不料，半路上从河里冒出个老王八蛋来，把他们师徒几个活活地给要了一把。

你道怎的？原来这老王八蛋姓鼋，本是这通天河的守官。通天河原本是一条急流汹涌的河，早在西游记时代，它正位于车迟国元会县镜内，归一只大白癞头鼋管辖。据说这河流一头通往天庭，一头通往冥府。也可以说它一头通往朝廷，一头连接民间。通天河如今在历史上已经湮灭了，但人们对它的想象一直没有干涸。总会有人顺着它那少沙砾淤积的河床危险地上溯，不再记得它风高浪黑的罡煞。历史就是要留下许多枯萎的河床供后人们凭借想象出神入化。对通天河湿润的臆想将人们奋勇向上的渴望变得具体实在。

那时，白头鼋静静地在一湍咆哮黑水里潜心修持，一晃就过去了一千三百年。千百年来，他统领一干鱼儿虾儿蟹儿等，为民造福，承继佛祖舍身饲虎的德光，行善敬业，两岸陈家庄一带的百姓等一并都给喂肥了，少不了要人丁兴旺，子孙数目无限度膨胀起来。白头鼋政绩不凡，常受爱戴，官儿一直也做得比较安稳，无风无浪，不见有大的起伏波折。只是见河岸两旁哺乳动物数目逐日增多，老鼋内心颇为疑惑，心说一旦将来某一天我们水族满足不了这些动物的欲求，那时命运又该如何？到那时我的官还平静做得下去、命还平静活得下去吗？

但是，在另一方面，话又反过来说，这老鳖活过千年以后，多少也有些不耐烦。生存也真是相对于死亡来说才有意义，知道会死，也才具有了活着的相对压力和紧迫感。生物一旦明晓自己不死，活得也就遥遥无期地懈怠了。这白头老鼋并不晓得何日是自己的大限归期，人类以及鱼虾蚌蟹等也不替他知道，因为他们当中没有一位是活过他的，他们都抢在他的前头纷纷倒毙投生转世去了。老鼋看着如此光景，悲凉不禁在内心无限涌现。由此说来，自己永生永世都要背负着一只鳖壳，以这样一种龟头龟脑的悲凉形式无限延寿下去。每想到此，悲凉就如通天河水，"哗——""哗——"响着，一浪紧似一浪地漫压过来。白头老鼋在簇簇水箭的催逼当中，时起时落，以沉浮不定的两栖形态，在风浪之中摇摆明灭。白头老鼋的悲哀，这时就是一种肉体不灭而心无住所的大幻灭。

人类发明的一句常用格言叫作"哀莫大于心死"。这话用在此时此际的白头老鼋身上正好合适，一分不多，一分也不少。这白头老鼋也并没有想到，正在他心绪烦乱的时候，又有一只鼓鼓眼睛浑身长着片儿鳞的金鱼妖怪前来给他嗓子眼儿里添堵。这只大金鱼精是从天上菩萨的莲花池里偷逃而出，因为通天河水上接天庭，金鱼精就正好顺流而卜，从莲花池一跃而起，"扑通"，就掉入通天河水浪高风黑处，觉得这里的漩涡好玩，于是就滞留下来，在一簇簇黑浪里翻跟头折鹞子，嬉戏玩耍着撒欢儿。

金鱼精不经意落入通天河水以后，遇到的第一个拿他当假想敌的就是当下的地方官，在此处待了一千多年的一方土地河神白头老鼋。老鼋虽说有点不爱活了，但是在他活着的时候，并不容得别人来与他争位夺权。他以为自己当下的地位受了威胁以后，老鼋就不断地给金鱼精脚底下使绊儿，将河底的氧气抽走，悉数吞进他的王八脖子，又让浮萍连片缠绕，腐荷藻气泛滥，令河床泥沙淤积，让长着尖锐牡蛎牙齿的礁石布满水面，使金鱼精应该触到哪儿就掉进哪儿陷阱，碰到哪儿就在哪儿覆灭，即便侥幸不死，至少也应该知趣，明白此处水土条件对他生存并非适合，赶紧灰溜溜滚蛋，另谋他处高就去得了。

谁知这金鱼天性愚顽，不谙人事。人家搞他，他却以为是老鼋在好心逗哄着他玩。金鱼就越发玩得高兴，在种种人为设置的险境困苦之中游来钻去，极力彰显他在菩萨鱼缸处修炼得来的不败金身。这白头老鼋一看，完了，今番金刚钻是和瓷器活碰一块儿了。为整走这么一个小小后来者，自己已是把浑身解数使尽，土埋水淹，雷劈雨灌，却依旧是打他不过。于是老鼋明白到底他是从菩萨那儿来的，有菩萨做着背后靠山，也并不是可以轻易能铲除掉的。

老鼋苦闷。老鼋只有连夜思谋，并征求周围虾兵蟹将智囊团的意见，最后决定改变策略，要尽情利用金鱼精一场。简单地说，就是想借着他的刀，抹断自己的王八脖子，老鼋就此便能脱了鳖壳，实现超生转世。谁让金鱼出现在老鼋不耐烦活下去的当口呢！历史的使命如今落实在金鱼妖怪的身上也是属于一场巧合。当然也是责无旁贷。

当然了，不借别人的刀，白头老鼋自己把自己杀掉这条路倒也不是不可以走，只是如来佛祖早有定规，凡不珍爱自己生命现存、自轻自贱、自戕自渎，以至过分自恋者，来世一律都不得解脱，天堂冥府大门一律都不得对他们洞开，他们的尸首只能进炼狱里悬着，一根绳拴起来吊在墙上，舌头还要吐出口里老长。那份死罪老鼋可是不想去受。于是老鼋就想到借刀杀人，用种种故意的方式惹怒金鱼，使他下决心干掉自己，送自己进入解脱大道，也同时用自己的血脏了他的手。

不想这金鱼精虽然冥顽不化，可是心里头也并不真傻，他也明白自己手上若沾了千年老鳖的血，那可不是闹着玩呢，那样便真的犯了血光之灾，来世得进炼狱吊儿郎当地悬着，上不能着天，下不能落地的，做了孤魂野鬼，多难受！再说形象也不好看。捅刀子这件事老鼋不让他的虾兵蟹将帮派嫡系们去做，而是处心积虑地想委任给金鱼。所以金鱼精不傻装傻，一声不吭，在老王八的种种故意激怒他的行径面前非但不跟他过招出刀，而且还对老人家表现出十二万分的恭敬和崇拜。

老鼋一看一计不成，只能再实施最后一招，主动提出让贤，将居住了一千多年的鼋府祖宅拱手相让，通红的官印也一并递交上去。自己就退到一旁满怀希望地等待着。按他这千百年来在朝的做官经验常识，新上任的官儿没有不先进行清洗先反手杀了他的前任同党的。这是规律。规律就是历代王朝变迁更迭中自然形成的游戏法则，是法则就不可以轻易获破。所以他将这让贤当成他最后得救的希望。

而这金鱼精也实在是大愚若智，大智若愚。见老鼋拱手让出的鼋府鳖屋珠光宝气，阴冷森森，竟执意摇头不进，继续留给老鼋自己享用；而一见官印通红好看，上边的印泥还隐隐冒出香气，就不假思索接下，浑身上下兜头乱盖了一气，搞得鳞甲上片片飞红，像刚刚被女人抱吻过似的。盖够了，金鱼又把大印漫不经心地揣进兜里，扭身回头又潜入水底狂玩去了。

这回再玩，却因有官印在身，就跟从前大不一样。身前身后总是附庸着虾兵虾将蟹群。金鱼精一看，来劲，就将水族群分伙，重新部署游戏规则。一群小鳖儿去监督命令岸上人类，每年供奉童男童女、猪羊牲畜等投入到河水里喂王八，以平衡老鼋的心态，也滋养生物链的每一个环节。又令那水兔儿率领鱼儿虾儿蟹儿从今开始进行大规模体能训练，每日进行万米跑、互相格斗撕杀等技战术演练，以充分提高自身技能，将那种族素质提高一个阶梯，优生优育，保证繁衍质量，用来送礼进贡，满足生物链高层日益不断增长的口腹之需。

这边排兵布阵玩耍得高兴，金鱼精就险些将前河神白头老鼋给忘了。反正金鱼也不敢让他死，也就让他仍旧将养在他的鼋府祖宅里，要什么给什么，提什么要求答应什么要求，充分满足他的一切所需，任由他自己耐心地熬着他的寿数。

这样就叫白头老鼋受了比从前更大的打击。眼见得鼓鼓眼儿片片鳞的金鱼精整日率领水兵水将兴风作浪，时时竟有鱼群虾队跳出水面来练习换气、摸高，还有龟儿龟孙在沙窝里自觉地下蛋、做窝、练习着 12 分钟折返跑，直练得日也无光，月也无光，真个是通天河水腾细浪，鱼虾螃蟹余鱼丸，一片热气腾腾的火锅繁荣景象。白头老鼋伸长脖颈暗自感喟：自己这可真是赔了祖宅又折兵啊！现如今死也死不了，活也没指望，这条老命的历史可还熬到多咱才有个终结啊？！

应该相信历史总有它自己终结自己的方式。恰好，就在这白头老鼋感到万分憋闷愁苦之时，从东土大唐来的一伙取经人到了。

说书人言：以上就是唐僧等一伙取经人与通天河的背景因缘。背景它一般总是要潜伏在正文的背面，疙疙瘩瘩纠结盘桓，需要说书人的仔细挖掘才能解开。

却说，那个不食人间烟火，却专爱管人间闲事的悟空孙行者，提一截短棍，跟随唐僧任团长、沙僧、猪八戒任团员的由四人组成的出国取经团，在去往印度天竺访学的路上，正好要从此通天河处路过。所以，那猴儿在走到《西游记》里第四十七回时，又狠狠地抱打了一次大不平。这就是孙悟空在通天河里与金鱼精的这一场恶战。猴子也没耐心问明青红皂白，听了老鼋变的老人先告状后，只以为雀占鸠巢，"噌"一股火儿就上来了，不由分说，上去对着金鱼精当头举棒就打。

战争从《西游记》第四十七回时开始打起。悟空和金鱼精夜晚傍黑时正式交手。然后就是两人频频过招，七十二套变幻三十八般武艺全都用上了，直打得昏天黑地，险象环生，一波未平一波又起，从水里打到陆地，从船上打到半山腰，从秋天打到冬季，从纷纷落叶打到河水冻冰，打来打去一直打到第四十九回，还是没有分出胜负结果，悟空仍未能将金鱼精最后拿下。

这回轮到悟空他老人家自己感觉着纳闷儿了，心想：自己平素里一根神棒在握，从来都是百战百胜，速战速决。可今儿个这是咋的啦？莫非俺老孙一世英名就要栽在这里，通天河这道"坎儿"就愣蹚不过去了是咋的？孙悟空他当然也是有所不知，所有这一切安排，全是由一个名叫吴承恩的作家闹的妖蛾子。试想若是西去路上孙大圣每一场战役都简短，两句话就悠过去了，那么作家的书还怎么往下写？稿费还想不想多拿了？须知那时还统一实行按字论价，印数稿酬制度还未开始实行呢！

孙悟空与金鱼精就这样翻天覆地从第四十七回一直打到第四十九回。末了，久攻不下之后，悟空就又采取了老套数，从正面战场上逃开，一个高蹦到天庭上，去求菩萨来帮忙了。孙悟空之所以能够百战不殆，也实在是因为有菩萨老人家在背后给他撑腰，实际上他也只不过是一只在前台蹦蹦跶跶的猴头木偶罢了，那几根控制的线儿一直都牵在菩萨手里头。否则，一只小小石猴，能折腾出个啥呢？

还是人家菩萨掐指一算，立即就算出，那金鱼小妖怪是从自己莲花池里偷逃到凡间的。于是菩萨就随手提了一个小菜篮随悟空下凡前来，对准通天河水念了几句咒语。咒语一念，那小金鱼妖精就乖乖儿从水里腾越而出，不得不现出了原形，露出金鱼本相湿漉漉地被菩萨提拎到菜篮子挎回天庭去了。

金鱼精走了，但是通天河这儿的官职也不能虚位，一虚着说不定又引得哪个妖精凡心思动，又意欲前来下凡搅和。还是赶紧把它填补上为妙。于是，最为简便和最不费力气的选择，当然就是请出白头老鼋重回官位执政，充当一方通天河水河神。

返聘的白头老鼋心里头这通惊喜和感激哪！他简直就不知如何感谢取经人、感谢菩萨、感谢天感谢地是好。本来，陈家庄的庄主陈老伯已经说定，为感谢孙大圣为民除妖，他要率老百姓造船送他们师徒四人渡过河去继续往西天赶路。可是这位老鼋却替唐僧他们师徒谢绝了人家的盛情美意，八百里宽的通天河水，老鳖他老人家竟要以其一千三百多岁的高龄，一定要将师徒四人亲自殷勤伏渡过去！

我的天！

这也是他白头老鼋被返聘以后做的第一件大事。老鼋差不多把自己身家性命都献出来了，裸露出他宽大不长毛儿的光滑龟背，让唐僧、沙僧、猪八戒、孙悟空、小金龙化成的坐骑白马，以及他们的唐三彩瓷器化缘钵，一股脑儿全都搁在上面，然后稳稳地爬向水中，四爪一撑，"噗"地划水劈波逐浪而行，平稳、舒服得真如一条潜水艇外加航空母舰。

背上的那猴子却不知礼数，敬老的规矩一点没有，还生怕老鼋同志中途作假，把他们诓了。猴子就用左脚踩住龟头，右脚紧紧踏住龟尾，还特地将自己身上金丝绦的裤腰带解下来，一头握在手中，一头从老鼋的鼻孔横穿过去，宛如一条牛鼻缰绳，样子就跟牵一条狗似的。而老鼋却不跟这猴儿一般见识。老鼋忍辱负重，默默经受着残酷考验，忍下了猴崽子的大逆不道，孙子似的驮着他们师徒拨水前行。

你当这老鼋是怎的，生来发贱，没事儿愿意当孙子玩？即便是还情罢，天大的情，也不至于成了这等摧眉折腰还法。原来那老鼋心里还有另外一层打算。老鼋忍辱负重并不白忍，他知道他们这伙人对他是有用的。老鼋龟头上那一双绿豆小眼，打量世人从来都是"用"字为先。绿豆一瞄，就能觉出这人的身份是半斤八两来，若有用，就会立即两眼放出绿光，所谓"王八看绿豆——对眼儿了"。老鼋心里明白，唐僧他们这是要去西天上见最高佛祖的。所有的生死转世轮回簿全都锁在南亚西天那儿的档案馆里。老鼋就想托唐僧给办点儿事，让他在佛祖面前替他打听打听，自个儿的寿数究竟是多少，多少年以后才能肉体湮灭，立地成佛；啥时候自个儿才能死去活来，达到超生转世转一把。

唐僧听了老鼋的诉说，想也没多想，就顺口应承下来，答应到时替他问问。唐僧这样随意承诺的原因，一半是因为他性情懦弱，心地善良，平时谁求他办事儿他少有不答应的；另外一半也是因为当时答这话的具体场景是他正处在人家老鼋的背部脖颈上。

说书人旁白：历史的事故也就出现在这儿。每一段历史，都自有它的历史环节。解开了这些关键，整部历史链条的隐秘才能够脱落。

转瞬之间，十几载韶光过去。取经人已经从西天取来真经回转。老鼋也还是以那个鳖样又不耐烦地熬过了这许多年。取经人又走到通天河边了。老鼋早早就迎候在此岸，激动得几乎是热泪盈满绿豆双眼。他不由分说，主动将昔日恩人故友重邀上背来，划水返往东土大唐彼岸。这唐僧师徒几个，一路上赶鬼怪，杀妖魔，十载功名尘与土，八千里路云和月，从就没见过动物中能有几个好的。现如今见有人还能如此感念旧情，内心也着实感慨。连那一向喜欢上蹿下跳、屁股粘不住板凳的猴儿这回都在鳖壳上正襟危坐，以示尊敬和感激。

　　却说这老鼋把他师徒几个驮在背上，逦波踏浪，涉水渡河。行至河中央，老鼋虔诚问起自己托唐僧打听之事。他在问这话之时，只在担心答案之中的年头或是多或是少，希望自己得解脱的前程不要太过于渺渺吧？！然而他的内心里怎么也不会想到，那唐僧竟也会过河拆桥，骑他身上渡过通天河去以后，就把这么大的事竟给忘了！

　　这可是如何了得！

　　那唐僧啊，本来也就是个学者出身，长着一副榆木疙瘩脑袋，取经就只想着取经，心无旁骛。你就说他到达目的地，到了佛祖宝殿那儿以后，他竟然连个随身进贡的红包都没带，也没预备银两以遍洒小费，惹得那佛祖身旁的两个太监阿傩、伽叶都不给他往里禀报，老半天唐僧他们一伙儿都给关在门外头，一直都排不上见佛祖的队。后来佛祖明察秋毫，掐指算出东土大唐的一伙儿取经的傻和尚该到了，就问身边两个太监。俩太监一看也瞒不过，就只好放他们进来。佛祖在宝座上跟取经人寒暄时俩太监还一边一个立佛的身后猛劲儿的拿眼睐他们，一副瞧他们不起的神态。佛主寒暄毕，令他两人领四位师徒去书库里取经。阿傩、伽叶一看，报复时机已到，竟然就从中使了花招，邪魔歪道就把几捆大白纸数给他们，装入麻袋里，让他们一律扛了回去。

若不是走到半路上刮起飓风将经吹散，他们还不会发现自己背回的只是经的毛坯，上面连个真谛的影子都没有半点。真谛就这样被谬误毫无理由地要了，要得弱智斑斑。这种情况下，哪个聪明人能忍住不急眼呢？

气哼哼地，一伙人反身折回大雄宝殿，要找如来说理。却不想，如来笑嘻嘻地正坐殿里等着他们呢！一见他们，也不等他们申诉，如来第一句话劈头就问："你几个是回来换经的吧？"

几个人一听这话，大吃一惊，三藏木呆呆地双手合十往上请问道："敢情……敢情说您老人家高高在上，对一切都洞若观火？"悟空也一旁不忿地往上告状说："我问你如来，我师徒走遍万水千山，万里迢迢从唐朝出国，到你这荆棘丛生、蛇虫虎豹出没的南亚亚热带地界，按你的指示取经传世，而你的手下人等竟要跟我们索要买路钱红包。不给他，他就将一堆白纸拿来哄骗于我。官场竟已腐败到如此地步，真令我们虔诚信仰者心寒！万望我佛如来明鉴，将那两个贪官，拿下去惩戒了。"

如来佛主一听，仰天大笑："哈哈！哈哈！哈哈哈哈哈！你们几个呆和尚！如今这世上，哪有白白传经的？各文化事业单位国家都已不再拨款养活了，经费都要靠自己创收，自负盈亏，你说我们传这点经容易吗？是经不可轻传，亦不可空取。你们空手套白狼，连一点小费都不肯出，所以传给你们一些白本那也怨不得别人。"

悟空一听，有些恼羞："我们受了千辛万苦前来取经，难道最后等的就是这个下场吗？这个结局也忒有些荒诞了吧？"

佛祖闻听，仍然微笑："荒诞？荒诞本身一点都不荒诞。你且记住，荒诞只能在荒诞中默默经受，荒诞却不能在荒诞之外脱口秀出。否则，荒诞就不会给你真实的好果子吃。"

八戒这时听得不耐烦，忍不住在一旁跳脚："我说，猴哥哎，休要听老家伙阴阳怪气在这里啰唆，寻了阿傩、伽叶那两个骗子，俺打他去！"

佛祖听了，仍然不急不恼，拈花微笑出一脸习惯性的细长："我说那八戒悟能！抬眼看看这是什么地方，竟还敢在这里进一步地撒泼！传给你们几卷白本，已经是大不错了。白本者，乃无字真经也，一般人想看都看不到。白本乃红本的预备期，一年磨合过后，各方面检验合格，才能够换成红本驾照。"

说完，佛主向身后命令道："阿傩、伽叶，既然他们真诚，看他们又辛苦转来的份上，去，把那有字的真经，挑出几部来传与他们。"

阿傩、伽叶面无表情，重又将他们师徒四人重新带回书库中去。到了跟前，却不着急进去，而是站在门前一角，双手平摊，直伸向他们脸前，继续索他们一些红包钱。悟空一看，脾气登时又有些不好，大嚷："你这些阉党可真是给脸不要脸，这一套怎么总频频反复出现？你们可是有了仗势了是不是？欺负俺老孙在天庭上不敢打你是怎么着？哒！你等休狂，给我看棒接招！"说罢怒向心头起，举棒上前就想打。唐僧一把把他拦住了，叹了一口气说："唉！悟空啊！出门在外，求人办事，咱跟他折腾不起啊！一部《西游记》，长长一百回，咱们已经呕心沥血走到第九十八回了，眼看着就要煞尾结束，趁早，给他点什么，把他好歹打发过去算了。"

悟空一听，也"唉——"地长叹一声，八戒、沙僧也在一旁跟着叹气。

师徒四人无奈，只好上上下下，浑身东摸西摸，终也没能找出一件值钱物，可以用作行贿的东西来。那三藏朴实，又浑身上下使劲搜刮了自己一番，最终从包袱皮儿里拿出一只他认为最值钱的紫金钵盂，双手恭恭敬敬奉上。三藏还生怕人家瞧不起他，只一味解释说："两位尊者，别看这只盂儿不起眼，它可是俺东土大唐的皇上每晚上起夜用的，临出来前，皇上将它赐予了俺。一路上俺们全凭它求斋化缘，才得以苟延性命于今天。万望尊者务必收下，来日回家，俺去禀过唐王，一定让他专程派人送礼物前来回敬两位。只请尊长不要再将无字经哄弄于俺，否则，回去以后俺没有法子向皇上和世人交代，那还真不如今天俺就死在你这块儿呢！"

说罢，真就弯腰低头，一头向书库铁门撞去。"哐"一声，唐僧脑门儿立即爆出一个青包，磕出几道鲜血。唬得几个徒儿慌忙向前拦住。悟空一看，连心疼带震惊，简直气愤至极，不禁跳起脚来叫道：

"哒！我把你们这些贪官污吏！赶紧痛痛快快将那真经与我，便就跟你们无碍；若不然，我师父他在这儿若有个三长两短，瞧我不砸烂了你们，将从前大闹天宫的雄风就在此地重演！我是再也不想受你们官场龟孙儿这口窝囊气了！"说罢，金箍棒当空抡起来，转成风车一样，嗖嗖带风，只抡不落，吓唬他们。

那阿傩、伽叶却并没有显现惧色，只将紫金钵盂在手里掂了掂，估摸了一回分量，觉着大体上差不离乎，这才揣入怀内，依旧冷着脸，才将书库大门打开，将有字的真经一卷卷数与他们。三藏师徒人等都瞪大了眼睛，仔细将那上头的古印度梵文辨认查收着，不敢再次上当。

取经取到这，才算是正式把经取到了手中。

却说，师徒几个在经历了这么些苦难和折磨，到达西天佛主面前后又忍受了莫大屈辱，这才好不容易将经拿了回来，马不停蹄地就往东土大唐里回返。他们哪里还有心思去问老鼋托他们打听的那件事呢？白头老鼋的寿数一事，在个体的他自己身上就是天大的大事，而在这么些个大起大落的整体事非面前就显得无足轻重，微不足言。老鼋托办的这件事的确是被众人忘到脑后去了。他们当然也的确是有忘记它的充分理由。

那玄奘本又是个实惠之人，忘了又不好意思说忘了，这会儿坐在殷勤老鼋的背上，只一味默不作声，想以沉默躲过眼前的内疚和尴尬。

老鼋连向背上问了几声，却不见动静，老鼋心里就是一沉：玄奘肯定是把他托办的事儿给没办成。

白头老鼋这时几乎有点绝望。心想完了，我算是白殷勤了。看你们大家伙儿猪头马面、猴了吧唧的，人人还都有个傻福气，都有个死期，还都有点盼头，知道自己个儿早晚会有一死，或重于泰山，或轻于鸿毛，所以都知道想着法儿的把自己有限的生命好好珍惜。可是我呢？我自个儿老是这么龟头龟脑地活下去，连个大限死期都没有，活到多咱才是个头？总活下去谁受得了？要是不死了的话活着还有什么意义？你们可真是饿汉不知饱汉苦，短命的人太拿长寿者的痛苦不当回子事。

于是老鼋开始又气又恨地嫉妒起一伙儿取经人来，翻来覆去地在心里头穷念叨。本来就活得不耐烦的老鼋，这下心里头更加不耐烦。闷闷不乐之时这老鼋猛一低头一闭眼，"哗——"地突然间就往水下窜起一串巨浪来。坐在它背上的唐僧他们师徒几个怎么也没想到它会来这一下子，几个人猝不及防，稀里哗啦，连人带经一下子就全翻到了水里。

这下可把他们大家伙儿淹的哟！八戒和沙僧还好，自己能游得动泳，唐僧当时呛得，肚子立刻就大起来，瞪着两眼乱扑腾着喊"救命！"那大圣孙行者赶紧把不会水的唐僧师父托出水面，腾云驾雾地游上岸来，找了块石头，把唐僧给翻过来肚子架到石头上，轻拍着后背给往外控水。另外两位徒儿就在水里赶紧捞啊捞啊，东游西蹿这通乱乎，总算把经卷包裹等什物一并打捞上来。

悟空这会儿真是气性大了，撂下师父，交给沙僧照顾，自己则一个筋斗翻到半空中，脚踏祥云，金箍棒把老鼋当头一指，高声叫道：

"哒！你这老不死的东西！你也忒是狠毒，竟对我师徒下此等恶手。俺一行人一路取经十四年，大川小河都过来了，没想到最后会在你这阴沟里翻船！老王八蛋你险些将我师徒十四年来的辛苦功德全给毁了你！若依俺老孙从前的脾气，非把你一棍子敲开鳖壳现出蛋黄不可！现如今俺也是跟师父一起，在如来佛主面前受过训的人，懂得如何将真性隐藏，不随便露给世人真面目。我也不再与你计较，人不报自有天会报。就凭你这个态度，你一辈子都甭想死，老不死的你就默默忍着活去吧！你永远都不知道你自己的寿数在哪里了。"

说完，复又跳回岸上，见师父这时已醒，就一面劝慰，一面帮他将湿衣服脱下来晾晒。八戒等人也一并将衫子脱了，各自找风口吹干。师徒几个又裸着身子，慌忙将经卷一卷卷地打开来，小心翼翼铺在大石头上也来晾晒。这一看不要紧，可把师徒几个吓傻了。你道怎了？原来这些经卷字迹是浸不得水的，这样经河水一泡，全成了一张张花脸，一片水渍模糊。佛主的箴言等全都给水淹得发黄泡汤，跟浆子似的。

唐僧一见，登时就抽开羊角风，一口气没喘好，倒地吐起白沫翻起了白眼儿。其他人等也立时唬得手脚冰凉，脑瓜仁儿发麻，大眼瞪小眼地发呆。

十四年啊！整整十四年！从贞观一十三年九月到贞观二十七年的秋天，十四年的翻山越岭，十四年的披星戴月，十四年的降怪驱魔，十四年的千辛万苦踉踉跄跄磕磕绊绊总算到达了西天，就为了取回几捆子这破玩意儿，现在可倒好，就这么着，淹了。

待徒儿几个稍稍回过神来，便赶忙先抢救师父，慌忙把唐僧的身体放平，不断地掐虎口，掐人中，给他嘴里含上从印度带回来的冠心丹，好不容易算是把师父弄醒过来。眼睛刚一睁开，唐僧一瞧周围景况，不由得就大放悲声："呜呜……呜呜呜……我那苦命的徒儿啊！师父我可不想活了！你们随我好不容易请来了佛祖箴言，现如今一切修证都毁于一旦，让师父我还有何脸面活下去啊？"话一说完就双手掩面，挺身叽里咕噜翻滚着，作势要投到河里自尽。

悟空等人吓得赶忙拦住，不住劝慰说："师父莫急，你可别再回头喂那老王八去。有道是兵来将挡，水来土淹。世界上没有跨不过去的坎儿。待俺老孙想想补救办法。"

八戒那厢却早已忍不住了，怒气哼哼拎起耙子，大声对师徒几人嚷说："什么通天河啊通地沟的，我看这纯粹是老混账的阴曹地府！师父师兄，你们权且在此等侯，待俺老猪前去教训那龟儿子。"

也不等几人回答，八戒转身便走，衣服也不曾穿，光头裸腚的，"哗——"就一个猛子扎进水内，直寻老鼋的鳌屋。

此刻，那老鼋正在他自家的堂屋里，嘤嘤嘤嘤地围着一盏孤灯悲哭，一些虾米鱼蟹的尸体就在他脚下横七竖八地倒卧，仿佛老鼋即是那一名杀人越货的元凶。光景看上去好不凄凉凶残。八戒一见，怒气上扬，耙子一端："呔！你这该死老鼋，害我等师徒还不够，竟还这般残忍杀生！看我怎样将你拿下。"说罢，尖利的耙子齿直冲老鼋面门。

不想那老鼋非但不躲闪，反而伸直龟头，迎上前来，仿佛等的就是这一刻似的。这情形倒把八戒弄愣了一下，耙子悬在半空中没能下落。倒是那老鼋迎上耙子尖儿来，一把鼻涕一把泪道："我那好心的猪大爷哎！你快快下手解救了我吧！害死这些活物的怎生是我，那是他们大限已到，各寻极乐世界歇息快活去了。只留下我还在这尘世间没完没了地活，总也不得安息。呜呜……呜呜呜……猪大爷小师父若能助我一死，我当求之不得。老身遗骸自愿捐献，甲骨供你们撰刻经文，血肉供你们进食大补，只求你快快赏我一耙吧……"

八戒一听，吓得往后躲说："哎！你休要胡说，少要罗唣！我们师徒几个现在已经吃斋信佛了，谁稀罕吃你那一身酸臭的老肉！哼，你做下的好事，通天河水把我们经卷上的字迹全给淹没了，出差一次，没约来名家的稿子，你让我们来回的盘缠车费如何回东土大唐报销？你若能说出解救的办法，我自会考虑助你一死。若不然，哼，我会让你生不生，死不死，让你就在生死之间把一条龟命高悬。"

说罢，真就回手收回了耙子。

那老鼋听了，哇哇哭说："小师父手下留情！经文不存，非我所愿。那也是我在绝望之中的一时冲动，才造成如此之负面效应。我太失望了，我简直失望极了，我真是对我自己失望，我真是对这个世界失望，我这辈子可算是死不了了……"说着，又是一把鼻涕一把泪。

八戒挂着耙子，一挥手，不耐烦地打断老鼋："行了，行了，俺没工夫听你在这哭天抹泪儿。快说快说，你既然能破坏，也必然有补救它的办法。"

老鼋擦着泪花，很有点委屈地说："我又不是故意淹它，又怎能说出如何补救？依我千百年来做官之经验，对待这类事情的最好处理方式，就是要让它秘而不宣，将经卷紧紧封裹，只听一两个解经人对世人信口演绎，充作权威之言。别人，也没法去追究它了。"

八戒一听："此计甚妙。不过要我回去先禀过师父，看是否可行，然后再回来处置于你。"说罢，也不再管老鼋，口中一念水诀，"哗——"水波向两岸洞开，面前呈现一条水道。八戒顺道而去，耳听得身后老鼋还在声嘶力竭喊："猪大爷速去速来，我在这里只求您那相助一耙。"

八戒上岸，将老鼋所说之法向师父众人禀过。唐僧听罢，停止流泪说："到底是他活得长，咸盐比我们都吃得多，世面也见得足足的。现在也没有别的办法，看来只好依他。不过……"说罢他神情犹疑地瞟过众人，话语吞吞吐吐。

那悟空是何等聪明，立即就将师父的意图领悟了，忙接过话来说："师父放心，我们不会将此事泄露出去的。只要我们几个当事人不说，没谁会知道这经上字迹已被水渍模糊得认不出了。"言毕又将眼神瞟与八戒示意。那八戒再笨，脑袋瓜里这点机灵也还是转得过来，赶紧就接在悟空的眼神下表态说："师父哎，您老人家就把心放在肚子里，横竖放着罢！我们几个人不说，谁又能说呢？那一大堆后世的史学家知道个蛋！只知跟您的话音下结构解构建构罢了。"沙和尚也不敢含糊，忙在一旁道："师父您就放心大胆讲您的，该怎么讲就怎么讲，想讲成啥样就讲成啥样，讲经的权威就只有您一人担任，别人听啥就是啥了，谁还敢来跟您拼抢、妄图敢否定您老人家的权威地位是咋地？"

悟空及时将众人话语打断说："好了好了，点到为止，诸位就不必再画蛇添足，免得一不小心将历史说穿。"众人马上就都将嘴止住。

一席表决心的话听过，唐三藏的泪立马就不再往下流。三藏无限宽慰地双手合十抵胸说道："阿弥陀佛！善哉，善哉！有了你们众人的忠心耿耿，我的心里也就踏实了许多。"

众人起身，穿上已经风干的衣服，将晒干的经卷重新捆扎，行囊扎紧，重新放在马背上，继续朝东土大唐赶路。他们一心想的，是未来的前程，而对于过去老鼋之事，他们也就没有回首，并渐渐将它忘到了脑后。

他们以为，受了老鼋的耍之后，又没有回去进一步的打它，跟老鼋的历史恩怨就此完结了。但是他们万没有想到，因为有了这只千年不死万年不灭的负气老王八的从中阻梗，通天河里通向天庭那一个入口就永远封闭，而从民间涌来的那一些支流却永远大敞着。但是这件事情的真相却并不被人们所察觉。他们依旧以为自己应该是百川归海鲤鱼跳龙门似的朝向这条路湍急蜂拥。以后再有从此通天河向上走的僧侣，没有不中途落水，或从马上失足，痛失前蹄的。没听说有谁能最后达到目的地。彼岸永远在他们的视界之内招摇模糊。那些庄严通红的唐朝屋瓦廊柱燃烧在徐徐落日之中诱惑出一根根玩具狗骨头的巍峨。而圣徒僧侣们背负而来的毕生辛辛苦苦誊刻抄写的经卷，经过这一番河水的洗礼后，也从此变得面目不清了。

这也是"通天河"这个名字一提起来，就会让许多喜爱弄潮冲浪者浑身幸福战栗颤抖的原因。他们心里也明明知道，淹死的通常都是会水的。

第二场：花枝招展的取经人

时间：紧接前场
地点：唐都长安一带

说书人旁白：说书人儿时在听别人说书时，总不明白"经"为何物，要费那许多人动那么大干戈前去取它；更不明白好不容易取来之物，却又为何最后要落入水中自行湮灭。说书人那时瞪着乌黑溜圆的小儿童眼，止不住心中的疑惑和惊惧，往往要向正在说书的人诚恳打问。不料，提问的结果，却是得到正在说书者冷笑着呵斥：

"小孩子家，听着便是了，不许多嘴多舌。史书上本来就是如此写着的。"
说书人那时只得吮住自己的一根手指头，瞪着满眼乌黑溜圆的历史大迷惑，退到墙角的阴影里惴惴不安。
历史就这样在讲解历史的人充满庇护的大嘴里拒绝别人发问。历史就是一部过去完成时或者现在进行时。再或者就是一部过去完成进行时或者过去完成现在时。及至说书人长到而立之年也有资格进行说书的年纪时，却仍旧疑惑在同样一部过去完成时的历史里。说书人仍对"经"抱有无限向往之神秘，对落水的历史残缺仍旧抱有惋惜。

殊不知，历史的经卷，通常都是残破不全的。它那千疮百孔、漏洞百出之处，正好可供后世匠人前去堆砌修补。

却说那师徒几人从通天河落水的噩运中逃将出来，翻滚上岸，回头又将被淹出水渍的经卷拾掇了，一卷卷仔细卷好，又用牛皮绳牢牢捆实诚，线头全都打上死结，任谁也撕它不开，师徒几人这才稍微心安，鞍上马下，踢踢踏踏，往长安方向继续赶路。

话这么一边说着，长安城可就眼见着到了。唐僧骑在马上略一思忖，便对脚边走着的悟空道："悟空徒儿，你我等人一路西天迎取真经，一去就是十四载。俗话里讲'夜长梦多''人走茶凉'，这许多年过去，也不知家中已经发生何等变化，是否已经更改朝纲。我只恐别人已将我们师徒几个忘了，意欲回去表功之事更不知会怎样。但愿不会功劳苦劳全都不计，反而惹得一些杀身之祸吧？"

悟空一听，忙劝慰说："师父放心，没人敢把俺师徒几个怎样。若他们敢将政策随意变来变去，不纪念俺这许多年来的辛苦，不兑现从前俺临走时他允下的功劳，瞧俺老孙怎样砸他皇帝老儿狗头去。"

唐僧仍然忧心忡忡："只恐相隔之日太久，提醒他也记不起来这回子事了。有道是凡有行动大举，舆论必先跟上。你等还是先显神通，与我在各种媒体上先行造势宣传，狂热轰炸众人视听，昭告从朝廷官员到庶民百姓等知晓，从前领诏去取经的和尚，俺如今功德圆满地回来了！"

悟空说："甚好！甚好！去媒体造势，这有何难。休烦八戒他二人劳躁，俺老孙自己一人就把这事儿办了。师父你且宽心等好瞧的吧！"

说完，一纵身跳上云端，手遮凉棚向长安城里打望。只见处于贞观之治年代的李世民的唐朝，真个是市井人声喧嚣，车水马龙，五业兴旺。百姓路不拾遗，夜不蔽户，大臣廉洁自律，奉公克己。人人尊孔礼佛，到处韶乐梵音。好一派太平盛世经济腾飞景象。悟空看得眼睛发直，心说，到底是哪好也不如家好，金窝银窝也不如俺自己的狗窝。只是，这窝实在是变得忒快，忒豪华，一转眼，自己就落得寒酸，不被别人所情愿认识了。信息时代，商品大潮袭击来时，个体太容易被湮没、不被当回一事、不受待见，所以俺师徒几人就得跟别人一样，拼命制造出一点动静来，引起舆论视听注意，以证明自己还活着，还存在，还在这旮旯儿为社会奉献着呢！

悟空于是就在云端作起功法，闭起眼，深吸一口长气，刮起瞬间香风。眼睁开时，再看那人间土地，所有树木一律摇头向东。原先那歪脖儿树脖子歪向西的，现在也转过来朝东；原来笔直向上伸长的，现在也要伏下身来枝丫转东，正朝取经人一伙儿来的方向。城里百姓发现这一情况，立时可就炸了群了，以为天象征兆，就要发生地震之类的什么，于是惊恐万状，纷纷收拾行李细软逃离家门奔走相告。消息传到宫里，朝廷大臣们也感到不安。毕竟这阵势谁也没见过。就连皇宫里的千年古树，本来一直向上，或向两旁长得好好的，现如今树头也一律转向朝东了，不知中了什么邪魔。大臣们谁也不敢耽搁，赶紧往里禀报。消息就顺着午门一直传到唐朝太宗的耳朵眼儿里。

太宗也感到惊慌。来自民间的群众运动，竟发生得这么突然，一点前兆都没有。太宗立即组织专案组下去调查，同时命中书官速查皇历，看有什么历史大事将要发生。结果，皇历上明白无误写着：某日，若西天取经的和尚回朝，长安城里的树木就会一律调头向东，朝向一伙儿人来的方向。

当然，这一切也是悟空作法变出来的。

这样，从宫廷到民间就把取经和尚取来真经回返的消息全都知道了。至此情形下，谁还敢对这一伙人怠慢？舆论呼声很高。在舆论的巨大压力下，太宗李世民不得不盛驾远迎，亲自为他们洗尘接风。

一个叫作"接经楼"的地方，就在长安城外隆重临时搭起了。故事发生的时间就在唐朝贞观二十七年。地点就在彼时长安，现时的西安。

那厢的舆论宣传已经到位，举国上下都已把这群人期盼着了，都已知道皇上亲自出面的迎接仪式就要举行。街道两旁，牡丹花不该开的也都开了，玉兰树不会结果的也都结了，串串梅和刺刺槐也滴里嘟噜的，绽放得颠倒了季节。

真个是：

红牡丹香风阵阵，

白玉兰硕果累累。

紫经幡处处遍插，

黄法号时时吹响。

好一片惊天地，泣鬼神的超豪华规模！

这边唐僧一伙儿一看，吓蒙了，没想到自己一造舆论就造出这么大个动静来。规模如此之高，这可真是上得去也得上，上不去也得上，硬着头皮就得往前闯啊！

于是众人就得赶紧捯饬，也要把自己从思想到行动预先准备一番。唐僧将一路上都舍不得穿的、临行前皇帝御赐的夜光木棉袈裟从包袱皮儿里拿出，精心套在身上，将衣褶细细掸平。又对着悟空的火眼金睛反光当镜子，照来照去仔细画着四条眼线，一根根梳理眼睫毛，还使劲用上牙齿频繁摩擦咬咯下嘴唇，直到咬出两片通红伶俐妩媚小嘴。

那沙和尚老家本在流沙河，位于云南少数民族聚居地区。这回，他便显出了比别人得天独厚优势，掏一把鞋底灰染出两个乌黑眼圈，又拿出包袱里珍藏的那许多造型别致、色彩斑斓的火奴族、黑姆族、水彝族、泰缅族、哈温族服装来回换着往自己身上比量。都是些银色结花襻子，真丝蜡染缠头，上还缀着些滴里嘟噜的闪光贝壳珠翠，走起步来一摇一颤，像是戏台里的花旦了。悟空一见，拍手赞道：

"唔，好看，好看，沙师弟一套上这行头，整个人都不一样了耶！酷毙！帅呆！平日里净见师弟你不多言不多语，与大家打成一片十分随和，群众评议每每得分最高，饮食习俗方面也并没有什么特殊忌讳，还真就不知你是什么族呢。"

八戒也说："嗯哼，嗯哼，沙师弟你这一身儿可真美！只把俺老猪羡煞了！一起作息了这许多年，不知沙师弟跟俺不是汉族。"

沙和尚被他俩夸得不好意思，紧紧身上腰带丝绦，略显羞涩笑道："谁告你俺不是汉族？只是这些民俗衣裳鲜亮，醒目，容易被皇上看上，多握我手一些工夫。若有画协理事韩熙载当场泼墨，作'宫廷夜宴图'或'皇上驾幸图'，无论披麻皴或丹青引，也能在我身上多着些色，多勾上我几笔，媒体登照片时我也突出显显眼。"

悟空一听，大为不屑，嘴角一撇，直咧到耳根子后面："咳，咳，累不累，累不累，我说累不累呀你？管他什么披麻皴戴孝皴，俺就偏不尿他那一壶。俺老孙在玉皇大帝面前，也不过是唱个喏罢了。如今人间皇帝跟前，却敢将俺怎样？"

说罢转回身去，只顾一旁贪玩，并不随他们一起描眉画眼儿。转头却见旁边八戒，也在仔细穿戴收拾。那八戒更加别出心裁，将两棵水葱儿，分插在了两个鼻孔儿上，葱梢儿翘翘的，俏俏的，墨绿玲珑水灵。直引得悟空哈哈大笑，捂着肚子满地打滚儿："唔哈哈，唔哈哈！这呆子，你又不是云南来的，怎的也猪鼻子插葱，装起他家的象来了？"

八戒不好意思，只是"嘿嘿嘿""嘿嘿嘿"傻笑，继续忙着穿戴，不跟猴儿一般见识。

这边尽情揶揄着别人，悟空心里却又蓦地升起紧张。周围人人都在如此，他若想众声喧哗中保持特立独行，怕也如行蜀道一般，趔趔趄趄脚跟儿不稳，心里边也胆儿怵的。现时的悟空，毕竟不比从前，已没有了大闹天宫上天入地时的潇洒。虽则头上折磨他的一顶帽子，已在修成正果之际被摘去了，但那帽痕紧箍的印记仍在，时时将从前的疼痛提醒于他。

摘掉帽子的代价就是将从前帽子的灭顶大恸记取于他，使他每每行动起来心有余悸，首鼠两端。

一念及那顶已逝的帽子，悟空浑身就过电般筛糠一下，猛一哆嗦着反身艰难地从地上爬起，捂了自己的脑袋久久发呆。再看他几人，一番修面整容后，已都尽情地鲜亮了，悟空的寒碜，反倒突出成最惹眼的面相。唐僧最后一道程序整理完须带，顺便瞟了一眼悟空，见他还不悟道，便呵斥："悟空，你还不快从了众人，愣在那厢干啥？这一路取经却原来都白取了，却怎的依旧连人事还不醒？"

悟空无奈，只得做猛醒状，万般不情愿地跟着捯饬起来，先是胡乱抓些路边狗尾草、野杨梅、勿忘我、满天星、向日葵等野花野草浑身遍插，颤儿颤儿的。又将他尾部那根坚硬、生猛、未曾进化好的桀骜不驯旗杆，打上两折，弯了又弯，尽心操练和彩排，使其曲伸自如，在光线下可以明媚抖动和摇曳。

一切都已打扮停当，取经人步履袅娜、花枝招摇地继续朝前赶。

远远听见鼓乐齐鸣，唐太宗率百官已在西安城外新建的"接经楼"上准备接经。这"接经楼"上下两层，全由紫檀木盖成，美得竟如那海市蜃楼一般。一道门、二道门、三道门、四道门……层峦叠嶂，光是那门就有九重，正跟那九重天的数目相等。卫兵们就把唐僧他们来到的消息一层一层往里禀。路的两厢，有成群结队的组织好的百姓手拿鲜花夹道欢迎，警察列队拉手成一条直线，在群众队伍前面阻挡着维持秩序。礼炮"咣""咣"地就放出了二十一响，欢呼声震天，把唐僧等四人惊得浑身乱颤，一个个都屁颠屁颠的。

　　初次仰见这般豪华恩宠，和尚们的眼神和心思便早已不够用了，礼节也不知怎么使，师徒四人整衣襟捋袍带，见谁都想三呼万岁，逢谁都想倒地谢恩。就在这万般激动的节骨眼上，八戒突然想起，通天河里的老鼋还在等着他去捅一耙给拯救！他倒把这事给忘了。八戒就低头，悄悄将这事脱口跟身旁悟空说了。悟空一听：

　　"我把你这个呆子！都什么时候了，还提什么老鼋不老鼋的事！怎就那么没有眼力，不会挑选话语的时机！让那老王八蛋不耐烦地活着去罢！赶紧的，备好表情，准备进京见驾。"

　　八戒唬得再不敢乱说，跟在悟空后边练习匍匐。

　　一步一菩提，一步一叩首，师徒几个儿，就走过欢迎的人群，这就上楼来了。进得"接经楼"里，也并不是立即就能将皇帝见上，而是先要铺垫，歌舞宴席摆好，座位也按顺序排开。先看桌上，山珍海味，十碗八碟，佳肴珍馐俱全；再看地上，笙箫丝竹，鬓钗裙影，美人香草靓倩。多年修行之后，师徒四人俨然呈心无所动，坐怀不乱外在形态。沙和尚见了满桌大鱼大肉就饱，不再露一脸饕餮；猪八戒见了光腿女演员也毫无兴趣，一点调戏动作不搞。修行得道之后，贫僧老衲如今是见山非山，见水非水，见男不是男，见女不是女。唯独见了皇帝仍然是皇帝。乐声一起，皇帝刚刚冉冉地升出来，几个人就慌忙跪爬前去，竞相行觐见大礼。

太宗李世民高兴啊！一一接见，问了问唐僧情况。唐僧就把一路取经情形大致说说，又把三位徒儿一一引见给皇上。太宗将他们纷纷表扬。接下来国宴开始。酒过七巡，菜过五味，节目轮番上演，好一番尽情联欢。

正在表演到热闹处时，太宗忽然就诗兴大发，来了灵感，立即掰着手指，当堂口授一曲长篇抒情叙事诗《大唐圣教序》，其内容是颂玄奘法师西天取经的功行。一旁中书官当时就电脑记下，又命书协褚遂良和王羲之二位书法家用行云流水般的行书和端庄不敢走样的楷书抄录，并令雕协的艺术家刀劈斧凿于石碑之上，以供后人瞻仰，也便于拓来拓去的保存流传。如今谁再到西安，一元钱就能将那《大唐圣教序》拓来一张。文武百官当时齐口称颂赞扬唐太宗"写得好哇！写得好"！玄奘他们哥几个也受宠若惊，跪在地上称谢，半天不肯起来。

太宗为显示自己平易近人与民同乐，这时便俯身下去，亲切挽起唐玄奘说："老爱卿请起！快快请起！爱卿，你看，今儿个大堂之上，文武百官一应俱全，各将自身的绝活儿表演。这等难得一见的狂欢，老爱卿何不将那真经展开来助兴演诵一番呢？"

这话一听，唐玄奘的冷汗"唰"地就下来了，小脸儿立即煞白，腿脚开始抽筋，浑身筛糠似的哆嗦个不停，眼见着就要往下瘫倒。太宗惊问："爱卿，爱卿！爱卿你有什么不好？"

一旁的悟空跪地上朝上偷眼一看，心说糟了！都到了最后节骨眼上，佛主保佑，我师父可不能前功尽弃啊！心疾眼快的悟空忙暗自吹一口气，当场克隆出一个与自己一模一样假人，让他替自己跪着，自身的原件则变成为一只小蜜蜂，"嗡嗡嗡"迅速飞到师父耳边，轻声叮着他的耳垂儿说："师父，莫急，莫急，有徒儿在此助你。他若再问话，我说一句，你跟着说一句，就把那皇帝老儿，唬弄过去便罢了。"

玄奘听到这儿，勉强才将腿脚定住不至瘫痪。皇上见他脸色由白转变为黄，又有些疑心他染上南亚地区多发常见的鼠疫，忙又追问道："爱卿，你有什么不舒服？你在印度那厢，可曾乱吃过什么东西？过关时去体检了没有？"

玄奘一听，心里越发紧张，口里嗫嚅，却发不出声响。悟空变成的蜜蜂在他耳边嗡嗡："师父，快喊'吾皇万岁，万岁，万万岁'，把他的话打岔过去。"

唐僧就跟着喊："吾皇万岁，万岁，万万岁。"

悟空蜜蜂说："吾皇，有道是，那真经不能在宝殿里念。"

唐僧就跟着说："吾皇，有道是，真经不能在宝殿里念。"

"唔？"皇上一听，显出疑惑："玄老爱卿，这又是为何？"

蜜蜂悟空说："有道是，演练真经，须寻佛地也。"

唐僧就跟着说："有道是，演练真经，须寻佛地也。"

太宗一听："唔，也好，也好。玄爱卿，那么你认为哪处合适，想上哪儿去演练呢？"

唐僧说："唔……"又要卡壳。蜜蜂悟空忙在他耳朵边儿上说："老衲听凭皇上指派。"

唐僧就说："老衲听凭皇上指派。"

太宗就说："那好哇！那好哇！这么大个唐朝，难道还没有个让你念经的地方吗？"

说着，就立即问值班的办公室主任："你知道这个长安城里，有哪座寺院还算得上洁净一点吗？"

当班的大学士萧瑀，就立即从人堆儿里闪出，哈腰奏道："回禀圣上，城中有一雁塔寺，十分幽僻洁净。那里没有人类前去骚扰，在塔身上乱刻'到此一游'，只有雁子过往，留下些许雁粪罢了。臣以为那里适合于还不曾体检过的南亚取经人驻扎。"

太宗一听，即刻命令："好，好。就到那儿。你们，每人都把真经分头各虔捧几卷，同朕到雁塔寺，听我三藏御弟念经玩去。"

玄奘闻听，心里又一哆嗦，心说可别谁半道上好奇，要拆开牛皮纸看看里边的经文到底什么模样，那样可就一切全完蛋了。欺天瞒上，那该是多大的罪啊！想到此处，冷汗就在头上嗖嗖地冒着，想上去阻拦可也没有办法。

又多亏了大徒弟悟空，一下子把师父心思全然了断。悟空迅即又将自己唾液变出无数滴胶水来，牢牢将文武百官的手指粘在牛皮纸卷儿上，指尖儿动弹不得，不能随便轻易把经卷打开。

文武百官于是各各手捧着经筒，颠儿颠儿的，跟在皇上后面，随太宗驾幸雁塔寺中，一路上手指与经卷粘连，也不怕掉在地上。路途中一点毛病也没有。玄奘这才暂时松得一口气。

大雁塔里，已经搭起了高高的讲经台，听课学生的桌椅也落座摆好，一切准备就绪，就等三藏法师登台表演。虽说是已经到了这座远离皇宫的房子，暂时避开了皇上眼线，玄奘心里仍是不能最后完全放心。因为他知道，此番瞒天过海的功课，还差着最后的一两节。于是他又神秘庄严地向太宗奏道："万岁，万岁！您若欲将真经传流于天下，必须得克隆誊录副本，用复制件大批量散发。而那原件，理当珍藏起来，不可以经万人手、过万人的眼，将它的贞洁腌臜！"

太宗一听："对啊！可不是。御弟之言，说得在理儿。从今往后，一切就交给御弟全权处理了，你说怎么念就怎么念；你说找谁誊经就找谁誊经。你就自己个儿估摸着办吧。"

得了这话，唐玄奘心里的一块石头才最后"吧嗒"落了地。

取经人一伙儿就这样给自己化险为夷，还弄了一套御赐的房子，给自己出国回来后找到了职位，有了发放养老金的地方。经卷的秘密，就永远被遮盖起来了。以后流传出来的经文，全是经唐玄奘一人首先"经手"摹写的。世上根本没有第二个人看到过原本真经。

说书人旁白：善本通常都是深藏不露。我们总是听说它的存在，却几乎没有人能有运气一睹芳容。这样就给了赝品以留传万世的机会，也给了权威讲经人以信口雌黄的由头。

却说，历经朝代更迭嬗变以后，那唐三藏法师讲经的雁塔寺，如今还在陕西西安地界苟活着。岁月如梦，那塔尖苍茫恬淡，常与那古老的城砖遥相呼应。每当夕阳西下，它们总愿凝神倾听城墙一片怨声幽咽，如泣如诉之中它们恍惚又结伴梦回唐朝，遥想那时的落日余辉。

而那唐朝时特地搭起的、美得如海市蜃楼般的"接经楼"，到了公元一千九百多年市场经济时代，就给改造成了遍布在取经路途各地的"西游记宫"，并赋予它一个专有词组，谓之曰"西游搭台经济唱戏"，宫门的门票都很价格不菲。那宫里边多是仿着一些迪斯尼的游乐项目，呆头呆脑的唐僧师徒四个取经小蜡人是主角，人模狗样的一群小妖精是陪伴。行人在路上走着，妖精一会儿就从游客脚底或头顶冒出一个，做出种种妖魔鬼脸，众人无辜都给他吓得大呼小叫。几分钟的取经路走下来，就已是出了宫门了。回头想想，好像没从妖怪身上得出什么惊慌乐趣，倒反而像是被他们给取乐了一样，心里头赌气窝囊。

至于说那四个取经人，他们的最后归宿，传说当中也有许多版本。有一种说法是，原本他们大家都要留在雁塔寺里工作的。起初，众人团结一致，维护唐僧，讲经传道，对于法事操持十分辛勤。雁塔寺一天天名声大震，香火逐月逐日鼎盛，前来朝拜者络绎不绝。听众和朝拜者一多，将他们师徒几个一味跪拜、吹捧，唐僧还好，在这方面心理自我调节经验还算有一些，知道当个公众人物必须时刻小心谨慎，保持住心理平衡。那几个鬼怪变来的徒儿，出名以后，可就经受不起奉承了。他们首先在心里想到的就是，从前在通天河岸边对于唐僧师父的那一次允诺是个错误。讲经权威不一定要由师父他老人家一人充当，谁还不可以当呢？谁被众星捧月时不感觉大自在，谁被众人簇拥时不产生大幸福？

这样他们几个就背着他们师父，偷偷也在院里讲经设坛，将那朝拜者分流，暗中削弱他师父的权威话语地位。他师父虽则广善天下，性情羸弱，但对这等肆意侵权行为却是毫不留情，对自身霸主地位也是一口咬定，毫不放松。他师父得知他们的背叛之后，小白脸儿往下一撂，"呱嗒"，就变黑了，二话也不用说，即刻把徒儿几个赶出山门。

那八戒被撵，却丝毫并不放在心上，当场就坡下驴，本来出家的立场打一开始就不坚定，这回他便借故还俗，回了高老庄，当起了他岳父的上门女婿，将一窝又一窝的优良品种小猪不断衍生下来。凡尘的日子过得倒也其乐融融。

这悟空受了排挤，却就开始烦闷，不由得想：在人间这一路走得真是辛苦异常，哪有我在花果山时的痛快。都是那作家吴承恩多事，将我一个自由幸福的石猴儿化成为人，活活拖着俺在他笔底下走过了一百回。谁知人间却这般四处妖魔伏设，八面争斗踢打。我哪有许多根脑筋，跟他们明争暗算尔虞我诈得过来呢？进化成人我算是倒了八辈子血霉了。人啊，多么高贵的理性！多么不得了的人文精神！我不当人了。我当不起人。我还当我的猴子去。

花果山桃花园不复存在，没法归隐，我宁愿回那西番两界山石匣内压着去，先好好睡几百几千年再说。就好比是他们人间制造的那种"冷冻"效果吧。等到何时世界清明了，我再醒来也不迟。

猴子果真就一个筋斗云，带着对人世间的巨大厌倦，直翻回到西番两界山石匣内睡觉休眠去了。

而那沙和尚，归路就显得比较困难。本来这沙和尚想重回原单位——云南地界的那条流沙河去重新当官。但是经过一番长途电话打问，方知已不可能实现。新的萝卜，早已占上那个坑。再说自唐朝以来，没有哪一朝哪一代的留学生政策是恒定不变的。除非他是由原单位出资代培，并且，临走之前，还要写下保证书，并用公房及老婆孩子等做抵押，发誓学成归来之后还给本单位效力，并不跳槽。这样单位才会给保留公职，不至于使他回来后要有一段时期的下岗。

但事情往往要向两方面发展。学成归来的取经人员，他们往往挟东洋、西洋，以至于南洋的一些博士或博士后学位以自重，往往要提出加宽住房面积和升迁职位等的讹诈要求。原单位理所当然满足不了，因为没有哪一个空位和住房会给他们一留多少年。中国最缺的是人，最富余的也是他们，坑少萝卜多，谁怕谁呢？结果就会有人提出调动，打算另谋高就，那么就要对不起，请先把培训费及其住房等倒吐出来再走。

沙和尚面临的就是这样一种处境。流沙河的看守早已换成新一轮妖魔，哪还可以容得下修行齐整的沙僧。沙和尚于是只好到老师三藏面前做深刻检讨，表示今后一定洗心革面，不敢做轻易背叛，一切听从导师之言，只求老师能将他留下当助教。三藏毫不动容，且看他还要怎样说。沙和尚又一番痛哭流涕、跪地叩头行触脚礼后，三藏才勉强同意留他在雁塔寺里当助手。但对他的监督查管比从前越发严格。沙僧也便默默接受。因为他知道自己已经没有退路，人若在首先想着如何生存的时候没有一个英雄不气短。

这沙和尚，以后就化为历史上的和尚辩机，专门记录整理他老师口授的随笔游记《大唐西域记》，里面介绍了许多西域诸国的风土人情。后世学者爱把它当成史料处理，其实这其中加进了文人许多臆想捏造的成分。中间的不实之词有一些是师父虚妄的想象和矜夸，另有一些是在记录过程中沙僧将自己的随团旅行经验擅自加进去了，整得天衣无缝，十分献媚。他师父在最终审阅统稿时，虽说见到了这些文字不是出于他自己，但读过之后他也并没有恼。一是因为这全是顺着他的话说的，没有什么忤逆，沙僧也并未要求署名；二来这也可以增加篇幅，多拿字数稿酬。唐僧便也无言允诺。

说书人旁白：历史，便这样以师徒合谋的方式以讹传讹，生生不息。

第二幕　克隆时代

第三场　如意金箍棒

时间：若干朝代后，公元一千九百九十多年
地点：欣欣向荣的城市

说书人旁白：万里长江东逝水，浪花飞溅南北。无论什么时候，说书人都应该躲到书的背后，让书自行对它自己发言。这样才能避免许多聒噪，爱护来之不易的团结安静大环境。

上一回书说到，取经人一伙在取来真经，受过皇帝的接见，加官晋爵，各得所需后，便开始落户雁塔寺里各按自己想法胡乱讲经，招徕香客和听众。在权威无法绝对指认的情况下，各教门流派难免纷争，内部打得头破血流。最终结果，只导致师徒几人情谊分崩离析，各寻去处，做鸟兽散，搅得一片白茫茫大地不干净。

只说那悟空行者孙大圣，一通人做下来，已将他那从前积蓄休攒的精神元气耗费已竭。困顿迷茫至极，行者便又回复成原生猴子形态，一头钻回到从前佛祖镇压他的西番两届山石匣内呼呼狂睡休息。这一睡，又是一千三百多年过去，相当于当年通天河里老鼋在阳间的那个寿数。一千三百多年，历史若说轮回它也真是轮回得快，尤其是以"世纪""千年"作为度量衡单位时，人才方知今生今世何其短暂！人之中的大多数性命竟然连一轮都轮它不满，就匆匆忙忙中途走掉了。这一千三百多年期间历史已经发生翻天覆地的变化，然而悟空行者并不知晓。等他睡够，再一睁眼醒来时，却已是到了公元一千九百九十多年。

却说，在一个月白风清之日，水暖鸭浮之时，转世成为学者的行者，已经端然安坐于他的学者书斋里头了。

行者之所以要选择转世托生成为学者，而没有成为浪人、商人、工农兵等，全是因为这学者这职业跟他从前寺里讲经的那一门行当颇为类似。再说这样不紧不慢地做学问生涯可以给他适应当下环境留有充分的时间。不管是多么上天入地、七十二变的鬼才，从封建半封建半殖民地社会一下子来到市场经济商品大潮年代，任谁都会有个不适应，都要有一个艰难调整过渡时期。所以那大圣孙行者便要利用此不用天天坐班的空隙将自己的思绪合理调整安排。

行者眼下正在他的陋室书房里，小心仔细挪腾书橱。多少年来，由于执拗不肯与任何女子结婚，非要长年保持一己单身生活，因而行者在单位里一直没有分房资格。行者漂泊流浪腻了，后来出具证明，证实自己早已独自过活超过了四十多岁，这才赢得了分房委员会中大多数同志尤其是女同志们的恻隐。再分房时，单位不得已勉强把他考虑进内，将小青年夫妻们不愿意进住的一套一居室房间倒腾给了他。青年小两口们现在分房都喜欢一步到位，直接要成两居室的，免得再中途搬家倒腾来倒腾去的劳神。

而这行者的要求就没有那么高啦，有一个栖身之地就已把他满意得美死。他这一代人常念叨在唇边上的准则就是："一箪食，一壶羹。朝闻道，夕死足矣。"既然如此，人家就就坡下驴，欺负老实人，可不就给了他一室一厅怎的，连一个多余的"二"字都没有。

行者倒也想不得那些，乐颠儿颠儿地将自己的房间布置简单明了。四壁除了顶天立地一圈八个书橱外，就容不下另外其他的东西。书橱当中，是一个宽大的水曲柳四方书桌，桌面足有一张床那么大。一把湘妃竹的、似伟人照片上坐的那么大的藤椅，陪伴在书桌旁边。别的，就什么都没有，甚至连一张床都没预备，困了，想睡觉，就丢身倒地而卧，在四壁书橱的挤迫当中闻着书香而眠。邻居别人见了，觉着这老单身汉可怜，常敲门送来他一碗饺子半碗汤什么的。而行者却一律拒绝，不吃嗟来之食，关起门能从中得着大快乐，出得门便啸傲众生，鼻孔朝天，不跟邻人一般的短视少见。别人也就只好一旁惝惝，以为是自己无知，不能跟行者一同入那化境。

行者将原来捆扎在床底下的一堆堆书都上了架子，做好索引，收拾完了房间，复又开始打扫起个人卫生。洗过了澡，冲完了热水淋浴，行者浑身冒着热气，舒舒服服揽过镜子自窥。总体来说，面目还算不错，也算是个书香门第、讲经人出身，基本的读书人风貌气质还是有了。再一看脸上，脸皮儿薄嘴唇儿厚，双目火眼金睛炯炯有神，乍一看也是老帅哥一表人才。只是这猴头瓦骨脸上，两腮塌陷，侧面线条不能隆起了些，稍微有点美中不足。行者想起单位科研大楼里，出出进进人们都戴一副眼镜，没有文凭也平添文化三分。只自己学问高深却反而要光着个脸，也是太不均匀。于是就想到要配副镜子去。

那厢他只一味想着要臭美，这边却把他自己本身火眼金晴的基础给忘了，想不到上面已经不能挂碍太多。虽然说是挣钱少，囊中羞涩，但脸面上的东西，一定还是要"博士伦"。行者因为做事着急，就在街头"立等可取"小店里把眼镜配了。那验光师也不曾给他好好验光，镜片大概也是极其假冒伪劣，两片塑料玻璃一贴到眼球之上，就觉得疙里疙瘩，满眼睛沙子，望远凸透镜似的，瞅谁也瞅不准，当下大街上满眼都是流氓妖精。

痛苦地流着泪方要摘下矫正，那眼镜店老板却又唬他，却从柜里拿出一副琇琅玳瑁金丝镜，急急切切挂在他耳上，一副不要钱白送的样子，嘴里广告着说："负负得正，凸凸即凹。师傅您再戴上这一副镜子，管保舒服惬意，又十分适合您的脸型。"

行者猴脸上挂着一副玳瑁金丝边，往那镜中一瞧，确实瓦骨脸上增加了一些立体感，表面线条开始流畅。再看街上行人，都人模人样，回复成顺民，不再有阶级斗争相。于是，套着三层假眼的行者点头允诺，交过了双倍的钱款，心满意足走出了镜店。背后传出"傻冒"的嗤笑声音，而他于自视良好之中装着听不见。

步行于城市欣欣向荣的大街之上，这行者发现如今跟从前的一个显著变化是良民增多，巡警也增多，满大街上都是各种店铺以及站在店铺门前穿各种制服收税的警察。还有一些地方悬挂着倒计时牌牌，指针一亮一亮地往回闪。时针数字退回一步，人们就要随着大声欢呼。悟空行者懵懵懂懂，方知这世界果然与从前不一样，历史老人正在把脸儿朝向历史的背面，以倒走的方式大踏步向前。

有这么多的警察都在街上看守，复苏醒来以后的行者的第一个悲哀，就是自家的金箍棒没用了。眼下已是公元一千九百九十年代，难见有人提棒上街。不知是真没的可打，还是都藏在耳朵眼里，不轻易抽出来？行者戴三副镜片，在大街上不断环顾左右，贼眉鼠眼，艰难寻觅。见有拎菜的，有拎筐的，有吆喝着卖 VCD 软盘的，有伸手假装丐帮向行人乞讨的。然始终没有找到拎棒同党。

行者心里一阵莫大失落，霎时涌起一股知音难觅怀才不遇的古典悲哀。想从前，在那遥远的西游时代，大圣悟空老人家的一根如意金箍棒曾是何等的风光！说大就大，说小就小，棒煞捧煞，感觉全凭一己之手自摸，那才真叫，痛哉快哉！人都说，在对待女人和宗教问题上，最能考验出一个人道德禀性脾气修养。他老孙的如意金箍棒，一遇到考试卷纸上这些论述题，往往就要憋闷不住，要抢在他的大脑思考前面用行动替他做了简答。

对待宗教，自不必说了，那些和尚、道士没有一个不遭他奚落，频繁运动之中孔老二牌位没有不屡屡遭他棍打的。单说这对待女人，取经路上，这悟空每每一见妇女，也不管人家是否有意前来热络唐僧、想用那小和尚肉补阴滋阳，只要在道儿上一跟女人邂逅，悟空他那两只火眼金睛里，就立即左眼冒火，右眼睛也冒火，忍不住就要雄起，棍子立即膨大，抢在他师父前边，操棍便上，挺身便打，没有哪个女人不被他打趴下的。

他师父见了，内心就好不乐意。早在行者棒打白骨精时代，唐僧就已经对猴儿的狭隘心胸有所察觉。因为唐僧在当初解救他时，如来已对他交代过底细，唐僧知这猴儿只是石人出身，曾有过许多劣迹前科。譬如在蟠桃园曾经调戏王母娘娘的小丫鬟，封了人家小妞儿的穴道，倒是没行出什么淫事，只无端把蟠桃糟蹋不少。唐僧就不明白他是什么心理。这回，又见他把给自己来送馒头的村姑和婆婆一个一个追着，毫不留情地打，唐僧实在看不下去了，忍不住呵斥：

"阿弥陀佛！善哉，善哉！出家人，扫地恐伤蝼蚁命，爱惜飞蛾纱罩灯。悟空，若你自己吃醋，无行为能力，打掉一个花容月貌的村姑便也罢了，干吗你还要打死村姑她妈？你的眼里，难道竟连一个老太婆也容不下吗？"

一番话正揭在悟空的七寸上，搞得他好不赧颜。心说自己尽管名为悟空，但俗话也是说得好：空即是色，色即是空。这始终也是怨不得自己。只怪那叫吴承恩的写书作家，在悟空这一形象的程序设置上，非要不负责任地把他处理成石人出身，搞成了一个"超性别"或"无性别"，阴不阴阳不阳的，并要把那一根大小随意的"通天一棍"通篇到尾一直都昭然卓著于他体外，频频成为"惊艳一枪"。这责任的确完全不在他孙大圣本人，他确实是没能从作者文字里得到什么招数用以自控。

为了给自己的无法自制的打女人行为障眼，悟空就只好又将接着来的村姑她爸也一棒打了，以逃避师父对他好色无能的揭穿。只是，这一关逃脱出来以后，接下来，类似的错误他还是控制不住的一犯再犯，包括猛打蜘蛛精琵琶女女儿国的女国王，还要钻进铁扇公主肚子里折腾——用弗洛伊德的话来说，那就是作为一个男人对现存和自身的不满，欲返回母体子宫寻找安全和渴望重塑。只可惜他走错了门路，从口里进，又从口里出，结果仍然是不得男女交和孕育成胎，仍是一个说不清来头、既无爹又无娘的石人小"克隆"。

现今，眼下，如意金箍棒无用了，找不到东西好打。原先他老孙吃醋、嫉妒、性无能等种种情愫都能掩盖在护法的旗号下，通过打女人而泄了快感。现如今可不行了，连自己头戴的那顶紧箍帽子都摘下去了，金箍棒子显神通的机会哪儿还会有啊？尤其是眼下女权主义张狂，正在掀起叫什么"内衣外穿"运动，见她们整日高跟短袜、露脖袒胸的，就以为又是勾引老孙上前去打。这厢通天棍刚刚大大勃起膨胀，还没开始近前，那厢她们就要叫唤起来了，还勾来大批世妇会组织帮忙，简直搞得他兴致皆无，通天入地的大状态长时间都无法进入。

行者怀揣一根绝技无法演练的铁棒，情绪黯然地在大街上踟蹰溜达。过去总从耳朵眼里往外掏棒的动作已经太俗，悟空嫌它寒碜，当众掏耳缺乏风度，又不卫生，遂改变为棒揣怀中，方便送进抽出。远远望见一排小铺子展现眼前，门脸儿上各色牌子高悬，饭馆、装修、卖菜、养菜……各个行当一应俱全，里边全蹲了一些进城的民工在揽生意。悟空无意间走近一家刻戳的，抬头见门楣上牌匾，正面是阳文"刻山刻水刻石棒"，好奇伸手翻过来，背面阴文写的是"私刻公章"。悟空忽然心有所动，翘着脚，蹩进去，张口问柜旁一个接活的小掌柜：

"请问，你这儿都能刻什么？"

"回您老师父，我们这儿除了自己的手儿不能刻，别的是什么都能刻。"掌柜的年轻小伙儿热情洋溢回答他。

"你给俺看看这个。"

悟空说着，偷眼瞅瞅四下无人，才撩衣襟一角，将那棒小心捧上。只见那棍呈常态，温软，光滑，松嫩，粗犷。细润处如雪融冰化，粗糙处如蛇皮带筋。小掌柜一见，不由得大呼小叫："哎哟，您这是什么哟？可从来没见过呢。好货好货！"唬得行者慌忙上去捂他嘴。小掌柜忙低下声来，问："老师傅，您要刻哪个单位的公章？用这种上好的戳料，我保您以假乱真，谁也休想查得出来。"

行者听人夸他一根棒，心中高兴，脱口而出："我要刻成一支笔。"

"笔？"

"对，一支笔。"

"我说，老师傅您可真会开玩笑。"小掌柜不相信地笑笑，还顺带撇撇嘴。"这么好的东西，谁舍得只刻成个笔？再说了，现在都是什么时代？后后现代！后后现代，老师傅您懂不懂？我听说，后后现代里，人们都讲究抚摸，敲电脑键盘那样地抚摸，疼痛与抚摸，抚摸的纯粹感觉。谁还那么老土，还想用一支笔戳来戳去的？"

悟空急燥，一时口讷："俺，俺……俺就要弄一支笔。俺只会弄一支笔。"

"唉，"小老板长叹一声，把一根儿棒在手里摆弄，"可惜啊，只是可惜了。"小老板一心想的，只是刻一支笔不如刻个假公章赚钱，可以跟顾客漫天要价。"您老要羊毫啊，还是狼毫？要"青山挂雪"，还是要"浪里飞白""？

"俺……要人毫。小大由之。"

"您……您说什么呢您老？您老说是……"

"人毫。小大由之。"

行者回答，语气一点也不含糊。

"我……我说师傅，我胆儿小，您别吓着我。虽然说我私刻公章，可我还从未开张过呢。看见了吗？对面，隔条马路，绿色门脸那个，就是孙二娘的包子铺，您到她那儿看看，兴许有您要的。"

"尿！"

行者不满地骂了一句。"到底是后人了，当年我棒杀妖精的威风他一点也没见着。杀人拔毛那事，俺老孙早洗手不干了，想要教唆于你也是教唆不着。你那儿墙上不是挂着那许多假发？给俺铰下一截来，粘在笔头，便不就结了？"

"哎哟喂，哎哟喂，您瞅我这死脑瓜骨，我怎么就没想到哇！您坐，您坐，我这就给您弄。唔……不过嘛……"

"又怎了？"

"我这店里进的，可都是上等假发，全都是回收良家妇女大姑娘的辫子做成的……"

行者一听，他那戴着三层镜片的眼睛，一只眼睛发光，另一只眼睛也发光："好，好，那正好，就用这个！就用它！"

"可是……可是，给您老截下一段儿来，假发的造型就要给破坏了……"

"那又何妨，那又何妨。快说，快说，有什么要求你就直说。你这小老板，真不爽快，不爽快。"

"师傅，不……不是不愿给您截，只是，您看，我这都是按照一整套假发的价钱卖的……"

"唉，俺当是什么，吞吞吐吐的。你就按一顶的价钱收费不就得了嘛！你看俺戴着眼镜，像个知识分子模样，以为俺出不起这个钱是不？小老板这你可就误会了。俺们身上，最值钱最金贵的一点玩意，就是身上这管笔。有它就有名。没它就没命。你说俺还有啥可舍不得的？你只管照做就是了。"

"好，好。"小老板一边应着，一边在心里头这个乐，心想今天这份生意我可做着了！从哪儿来的这么一个土老冒？真是个大傻冒！

一边想着，一边飞快地下刻刀。每刻一下，悟空那边都有感应，不住哆嗦，浑身冒冷汗，如同古时候有个叫作司马迁的受的那种残害。然而为寻真理，为觅大道，悟空却又只把这痛楚强硬忍着，半点苦也没敢叫出。

第四场　克隆猴以及克隆羊

时间：紧接前场

地点：书斋

有了这支小大由之的人毫，行者以为自己会喜获神来之笔，恢复阳刚之气，从今往后补足性别，变个顶天立地男人，不再做吴承恩笔下那石人二尾子。

哪知他心满志得，回到家里书桌前一坐下来，却发现自己又打错了算盘。光有了这支笔，可跟那笔配套的东西却怎么也置办不齐全。墨哪儿买去？宣纸哪儿买去？红袖添香的人哪儿寻摸去？欣赏他字的人又哪儿巴巴请去？哪儿的后后现代画廊肯接收他作品入闱呢？

一大串儿问题搅得他头疼。行者就饭也不吃，茶也不想，一连数日兀坐在书斋的阴森里发怀才不遇的呆，却连半个字也没能写出来。他想他自己可真是托生错了角色、托生错了时代了。行者怀才不遇的头疼愈演愈烈，又像有个箍儿紧在他头上。

唉。

下次上班，单位里却传达文件，今后的高级职称评定考试，要跟世界趋势接轨，要增加驾车和电脑两项考核内容。从前的书法考试取消。行者一听，脑袋"嗡"一声，差点瘫倒在地上。

实际上这时他已是脑血栓征兆了。只是他自己还并不知觉。也许是知觉了但是也不对外公开说。因为在他们那个范畴里，脑血栓跟肝炎一样传染泛滥，大家都普遍患有头痛。作为一种职业病，人人全都习以为常，全都学会隐忍着，没谁会将自己的症状公开宣布出来，显得自己学养不够少见多怪。

要考电脑试，技术和学识上要接世界轨，但是在待遇收入上他连个微机芯片也买不上。单位就买来一些廉价组装机，按教研室发了，排好时间表，让大家轮流上机练习。行者那支笔刚拾掇好马上就遭废弃，搞得他心里蔫不唧，诅咒这世界将人淘汰得太快，真比玉帝老儿还不是个东西。

可待他上了机一看，该他诅咒的东西简直太多，忙得他有千张嘴万张舌也诅咒不过来。瞅吧，瞅吧，那上头都是些什么呀？龟孙子的网络。网络。联网。网际漫游。Inter……。乖乖！龟儿子，什么叫 Inter……？进入 Internet，世界整体在握。"世界整体在握"？难道比我老孙的火眼金睛如意金箍棒还神通？

行者满腔不忿地上网。可谁知，一上了网，他就控制不住自己了，五光十色，眼花缭乱，如一条落网的鱼，反被网牵着，漫无目的地游走南北四方。了不得了。了不得了。世界就在眼前。世界原来不光有我老大帝国中华，以及西天印度，也还有那么多不知名的后发达起来的国家。世界原来也不光有如来菩萨、孔老二、太上老君，世界还有什么耶稣基督穆罕默德。瞅瞅这世界都变成什么样子都乱成什么样子了！简直就是没人管了，连玉皇大帝也管不了了。世界简直就要乱成了一锅粥。什么，什么？克隆？克隆羊？连羊也要给克隆起来了？

小滑鼠轻轻一点，有关"克隆"的信息立即大面积平铺堆砌在他的眼前。瞧瞧，瞧瞧，行者心里又骂。世界已经这么便利了，世界已经便利到这种地步，便利到小滑鼠一点就出现克隆的地步。

克隆：clone，无性繁殖。名词，意为"无性系"；也可能是动词，意为"使无性系"。

克隆羊：cloning sheep，无性繁殖的羊。

克隆羊所需材料：三只绵羊。

克隆羊的制作过程：分三步、四步，或者五步走。当然，不嫌麻烦，六步也行。

第1步：从第一只羊的乳腺里取出细胞，放在实验室里培养。

第2步：将第二只羊的卵细胞的细胞核去掉，将第一只羊的细胞核硬塞进去。

第3步：在实验室里让这个卵细胞发育成绵羊胚胎，然后放入第三只羊的子宫母体内。

第4步：第三只羊把肚子里的这个孩子一生下来，就算是全部克隆完了。

　　看着看着，如此烦琐的制作解说过程，行者的脑袋瓜子又要大了。他心说，唉，我当是什么呢，还以为世界又出现了新奇迹，唉，原来不就是个无性繁殖嘛！费了我这么老半天的劲理解英文词义。他们那些发达国家英国佬可真有意思，总是要大惊小怪的，实在是太孤陋寡闻，无性繁殖这点子事，还算是个新鲜吗？此刻，正坐在他们面前的我老人家是谁呀？我不就是一个地地道道的老克隆吗？我正可以给他们现身说法呀！

　　行者想得高兴，手里头快速点着鼠标，心里头还止不住兴奋地想：这下可好，我可真算得上他们克隆的老祖宗了。想当初我一个高儿从石头缝里蹦出来，承得那造化神功，浑身八万四千颗猴毛，根根能变，应物随心，随便拔下哪根腚后或胸前的毫毛，"噗"，一口气一吹，即刻变出无数个小我来，跟在大我后边绕哄绕哄。每次跟妖精开战，快打它不过时我都使用这种克隆分身术障眼法，一群小我帮助大我，屡战屡胜，战无不胜。等着吧，等着吧，就快有人要想起我，出面说咱中国早在西游记时代，在我石猴形象刻画上就已最先充分体现了先进克隆技术。从前世界上一有了足球、排球、篮球、围棋等玩意，不也是立即就有人闷下头去考证，然后立即站起来用考据结果大声向全世界宣布说：你这玩意毫不稀奇！中国古代早已有之！

手里的鼠标顺将点化下去，果然，网上就有词条播出，说英国那只绵羊并不新鲜，我国连比羊大和比羊小的动物都早已克隆过了：

1991年，中科院发育所杜淼先生通过核移植得到了克隆兔子（流产）；

1992年，江苏农科院培育成功了活的克隆兔子；

1993年，西北农大张涌先生获得了克隆绵羊；中科院发育所、江苏农学院也分别培育成功了克隆羊；

……

1995—1996年，华南师大和广西师大、中农科院畜牧所有通过核移植分别获得了克隆牛。*

（*林衢：《今日羊被复制　明天人将如何》，《中华读书报》，1997年3月12日，第5版。）

行者看得高兴，为民族科技进步骄傲自豪。可是看来看去，唯独没有见人提起自己，不由得又生起气来。不应该，太不应该！行者愤愤的，几乎要在电脑前以老迈龙钟之躯蹦将起来大骂，以表示自己被人遗忘冷落的恼怒。心说我克隆我自己那些猴儿的时候，你们这些兔啊羊啊牛啊都在哪儿？缘何数典时偏偏忘祖？谁是你们克隆的源头和老祖宗？

完了。完了。看来这一拨热闹又没有自己的份了。一个众声喧哗胡说八道的时代，想要别人总提起自己、想让自己总听到自己的名字该是多么不容易啊！

唉。克隆。克隆。他们对克隆感到好奇完全是因为没有看到我《西游记》啊！

　　网载：美国小总统克林顿惧怕克隆，担心会克隆人出来，引起纲常伦理纠纷。克林顿还要求美国国会立法，通过法案禁止克隆人类。

猴儿一看，手腕一抖，"噗"的一声险些笑出声来。心说那小克林顿也实在是太小了，他那一辈子才经过多少事儿？想当年我花果山里搞克隆的时候，何尝就乱了伦理了呢？我变出的众猴都欣欣然为我鼓掌，一齐欢呼奉承道："大王您好！大王您辛苦了！大王您既是老孙，那么我们就都是二孙、三孙、四孙、小孙、一家孙、一国孙、一窝孙、滴里孙、嘟噜孙、滴里嘟噜孙！我们都紧密团结在您的周围，万世模仿拥戴您！"俺那时候什么伦理不伦理，纲常不纲常，伦理纲常的修订，全依俺美猴王个人的权威和地位而定。有权是王，没权是孙，自古真理颠扑不破。

再说，从舆论和影响的方面说，行者当年克隆他自己的时候，并没有遭到什么异议，还被评为"劳动人民与封建统治阶级做斗争的机智勇谋的典型"。这样的典型谁说不是越多越好？多克隆出一些劳动人民，就可以给帝国主义超级大国多一份威慑，人定胜天，一旦将来仗打起来，也可以在人民战争的汪洋大海中淹死他们。克林顿他这样忧心忡忡，那完全是因为他没有见过我、不曾听说过我过去的辉煌之缘故。唉！什么时候，他邀请我出国去让他见上一见，顺便给他做一做思想工作，祛掉一些他的忧心？

唉。既然没人记挂我，我也只好自己体恤我自己罢。

行者放下右手鼠标，两只毛茸茸小爪轻轻抚摸在键盘上。

提示：如果你想复制，请同时按 ctrl+c 键

啊行者

我爱我

啊行者

我爱我

啊行者

我爱我

啊行者

我爱我

啊行者

我爱我

啊行者

我爱我

......

一种充满自恋的呻吟，滔滔不绝源源不尽地布满于屏幕。当然，你也可以换一个说法，说他是自尊。

提示：如果你需要复制的话，请同时按 ctrl+c 键

提示：如果你需要复制的话，请同时按 ctrl+c 键

提示：如果你需要复制的话，请同时按 ctrl+c 键

……

行者猴头猴脑，人模人样地坐在电脑桌前，两根毛茸茸的指头按在两个键码之间再不肯离开。如此说来，一个简洁、便利的复制时代已经真正来到了。却原来电脑这家伙也会克隆。实际上电脑就是最大的克隆，它才是我们这个信息时代真正意义上的无性系，它才在每天每日进行大面积大规模的克隆，克隆自己，克隆别人，不知疲倦，毫无休歇。甚至就连"克隆"也在被大批克隆，有关"克隆"的信息被连续不断地从网上载下，成期成批印刷在报纸杂志传媒上，大批量印制发行。翻翻当月的报章期刊，关于"克隆"的报道一版又一版，其实它们全是克隆自于同一个电脑原件。

行者不禁由衷惊叹。原来人类这样热衷于制造赝品。不光喜做他人的传声筒和替身，还进一步喜欢制造自己的赝品。人无法在他人之中出类拔萃，就只好在自己之中鹤立鸡群。人究竟是喜欢对自己自恋，还是愿意对他人卑尊？

人若将自己的肉体克隆了，那么灵魂又该怎么办呢？会有借尸还魂的事情发生吗？行者的心里又是一激灵。据网载还有人设想克隆希特勒，克隆贝多芬，克隆邱吉尔……克隆一切人之中那些比较特殊的。又有人接着提问：若不同时克隆希特勒少时的贫窘，不同时克隆贝多芬经受的耳聋，不克隆第二次世界大战，不同时克隆这些人之特殊者所生存的环境，那些克隆物又如何会成长为特殊？

行者在巨大的信息轰炸面前静静检索。经过最初的被轰炸得分崩离析四分五裂的头疼之后，他现在已经逐步平静了，将自己的脑细胞还原过来，静静地进行分析思索。一行行烟幕一样的信息在他眼前飞驰而过，行者思索完毕，然后接着那些提问，在网上写下了自己的心得：

人哪，还是成为他自己最好。人还是成为彼时彼刻、此时此刻的人最好。人还是应该像人之贤者中有个叫贝多芬说的那样："在这个世界上，真正的贝多芬，只有一个！"最好。人，也一定不要像通天河老鼋那样，以肉身原初的形式无限度地苟延残喘下去。该他没的时候，他就没了，最好。

写完这些，行者的心里彻底平静了，也不担心什么克隆不克隆，不再担心人的那些克隆物会超过自己的七十二变神通。真的人谁会对自己肉身的立体照片忧心忡忡？谁能不对自己灵魂的存在感到万分珍惜和庆幸？！

第三幕　重现的时光

第五场　生存，还是死灭

时间：过去、现在、未来之间
地点：天庭、冥府、炼狱之内

书斋中的行者，在替人类具有灵魂感到庆幸的同时，突然又生出微微的失落，心说，他们人类在克隆的时候，还知道哪一张是原件，可我自己这个克隆的元凶，我的原件又在哪里？我在我之前又是什么？我在石头之前，又是谁的克隆？

几近暮年的行者，纵身跳出三界之外，游于苍茫的浮云当中，艰难追索起"我是谁？我从哪里来？要到哪里去？"这样一些人类在非常情境中常要探究的哲学问题。

　　行者拨云逐雾，行风弄雨，随那深奥的南亚研究学者一起，重新回到古印度大史诗时代，在那一堆浩繁古梵文卷轶中究本探源。日日月月过去，朝朝代代变迁，经过他们不倦考据之后，终得在那英雄大史诗《罗摩衍那》中，找到了孙猴孙悟空的原型。原来他却是那史诗中一只神勇无比的神猴哈奴曼所传衍。那神猴曾在传说当中降妖伏魔，帮助罗摩王子完成了他伟大的功业。神猴的故事随佛教的传播者一同远行，走过漫漫西域之路，到达瓷器和丝绸的故国，并随着唱经人幽深久远的心口传唱之后，终得在黄色的土地上落户生根，衍变成文人笔下中国属性的悟空孙大圣行者。

　　那南亚研究学者引经据典，呕心沥血考证完毕神猴这一形象在中国的流变。几十万字的研究成果甫一出来，还未得以享用这成果带来的风光，学者便就不堪其累，积劳成疾而英年早逝。他那时享年还不足四十八周岁。

　　行者大圣捧着自己这几十万字得之不易的出身，两行泪水夺眶而出，一时悲欣交集！

　　呜呼唏嘘哀哉！说书人忍不住又现身跳出来旁白。在一切都可以尽意复制的克隆时代，人对自己来源的追问，到底是具有了意义还是失去了意义？那么，对自己去处的追问呢？生命本身被无限地毫无节制地克隆着，究竟哪里还有彼岸和终极？

　　跳出三界、悬在历史之外的行者，同时也对本篇说书人的目的产生了疑惑。说书人如此这般费尽心思地把悟空行者从历史当中揪扯出来，借他之像，对历史的来龙去脉做了精疲力竭的解构推演。这样一番毫无激情的历史写作，究竟是想要证明什么呢？就像人这奇怪的哺乳生物一样，活着活着就活腻了，有的要冷冻，有的却要复制。人们到底是想要长生还是想要长死？

克隆时代本身就是一个缺乏激情的时代。激情被无限量大规模的复制给阉割了。世界到处被赝品所布满。激情储存在原件之中不得再往下延传。激情也正睁大了激情的双眼，正躲在冷漠的背后小心翼翼窥视人间。在诸多剑拔弩张预备着拿它当靶子打的如意金箍棒面前，它显得诚惶诚恐，惴惴不安。行者悟空西游时代的如意金箍棒早已消泯了它们。克隆时代却将那消泯之后的伤痕一再伺机复现，然而它却并不同时克隆激情本身。

行者看见说书人就这样怀着对克隆时代的置疑，用古典文本精心克隆出一个能指模糊，所指也并非不明确的克隆复印件。

然而，这一过程呕心沥血走完之后，得到的，却又能是什么呢？

克隆复制完毕，行者看见说书人掩上书卷，复又与行者一起，在克隆的现实境遇里重新陷入历史的悲哀。

诗曰：

　　一体真如转落尘，合和四相复修身。

　　五行论色空还寂，百怪虚名总莫论。

　　正果旃檀敉大觉，完成品职脱沉沦。

　　经传天下恩光阔，五圣高居不二门。

　　　　　　——语见《西游记》第一百回：径回东土　五圣成真

注：本篇写作参考资料：

1. 吴承恩：《西游记》，北京，人民文学出版社，1992年8月。

2. 普鲁斯特：《追忆似水年华》，南京，译林出版社，1994年5月。

3. 韩少功:《马桥词典》，北京，作家出版社，1996 年 9 月。

4. 米洛拉德·帕维奇:《哈扎尔词典》，湖北《今日名流》节选，1997 年第 2 期。

5. 塞万提斯:《唐·吉诃德》(脚尖儿舞)，莫斯科国家古典芭蕾舞剧院演出，北京，1997 年 1 月 4 日。

6. 布里顿:《情天泪雨·倘若我的抱怨足以感动热情》(脚跟儿舞)，英国理查德·奥尔斯顿后现代舞蹈团演出，北京，1997 年 3 月 8 日。

7. 莫扎特:《安魂曲·神的羔羊·牺牲》(交响合唱音乐会)，中国交响音乐团附属合唱团演唱，北京，1996 年 9 月 4 日。

8. 过士行:《鱼人》(舞台说话剧)，北京人民艺术剧院演出，北京，1997 年 3 月 19 日。

1997 年 3 月 28 日于北京双秀

杏林春暖

1

　　民生决定在本命年来临之前结束北漂生活。这个本命年是 36 岁，而不是 24 岁或者 48 岁。前者毛嫩，后者衰微，多少有点像日薄西山。36 岁，对于一个流浪漂泊的男人来说，无论如何不能算是一个光荣的岁数，几乎已经是年龄上的极限，再继续流浪下去，不光遭周围人耻笑，也令他本人产生深深的人生挫败感。放眼望去，早年间一同来北京漂泊的人群，多半已经打马归山。江湖几经易主，现在市面上还在泡吧K歌的，已经是一群二十岁出头三十不到的小仔仔。混迹于他们之间，胡子拉碴的民生一脸落寞，颇不自然。像他这种年纪的人，如今无不油头粉面、挺着大肚腩，玩儿的都已是洗脚桑拿按摩的腐败成人活计。

年龄这东西也有意思，35岁时，人们会说"他才30出头"，而一到36岁，人们就说"他30多岁快40了"。其实只不过是一岁之隔，却如隔山隔海。街面上几乎所有有点技术含量的招工广告，应聘者年龄都限定在男35女28周岁。好像过了这个阶段，男女都自动转入不堪的中年，成为不齿于人类主流的狗屎堆。其实这已经算是好的了。相比起古代，这已经是错把中年当少年，将类人猿后裔的青春期大大往前提了。

若从外形论，民生的相貌相当不错，面嫩，少相，胡须收拾整洁之后露出一张挺像样的白脸儿，一米八几的大个儿，走起路来有时又松松垮垮，自有一股艺术家的桀骜不羁或者是略显颓废劲儿，初一见面很能唬人。可惜他就缺一个专业特长，又没受过什么正经职业培训，求职方面总是处于劣势。漂亮的脸蛋能换来钱吗？那要看在哪儿。在北京就当然不能。在北京这么个人山人海人肉成堆的大都市里，美男帅哥遍地都是，最不缺的，就是人才和人类。作为一个不管是漂泊在京还是原住民的男人来说，关键是要在某个方面有点真本事，空有一副好皮囊，没多大用，顶多也只能在求职面试时占点便宜，再就是能讨女人喜欢，惹来的性骚扰强度大一些。其他的，什么也谈不上。

民生来北京后，做过不少职业，都是打零工和短工，没有哪一样干得长。他原来在自己家乡的小县城里，有一份不错的职业，在文化馆当馆员，也算是拿工资的人。高中毕业考大学没考上，家里人咬牙供他复读，第二年仍是差两分。就这二分就决定了他命运的走向。母亲满脸苦涩，捂着左边的奶头犯了心口疼，父亲蹲在门槛上吧嗒吧嗒抽着旱烟，脸皮耷拉得跟沙皮狗一般。

他们这个贫困家庭，三个孩子，老大是女孩脑子慢，学习不灵光。二小子大脑炎后遗症，十几岁了还经常把屎尿拉在裤子里。好不容易出了小三子他这么个精灵，学习成绩在校里也是拔尖的，怎么一到关键时候就上不去呢？

民生也是，落榜以后，人生的自信受到巨大打击。但是他不甘心就此回家务农当一辈子农民。通过一个远房亲戚二伯求人帮忙，拿着发表在报屁股上的几行诗，民生以诗人的身份，进了县文化馆。先是负责编一本馆级文学刊物，后来熬到副馆长的地位。父母仿佛又看到一点希望，但愿他能干得好一点，从文化馆能直接当馆长、县办主任、县长秘书，直至县长、书记……一步步往上升。

而民生越往前发展，就越让他们的希望一步步落空。俗话都说性格决定命运，这话一点儿不假。作为一名乡村文化小青年，民生天生忧郁、谦逊、自卑，农活什么也不会干，整个人身上浮动着一种梦游气息。后来也不知怎么着，是因为语文学习成绩好的缘故吧，到了高一下半年，突然狂热地热爱起诗歌来，在县城的刊物上发表了一两首诗以后，更加助长了他的空想姿态，导致他的数学外语成绩严重下降，考不上大学也在情理之中。父母二位老人家，就怎么也不明白，像他们这样的家庭，没有一点儿文艺细胞基因遗传，怎么就产生了像民生这种阴郁气质的诗人？除了败家和没用外，看不出他还能折腾出个什么劲儿。

后来几个北京权威诗歌刊物的编辑记者携带几个闻名全国的诗人到当地来采风，顺便给文学青年们讲座。民生带去了自己的诗稿给老师们看，其中一个脑门半秃、猜不出年龄的著名编辑老师说：你的诗写得有才气，想象力丰富，笔力灵动雄奇。好好努力，会有更大的发展。

就是这些泛泛的不着边际的形容词让民生在没用的道路上越走越远。民生眼见着自己的血直往脸上涌，他对自我的认知已经达到一个新的水平。他把老师说的"会有更大发展"听成是"到北京发展"。于是他还真就顺杆往上爬，把原单位工作辞了，只身一人，杀进京城里来。到了之后，首先去拜见那位夸赞过他的老师。老师已经认不出他来，听他一提醒，反倒吓了一跳，说：其实，哪里都可以有诗情的啊！不一定非得辞职进北京。

见到老师这副德行，民生心里一沉：他的吃饭住宿还都没有着落呢！出来时身上没带几个钱，满心希望着老师会收留他，帮助在北京落下脚来。这便如何是好？

开弓已经没有回头箭。没听说谁漂出来以后再无端返回去的。也只有闭着眼睛往前闯吧！他倒是也并不后悔。反倒是他的父母长吁短叹，听说他把好好的工作辞了，瞎晃悠到北京，知道这个儿子是白养了，得不上济。母亲犯了心口疼，父亲的肺部纹理越发粗重，整天干咳个不停。

说起来，那已是十年前的事儿。

诗人在中国各地都是一个很大的群落。尤其，他们埋伏在伟大祖国首都北京的角角落落里，像沙尘、空气污染和负氧离子一样，生命力强劲，时而有形，时而无形。季节好的时候，他们就出来显一显，比方说，阳历四月，他们就会蓬勃叫春于北京东城的法源寺丁香诗会上，在当年泰戈尔与徐志摩、林徽因合影的丁香树下尽情照相折腾，几十年过去，那棵大树仍然开满沸腾的白花。秋分过后，他们又纷纷飘落于北京西山大觉寺的红叶诗歌节里，踏着纷纷落叶，吃酒念咒，搅碎了一地寺庙的清幽。这些人的人数之众，叹为观止，直教人感叹我泱泱大国五千年诗歌传统文化的深厚积淀。每逢各路英雄豪杰纷纷从地上地下冒出来聚集时，必定要整出点不大不小的事儿来，基本与诗歌无关，与风流韵事有关，打架喝酒或者分伙儿论战，"土包子伙"和"海龟派"辩论得不可开交，以至于为正名达到要互动拳脚的地步。媒体女记者就一个劲儿地上前拉，往旁边劝，拉也拉不开，劝也劝不住，最后就把他们葫芦瓢一样斗大的脑袋拍成特写大照片，往报纸娱乐版头条上一登，咦！众人立刻舒坦！握手言和，推杯换盏，勾肩搭背，从头再战。

诗友相逢，亲如一家，相互引荐帮衬着，不怕找不到事情做。民生很快就被发展加入到"土包子伙"下线，磕磕绊绊开始了居京漂泊生涯。他吃过不少苦，享过很少的福：居无定所、交不起房租、一年搬家十二回，有时到月底连几块钱吃饭的钱都没有……。仗着年轻，耐折腾，那点苦一扛也就过去了。总体上来说，这么多年，虽然物质匮乏，但精神上基本自我满足。来京后，他做过一些跟文化有关的活计，编过书也倒腾过书，就是买书号然后再卖出去那种，做过文学杂志、时尚杂志，主要就是吸引客户拉广告，还做过网络，当编辑斑竹什么的，还卖过电脑软件，在中关村海龙大厦替人看柜台……反正都是力所能及不用花大气力但也挣不到什么钱的活儿。最得意的是做盗版书那会儿，几乎全国一条龙，有进有出，有批发有零售，赚了大钱。后来打击得太厉害，还上升到犯罪进监狱的程度，他们才心生畏惧洗手不干。

在他决定淡出江湖前的最后一项职业是做电视，就是做那种缺文化、少智慧、专门拿明星们的隐私开涮、把国民素质往集体白痴和弱智方面引的那种娱乐搞笑节目。

正是在电视台他认识了美惠——他的福星。他那时的职务是节目的编导助理，主要任务是摆椅子打吊灯调耳麦，外加给编导提鞋拎包什么的。那期节目正好是访谈钟美惠——一个成功女人，城市新贵，48岁的亿万富婆，网上评选"十大钻石女王老五"名列第三。

用高额数字说起某个女人的年龄来是多么的不堪！一旦见了真人面，事实却大相径庭。大都市的女人，善于保养，又勤于伪装，再加上名气、鲜花、掌声的滋润，通常看上去比实际年龄要小得多，今年40岁，明年18岁。

不光美惠这样的明星女人是这样，连民生这样的都市流浪汉亦如此，极显年轻，脸盘子跟实际年龄极不相称。由于整日价游游荡荡，没有家室拖累，即便快到40岁了还仿佛28岁，脸上还有光，就是那种老单身汉肌肤里冒出的油光光。与此同时，与之不配套的是内分泌里却往往生出单身汉的臭味。不知是身体里雄性睾酮激素协调得不好，还是没有养成天天洗澡的习惯，总之，长期单身的男子，身上很容易发出动物园狮虎山才有的尿臊气味。如果再跟廉价香水味一搅和，就更没法使人靠近。

而一般已婚男人，拖家带口，勤于洗浴，卫生习惯好些，又长期有老婆同睡，呼吸之声相闻，屎尿之气互通，内分泌里就会产生阴阳协调、雌雄不分的烟火气，跟周遭广大的世俗气息同流合污，闻起来就很周正，就不那么刺鼻。

民生此时的体味就在体臭与油光光里纠缠着。好在他已经发现了这一点，拼命用辛勤沐浴和巴黎香水来找补。本来他这南方人就有冲凉的习惯，他将这习惯一直保持到北方。不管居住条件如何恶劣，每天的热水澡或冷水浴总是必不可少的。他又从一个留洋海归诗人身上得来经验，知道了男人体味是吸引异性的法宝，香水一定要选用最好的牌子。他也就悄悄仿照人家，一瓶价格昂贵的巴黎"古奇"男士香水，点在身上，幽幽淡淡的，果然像粘蚊器一样，让女人蚊子般地嗡嗡嗡往他身上靠。

他没想到这个气味，还能粘住美惠——按理说，她那种成熟女人，久经沙场，阅人无数，是不可能轻易循味而来，随便咬钩或甩竿的。

一旦鱼和钩或者钩和鱼相逢，便让他的心，在一刹那之间狂跳不止！

再看孀居多年的美惠，自长她二十来岁的前夫去世后，反倒年轻自由起来，不必再吸纳腐朽的老人气息，一边打理庞大的家族产业，一边拿来来去去的年轻崇拜者当滋阴药养着。她的脸面整得非常滋润，看上去也不过是30来岁。自把青春献给一个如父如兄的老男人后，美惠就对比自己大的男人失去兴趣，从一个中老年男人爱好者，变成年轻帅哥的忠诚粉丝，眼光总喜欢向那些小自己许多的男人乜斜。美惠在一些公开场合，比方在接受报纸采访或做电视节目秀时，也毫不害羞大胆表达对足球少年和影视美男的热爱。那一瞬间人们都感觉得到这位大款阿姨心态非常年轻，荧屏底下都纷纷猜测她的年龄。

民生在录音棚的灯光下见到美惠绰约的风姿和年轻的面貌时也吓了一跳。在他的想象里，凡做生意的富婆，都应该珠光宝气，肥肥嘟嘟，脖子上有十五道肉褶，手上有十个金镏子，另外一笑往往还要露出两颗金牙。但是他没想到，这茬儿有钱女早已不是国民党胖太太那辈富贵老太婆，她们是又一拨受过男女平等教育、掌握了知识利器的现代女性，都从铁姑娘变回真女人，气质风度俱佳，打扮长相都向希拉里和刘晓庆靠拢。在他眼里，美惠是个仅次于刘晓庆的漂亮女人。刘晓庆是他多年来的偶像，仿佛神仙姐姐，永远不倒，也永远不老。

当然，他不知道，美惠像所有频繁出境、用脸很费的明星一样，对自己颜面的修护达到了施虐的地步。她到韩国做过面部环切手术，就是那种叫作筋膜悬垂术的，从耳根和头发接缝处开口，将脸部肌肤抻直、拉紧，割掉一些多余部分，然后再将伤口缝合、磨平。少了一部分肌肤赘肉的脸，就显得紧绷绷，尤其眼梢部位，总是向上吊吊着，总给人一种扬眉凝睇的感觉，看上去很精神，好像戏台上青衣花旦的吊眼儿。通常，人到了这个岁数，就应该鬓角根根白丝、三角眼、双下颌，皮肤松懈，眼角眉梢都松松垮垮耷拉下来才符合常规。

明星和名人们，显然是要超常规的。

一见钟情——世界上果然有一见钟情这种事情吗？

35 岁的民生，显然还没有修炼到成为中老年妇女爱好者的程度。他的眼波和肉体还是习惯性的往年轻美女身上撩骚。

但是，突然之间，有一种机遇以不可遏制的姿态和速度冲撞着他的肉体，顺便严重打击摧毁着他的人生价值观和审美观。有富婆美女向他甩竿，竿上的诱饵不是简单的蚯蚓或膨化鱼饲料，也不是床头榻尾嗲嗲尖叫、滑溜溜的下半身和细细小蛮腰，而是日薄西山的胴体、摇摇欲坠的脂肪以及万贯家财。

万贯家财哪！

他该怎么办？上钩还是不上钩？咬还是不咬？

2

九月的微风暖洋洋地吹着，满街彩色的单衫和夹克在正午的阳光下很是招摇。这一年间，持续了两个月的夏季溽热，让都市里的人们都给活活压在闷湿里喘不过气儿来。立秋过后，好不容易从桑拿天儿里逃脱出来的人们，都在这秋高气爽的时节尽情呼吸阳光和空气的新鲜。

民生戴着墨镜，背着双肩包，大步流星的，擦着一排排白杨树的树干，走在九月的艳阳下，看样子心情很不错。这一阵子，他跟美惠的关系进展十分顺利。男女关系嘛，一旦上床，预先设想的那些艰苦卓绝与沉重不堪立即随风而去，剩下的只是飘飘悠悠的美妙快感。种种迹象都表明，事情正在向他渴求的方向发展。

今天是九月的最后一天，各单位只上半天班，下午就放假。民生他们那个组刚把十一过节期间播的节目抢先做完了，节目已通过了终审，也发放了过节的奖金，接着还能休息七天，简直全都是美事儿。他要先好好地睡上一觉，然后再想想怎么狂玩。上午他去点个卯领了钱，看没什么事，打打招呼，就坐车往回返。回来坐在公交车上，忽见路边诊所的牌牌一晃而过。他蓦地就起了下来看看的念头。于是到了下一站，民生下车，往回走了半公里，循迹来到诊所门前。

这是一家叫作"杏林春暖"的男性专科医院。民生走进这家医院（确切点说是家诊所）之前，似乎还没有做好完全的心理准备，或者说目的似乎还不是特别明确。反正也是顺路，进去看看，问问情况，也察看一下环境，并不妨碍什么。

诊所位于临街拐角的位置，是一幢白色二层小楼。"杏林春暖"四个大字烫成红色，立在楼顶，打老远就能望见。下边副标题"男性专科医院"几个字印成很小的白色牌匾，挂在门口右侧的墙上，不走近看，还真望不出来。整个诊所门口都很清静，两棵老槐树高大茂密的枝叶在微风中轻轻摇曳，盖住了二楼的几扇窗口。树荫下面的空地上停着很少的几辆车子。周边的环境看上去还不错，至少没有那些国营大医院门前的杂乱拥挤，比如说像同仁、协和什么的，根本就不能去，门前挂号处的混乱程度跟菜市场差不多，全国人民都盯着北京几所大医院、半夜三更就来挂号瞧病，反倒让北京人们有病也不愿意去那儿瞧了。

这家诊所外观上总体给人的感觉是安静、祥和。但是，话又说回来，人这么少，莫不是骗子医院吧？

民生心里嘀咕。他是从报纸广告上看到这家医院的介绍。政策放开以后，北京像这种民营医院那时节正如雨后春笋般涌现出来，良莠不齐，质量怎么样，是真是假都很难以断定。

推开门，进得屋去，见大厅里窗明几净，几盆绿植葳蕤茂盛。总共也没几个人，问讯台、挂号处的台面都不小，几个小护士穿得漂漂亮亮，戴着护士帽，化着淡妆，规规矩矩站在那里迎候，看上去都像日本成人网站里的护士小女生。

一想到这里，民生的脸一红，想必他已经快被网络毒害得深入骨髓了，一见到美女就想到是网络视频上的欧洲大洋妞和日本女护士，简直已经没个活体美女的概念。他赶紧收拢心思，扭过头去，墙上地下四处乱看。

放眼一看，大厅的一面墙上写着本医院治疗男性泌尿系统疾病，不孕不育，前列腺，早泄，阳痿，性功能障碍，阴茎短小，不能射精，不能正常勃起……原装进口美国魔力超级男根增长素，一个疗程（30天）让你的阴茎增大5~8厘米……诸如此类，跟他在报纸广告上看到的差不多。甚至连墙上贴的一长溜专家、主任医生的照片都跟报纸上的一模一样。

这会儿应是午休时间，挂号窗口前仍有一两个人，并不是男的，两个岁数很大的妇女，像是胡同里居住的居民大妈。民生就有点疑惑这家医院到底是瞧什么病的。

民生莫衷一是地在这儿张望着，还没打定主意是走是留。其中一个漂亮的大堂小姐（应该叫小护士）一见，就主动迎上来打招呼：先生您好！您想看哪一科？

这位小护士有着翘翘的睫毛，甜甜的嗓音，尤其头顶上那个纯装饰性的三片瓦似的雪白护士帽，更衬出她肌肤的娇嫩，形象十分卡通，越发逼近网络色情图片的味道。民生一看，正是报纸广告彩色大照片上那个小姐——她手里托着药瓶，脸上挂着甜蜜微笑，樱唇做出口形道：要性福？到杏林！

见到真人显形到自己面前，民生平常在女人面前练就的那张巧嘴竟一下子语噎，不知说什么好，只说"来看看，问问情况"。

导医小姐是不会轻易放走任何一个准患者的。她热情洋溢，仿佛摸透了这些男人的心思，也不多问，只是说：不看不要紧，先生我可以先领您到我们胡院长那里咨询一下，他是我们这里的主任医生，会给您提供一些帮助的。

然后，不由分说，伸手做出只有日本或韩国妇女才能做的躬身谦卑邀请的姿势。这样一来，民生就没法退身出去了。只得乖乖跟着小姐身后上楼，感觉自己像被拍了花子，多少有点不由自主。

上到二楼，见几间屋子都挂了"内科"牌匾。长椅上候诊的是几个大爷大妈，正在互相叨叨又感冒心口疼之类。原来这医院不单纯看男科，为拉客源，什么生意都做。民生心里有些发沉。

小护士领他又上了三楼，到了一间写有"院长室"的门外，请他在外坐下稍等。她进去，一会儿出来，说先生您请进，胡院长在里边等您。

民生想，院长还用亲自坐堂吗？疑惑着进去。因为是迎着阳光，一时看不清人影，明晃晃的一片。定了定神，才见里边临窗一张宽大的桌子，上边整齐码放一些书以及病历文件之类。桌旁一个捂着白帽子、穿白大褂、戴黑色宽边眼镜的中年男子坐在那里。走近了一看，那男子肤色黑瘦黑瘦的，看样子也该有个五十多岁快六十了，好像刚才在一进门的墙上看见过这人的影像。

民生在所谓院长的对面小凳坐下。那个胡医生假装忙着写什么，故意头也不抬，问道：怎么不好？

他这样不抬头发问，就有了一种无比繁忙与威严感。民生有点窘迫，顿了一下，才支支吾吾说，自己可能包皮有些过长，正准备结婚，想检查一下。

院长仍旧头也不抬地说，唔。解开裤子。检查一下。

民生一方面觉得自己被怠慢了，另一方面，又不得不有点扭捏地站起来，磨蹭着拉开裤门。院长停下手里的活计，眼神从眼镜框上方瞟过来，道：再往下褪。民生很不自然地把牛仔裤往下扒了一扒，把裆间耷拉着的那个物件全部露出来。院长这时才扭身戴上乳胶手套，又命民生近前，手触到他那话儿上，上下撸了撸，然后脱掉手套，道：是该做了。你这个样子，我跟你说，就得马上做，越到以后越麻烦，影响夫妻性生活，会造成妻子宫颈炎和宫颈糜烂，弄不好就是一个宫颈癌。

民生拉上裤门，明显觉得里边有点翘翘，被医生给捏弄得挺不得劲。长这么大，他那话儿还头一次被男人的手抚弄，感觉怪怪的。他记得美惠头一次跟他在床上翻云覆雨过后曾说过类似的话，跟医生的话是同一个主题。其实她也不过是顺嘴说说而已，而民生听着却格外刺耳，就把这话往心里去了。尽管他在床上尽心尽力的强度不减，可美惠的这句话多少对他的心理还是造成了压迫感。回想以前跟他好过的那些小姑娘们，谁到了这种时候不是大呼小叫、嘿咻嘿咻直呼"你真厉害我不行了"之类，直夸得他飘飘欲仙干劲无穷恨不能成个永动机？！男人嘛，大都十分在意他们腿间那点玩意儿，尤其到了某种临门一脚关键时候都格外敏感脆弱，除了听听好话夸赞、激励催促着尽快带球入门之外，稍不如意顺耳的话都会对他的自我认知造成严重打击。从此一蹶不振落下病来也说不定呢。

可钟美惠才不管那个。钟美惠女士仗着财大气粗，一向在床上也颐指气使，说上句说惯了，想起什么说什么，毫无顾忌。她本身在大学里就是学医的，现在干的又是医药进出口的买卖，对人体器官构造有着解剖学上的敏感，就连手指爱抚人的动作都像是在摸人体骨骼架子或是搓揉一只解剖台上的青蛙，谁长谁短，一上手就摸出来，还肆无忌惮脱口而出民生的表皮长度会造成对女方深度部位的伤害。这让民生怎生经受得了？！

医生见民生不说话，又添油加醋说：你没见好几个女明星都得宫颈癌死的吗？怎么得的？就这么来的！都是男人们不负责任给害的！

民生嗫嚅着说：咱……咱还是先别说那个，就说说对我自己个儿有什么不好的吧。

医生说：当然，你自己个儿也容易得癌啊！包皮过长，细菌长期隐藏在内，不知不觉，变成炎症，发展到最后，就会演变成癌。跟女人宫颈口癌变是一个道理。而且到了30岁后会演变得越来越快，你自己感觉不到。应该早发现早治疗。你没见非洲国家和以色列等国家就比咱先进，男孩一生下来就行割礼吗？那就是防微杜渐、未雨绸缪，免除了今后的祸患。咱国家传统片面强调身体发肤受之于父母，动也不能动，其实这是不符合科学的。你没见有多少男男女女因此葬送了性命……

医生还在夸夸其谈，无限夸张而且不厌其烦地卖弄他那点医学知识，民生却已经听得既有些倦也有点惧，对面前这人没什么好感，想马上站起身来走人。

见民生脸上已有倦怠神色，医生马上话题一转，认真推荐起处置方法来，说你今天来，可真是比较合适，碰巧今天人少，往常来看病都要事先预约。你这病，好处理，只不过是一个小手术。我们引进了最先进的激光诊疗仪，无痛，不出血，20分钟就完，无需住院，做完可以立刻回家，大概一周就能养好。

医生这会儿已经尽量轻描淡写，见民生还在犹疑，又进一步蛊惑道：现在过节，正逢我们医院推出优惠措施，手术费打对折，也就300多块钱的样子，还免专家挂号费。关键是这个时间做手术比较好，长假过完，就能照常上班，什么也不耽误。要在平时，还得请假影响工作，弄得尽人皆知，那多麻烦哪。

医生这是摸准了病人的三寸。他说的后一点果真让民生动心。如果七天以后就能好得跟没事人似的，偷偷摸摸谁也不知道，倒也无妨。

民生在心底算了算，300块钱，20分钟，再休养一周，就可以一劳永逸解决问题。都是自己眼下可以承受得起的。正好放长假，正可以在家养伤。美惠若问，只说是出门回了趟老家。等到"十一"过后他再见美惠时，已经雄姿高耸，跟她辗转缠绵床上大战三五个回合也可以不分胜负。她再不会因为这个劳什子对自己颇有微词，也令自己心理上多有不适。

说了归齐，不就是多余出来的一圈皮吗？割便割了罢！

主意一定，便让医生给开了手术单子，先下楼去缴费，然后上来做术前准备。手术室就在这间门诊室的里间。一个什么激光切割仪器靠墙摆放着，庞大的一台机床，看着像一台老式复印机。一张窄窄的病床靠在窗口，跟家里用的那种单人床没有什么区别。那个胡院长医生亲自来操刀，见他戴好口罩、手套，把自己遮盖完毕，然后令民生上床躺着，裤子褪掉一半，露出手术部位。民生遵照做了，羞答答将那话儿裸露在九月的空气里，蔫叽叽地有点孤单无助。一个戴三片瓦帽的小女护士进来给胡主任当助手，端着一个托盘旁边站着，将民生那东西尽收眼底。这让民生略微感觉有点难堪，不敢抬眼瞧她。小护士倒落落大方，没事人似的瞧着。

医生夹起酒精棉在待手术的部位周围擦来擦去。民生感觉到一点凉飕飕的。对于自己身上的这个零配件，他也只有如厕或床上运转的知识和技巧，至于保养和维修，他却连一点医学常识也没有，如今只是茫然地听从摆布。他叉着腿，头偏向一边，从半遮半掩的窗帘看过去，仍可以望见屋外很好的阳光，老槐树的绿闪闪的叶子，枝头几只啁啾的小鸟快活地蹦跳，街市上汽车引擎声一阵一阵响过……一切都昭示着九月快乐的生活。如今他却要躺在这里让人宰割。

在略感茫然无助的同时，民生心里也纳闷：这哪里像个做手术的样子呢？民生在电影电视里看见的手术室，都是封闭密室，无影灯下阴冷恐怖，医生护士手里长刀短剑，哪里像如今这般敞开透明，就跟他躺在自己出租屋里差不多呢？

凉滋滋的酒精棉擦来擦去，民生还在想，这可倒好，真是简单，上来就做，事先也没做做心肝功能测试、药物过敏试验或是血凝试验什么的？记得他曾陪一个哥们儿到一家公费医疗医院去割过痔疮，大医院手续特别烦琐，事先做过好多身体测试，然后才上手术台。难道果真如诊所报上广告所说，一个处理废皮的手术，就简单到"无痛，不出血，20分钟，即做即走"的程度？

也不容他再想什么，医生消毒完毕，开始做局麻。针头从敏感部位活生生扎进去，疼得民生龇牙咧嘴，道：不是说无痛吗？

医生说：吸气，咬牙坚持一下，马上就好。

好像扎了不止一针。待将嘴唇都快咬破之后，不多会儿，麻药劲儿上来，他就没感觉了，整个上半身和腿失去了连接，仿佛那个东西已经不属于自己。头脑也略微有些恍惚。大概是麻药顺血管回流到脑，将那里镇定住。医生在那玩意上边套上环，挤压出需要切割的部分赘肉，然后按塑胶环的边缘环切下去。大概是切了三四次，因为能听到电动仪带动激光刀"嗡嗡嗡"启动了几回。

医生还把切割下来的废皮夹给他过目了一下，然后扔到托盘里，还说了一句，你看，够长的吧？都是没用的，不及时割怎么能行？

医生给他的伤口敷上纱布，粘好，最后处置了一下，告诉民生可以起来了。民生艰难地从床上起身，慢慢站到地上，试图提起裤子。医生告诉他把裤带放松，回去后尽量让伤口部位裸露着，避免衣物摩擦。民生仍旧有点站不稳，麻药劲儿没有彻底过去。他把裤带松了两环，让牛仔裤松松地挂着。医生埋头写病历。民生问：这样就行了吗？医生说：给你开些消炎药，要输液，连输三天消炎，等到炎症消了，环会自动脱落。

民生心里纳闷：不是说即做即走吗？怎么又出来个输液？医生不由分说，唰唰唰大笔一挥就开了单子。民生拿过一看，曲里拐弯外国字，胡乱爬爬着很难看，像天书，不让人看懂。便问医生开的什么药，医生说是头孢类消炎药。又要先缴费，一看价格是 650 元钱，这么贵！他忙问：这是一天输液的钱还是三天的？

医生说是今天一次的。明后两天来了再现交费后输液。

民生一下子有点傻了，问：不输行不行？

医生这回倒是说了实话了，说：不输液消炎怎么能行？再小的手术也是手术，那也是在身上动了刀子，割下一块肉去。不立即消炎，万一术后感染、引出并发症，那也不是闹着玩儿的，搞不好会有生命危险。

医生这阵子又把话说得血刺呼啦的，完全不是引他上钩时的轻描淡写了，仿佛不在这儿输液立即就会死人。

民生急了，说，这么复杂的过程，你怎么不事先说清楚？

医生不紧不慢，说，术后消炎，这是一个简单的常识。我们这是本着为病人负责，才会这样细致做到底。当然，你也可以不听从我们的建议，回去以后自己处置。那样的话，出了问题，我们可就负不了责了。

至此，民生才知道自己上了圈套。这就是如今民营医院宰人的伎俩，打广告时假装降低手术费，并把看病过程说得跟玩儿似的简单愉快。等到把病人按在床上切割完毕后，善后事情却由不得自己，医院在后期治疗和在医药费上做足了工夫，治好治不好还是另一说，光是这个药费，病人你就等着大把大把往里扔钱吧！

事已至此，民生也只能自认倒霉罢！他还能怎么样呢？谁让他轻信报纸小广告？！谁让他没有公费医疗、没上医疗保险、没有医学常识？！关键是，谁让他好端端地没事儿来做这种难以启齿的劳什子手术的？吃亏上当也是活该！

眼下想别的也没有用，只想着该如何渡过难关，先止痛消炎。民生的下半身还是麻的，走也走不了。他也只能再次任人宰割，开了输液单子，掏出钱来让小护士下楼去帮着交了。回来，小护士引他躺到另外一间小小的处置室的床上，让瓶子里的药水一滴一滴注入手背静脉血管中。瓶子一挂上，上面的中国字他看清了，无非头孢、葡萄糖、生理盐水类。好像以前感冒发烧也滴过同样的消炎药，记得一次也才100多块。而他们这里一次就要650块，三天的光是输液药费就是两千来块钱呐！这才叫一个上了贼船！民生下半身虽是麻的，脑子被这缴费一刺激，却异常清醒。前因后果，未免就一起涌上心头。

我这么做，是为了谁呢？

为美惠？为自己？

到底值不值得？

可是……这是一个值不值得的事儿吗？两情相悦，心甘情愿，奉献为先。可自己又能拿得出什么来献给美惠——那个大出自己十几岁的女人呢？

开始民生还以为自己年轻、有优势，在美惠面前完全能拿得住劲，能蛊惑得住人家。可一但交起手来，才发现完全不是那么回事，只要美惠出现在面前，民生总是甘拜下风。

连他自己也奇怪：以前泡小姑娘时那个牛皮烘烘、爱搭不理的劲儿哪去了？那时他在床上稍稍使点功法，小姑娘就乐得叽叽啾啾的，拱在他怀里像快乐啼鸣的小鸟。他反倒要花好些手腕去抛闪甩掉她们，以防止她们中的哪一个依赖黏糊上他。

可钟美惠，每次床上被他伺候得心满意足之后，却懒洋洋连句多余的话都没有，翻身把背部朝向他，身体一拱兀自舒舒服服睡去了。待醒来时，一摸他还在身边，却懵懵懂懂一句问：你还没走？

就这一问，搞得民生无比伤心，也分外伤自尊，不甘心。看这意思是巴不得他干完活就早点自动出去，好让她踏实睡觉补血，或是忙别的事务去。似乎她片刻也不想再与他沉浸于淫靡空气中。这叫什么？午夜牛郎？使唤完人就踢吗？

民生愤愤。却又不敢表达出来。他想明明自己应该是占上风、占主动的一方，当初的被追求者也是自己，怎么说自己也是一个单身小伙儿，面对着的一个是半老徐娘，如今不知怎的，却这般被动？

当初他可是半推半就、勉强咬钩的。图的无非就是个新鲜刺激，心里想着换个比自己年龄大许多的人玩玩不知什么味道。美惠正相反，下钩时花了大力气，对他频繁相约，抛洒魅力，从五星级饭店的红酒玫瑰烛餐晚宴，到西双版纳双飞豪华游，送衣送物到直接送 VISA 卡……也是照准他的死穴下药，用这些来俘获穷小子的一颗虚荣之心。从另一个角度说，也足以证明了大龄女在小男人面前的不自信。财力能将她个人魅力亏损的那部分补足回来。每次勾引小男生时她都采取同样的伎俩大把大把散财花钱。

这些，民生当然不知道，他是头一次被富家女人这样钱财滥炸，没几下就蒙了，乖乖就范举手投降。以前他跟小姑娘玩，只不过玩感觉、玩情调、打发寂寞、宣泄仅此而已，跟现在完全不一样。是钟美惠把他带入到完全陌生的恋爱形式当中，令他感到无比兴奋和新奇。写诗的人，一般比较注重和讲究形式，容易上了形式的圈套。美惠抓住了这一点，对民生，这回更是格外下了功夫。在她眼里，民生比其他被她俘获过的几个都要强些。

民生外形俊逸，十几年的京华生活的濡染，早已经没有了外省人的土气，过去是留长发、扎小辫，穿导演背心，现在又随大溜在脑袋上包块头巾，看着不是模特化妆师也像是个高级裁缝，充满了艺术家气质和时尚气息。他的面色苍白郁悒，个头挺拔，腹肌结实，肱二头肌时时闪现，总的说来，比较符合她心目中的英俊标准。就他的职业来说，对外名片上堂皇地写着某某 TV 记者、编导，还印有鲜红的台标，明显是官家人、娱记、电视人的样子，现如今当红的职业。带着出门，拿得出手，至少在她那帮生意圈的人面前不跌份。如果好好培养培养，能发展成为自己一个伴儿也说不定。对于她这个年龄的女强人来说，除了生意上的事情板上钉钉、容不得丝毫马虎与闪失外，个人生活上一般也就是个多方连线，总是喜欢骑驴找驴、搂草打兔子。

可惜的是，一旦把人弄到手，没出多久，她那个喜新厌旧的老毛病就又犯了。大都市的后现代女白领，加入到忙忙碌碌职业大军里，来来往往，磕磕碰碰，此消彼长，见人见得眼晕，跳槽转会也是家常便饭，越跳、越离，就越成为个人有能力的证明，要想让她们在各方面做到从一而终坚贞不渝，都不是一件容易的事情。吊死在一棵树上，除了无能，简直就说不出是为了什么。好多传统观念，在北京这个后现代古老东方都城都岌岌可危发生动摇。许许多多观念搅杂在一起，有时也难免泼洗脚水时连孩子一块泼了。

美惠从民生身上把对电视台的好奇打消掉后，连同对电视人的好奇也随之消失。像她以前对画家、导演、大学教授、留洋博士、IT 精英从感兴趣勾引而后又给甩掉的过程一样，时间长了，对电视人民生的厌倦情绪也与日俱增。这跟民生个人魅力值的下降没有关系，与民生包皮的长短更没有绝对的联系。要是说到床上谁活儿好谁活儿赖、谁长谁短的那点事儿，对女人来说，并不显得有多么重要，通常，大概齐也都是那个样子。如果一定要追究原因，也纯粹是美惠她自己喜新厌旧的心理使然。在更换男性方面她有本钱，有条件，有兴趣。追新逐异一旦成了惯性，很难无端刹住，除非出现某种不可抗力，才能让她在惯性下滑的道路上偃旗息鼓鸣金收兵。再则说，单纯的性事，如果没有其他背景做依托和约束，是持续不了多久的。一旦心理上失去新鲜感依赖感崇拜感，难免要觉得累赘，并开始向下一个新的目标觊觎举进。

这就是自由的悖论。

而民生呢，此时却生出了想占有她、想拿住她的劲头。这里多少有点想往回扳分的意思。自己在女人面前被动、不受重视，这感觉还是头一回有。从来都是他甩别人，哪里会有别人厌倦他的道理？同时，相处既久，美惠的经济实力，也暗暗让他心动。他开始心怀叵测，生出与她终生厮守、用她来终结自己单身漂泊生涯的念头。

两个逢场作戏的男女，如今，却都向着跟自己初衷相反的方向缓辔徐行。

美惠甩他好甩，民生占住她却不好占。他凭什么？除了比她年轻、床上功夫硬、殷勤献得好，他还能有什么别的优势？

所说的床上功夫硬，也是他自认为的，都是从以前那些被他压在身子底下啁啾鸣叫小女朋友嘴里得到过虚浮的证实，是不是有所浮夸他也不清楚，总之是增强了百倍的自信和骄傲。就连这点床上硬功，如今也要被懂医的美惠在他的生理构造上挑出短来，这叫他心里怎生平衡？

他也知道，他之所以在她面前低眉顺目、处处被动，是因为自己已经暗暗谋算心有所求了。人嘛，这个东西总是无欲则刚，一旦有求，就会不自觉地降低身份，降到很低很低，为达目的不择手段。要想成功，进一步捕获芳心，他想必须从改造自己的身体硬件开始……

输液瓶里的药物一滴一滴进入血管里。一阵阵的伤口跳痛把民生从梦里疼醒过来。睁眼一看，太阳已经偏西，窗外老槐树的叶片已经有了老绿色的暗影。民生恍惚觉得梦里有一条七彩巨蛇缠绕着自己，蛇身上的巨鳞都是琉璃瓦的颜色，阳光下极为斑斓，刺得人睁不开眼。他很痛苦，像是脑仁里有根针在扎着，于是便使劲呼喊着，一着急，就醒了。

见自己仍躺在床上，手背上输着液，瓶子里还剩一半的液体。麻药劲儿一过，他的伤口开始疼了起来，下体十分肿胀。好像不光是伤口，疼痛的还有心里，心口的某个地方也开始隐隐作痛。他感到像是有些内急，喊了两句护士，没人应，负责看护的小护士不知跑哪去了。他只好别扭地爬起身，用闲置的左手摘掉挂着的吊瓶，高高举着，挪下床来，出门找厕所。楼道里静悄悄的。此刻，人们已经纷纷放假回家准备过节了吧！民生的心里多少有些悲哀。他艰难地一步一挪走到楼道尽头的卫生间，进去四下寻摸了一下，将吊瓶找到一根高处裸露出来的暖气管子挂了，一只手操作着服侍自己小解。那里又肿又痛，排尿系统似乎给阻塞了，不好使，站了半天，没解出来几滴，却又像没排净似的，万分难受。

无奈，只好系上裤子出来，撇着腿，高举着吊瓶，一步一步挪着。值班小护士终于在楼道里露面，尽管她头上还是戴着那个雪白娇俏的三片瓦护士帽，此时民生却早已经闻不到日本女生色情味道，看到的都是一个个毒如蛇蝎的妖精小骗子。

小护士赶忙接过他手里的瓶子，扶他回房间里来。这回，民生的意识完全清醒，痛意大规模袭来，令他坐卧不安。他也顾不得体面，先后换了各种姿势，蹶着、趴着、躺着、侧着、蜷曲或者放直肢体，以便减轻痛感。肿胀和尿意还是挥之不去，真是憋得难受。几次想再去厕所排空，可一想到那个卫生间离病房还有好几十米之遥，他也无法举着瓶子频频如厕，不免气闷，肾器越发紧张，像是马上就要失禁的样子，恨不得边上就有个马桶或便盆，索性一直坐在上边才得松弛。紧张之余，不得已跟小护士说自己总有尿意，问有什么办法帮助解决一下没有。

小护士看样子也就不到二十岁，说话还有外地口音，近处看清颧骨还带两块高原红，像是才从农村出来不久的小丫头。见民生辗转反侧变换体态，遂脾气很好笑吟吟劝道：别紧张，这就是麻药后遗症，忍一忍，痛过这个劲儿就好了。

民生明知道这话就跟没说一个样，但此时此景，毕竟也是一种安慰。想也许是她常护理这种类型病人得出的经验吧！也就不再问，只向她要报纸杂志来看着转移一下注意力。一会儿，肚子咕咕叫了起来，方才想起自己的中午还没吃饭。疼痛肿胀的感觉完全覆盖住了饥饿感。小护士给了他一杯水，他接过来大饮了几口，又觉得不对劲，喝多了又得上厕所。索性忍着，等到家再说。

好不容易等到输完液，已经下午三点多了。此刻的诊所完全清静下来，几无人影，像个魔窟。民生仓皇逃窜，简直不知自己怎么就竟然走进来，又被人活活给割了皮的。荒诞！只能说是妖魔附体了！

艰难下楼，打上车回家。坐在车副驾驶座上，屁股一沾椅，又是一阵剧烈的疼。他赶紧挪了挪身，用脊椎后位支撑在椅面上，伤口部位全都前翘、腾空。以艰难的身形强忍着，咬牙到了家，额头已经出了微微细汗。

所谓"家"，不过是位于西三环边的一个出租屋而已。一间50多平方米的小两居，原先跟另一个朋友合租，费用均摊，后来朋友搬走，他也没退房，也没再招合租伙伴，独自咬牙支撑每月房租。也是因为跟美惠往来的缘故，有个单独的住处行动比较方便。近期收拾得比较整洁，时刻预备美惠某天突然来访探班，住得干净宽敞点面子上说得过去，不至于显得自己太落魄穷酸。美惠的确干过两回这样的事情，预先招呼也不打一个，突然造访上门来，说做就做，也不嫌弃，扯掉裙装，便与他在床单皱皱巴巴的单身汉床上翻滚起来，图的就是个新鲜刺激。多数时间，他们还是在美惠那个豪华别墅里纠缠幽会。

民生忍痛，进屋先是洗手洗脸，将衣裤换了，找了宽大的底裤将下体兜上。翻翻冰箱柜橱，四处空空，没有什么吃食。他原本也没想到会有一场这么个切割术，根本连一点必要的准备工作都没有做。此刻才体会单身生活的悲哀，但凡有病，生活不能自理时，身边没个人照应，简直叫天天不灵，叫地地不应。好在他也从不得什么大病。

一切也都无从怨起。好不容易翻出一袋方便面，烧上开水，煮着吃下。心情略好一些。上床躺下，见时间已经是傍晚薄暮时分，从窗口望去，已是家家点灯，户户厨房飘香。楼下有小孩子们的嬉闹，又是一天亲人们团聚的时刻。民生定了定神，努力摆脱世俗生活的侵扰，以免生出感世伤怀情绪，使劲把心思凝结到处理当前境况上来。

下一步该怎么办？除了养伤，还能怎么办？无缘无故就把自己弄伤，唉！悔之晚矣！他想自己一向身强力壮，没得过什么大毛病，这次也应该没有什么要紧，能挺过去。过了今晚身体没有什么大事的话，明天就不用输液了，吃点消炎药，待到炎症自动消除，伤口便也愈合。平常自己偶尔有个感冒发烧，也都是吃几片药打发了事，好得很快。

他想起自己手头连一点药也没储备，消炎药去痛药也还没有买。这会儿想来，终该有点才是，万一深更半夜里疼痛发作，也好有个应急。刚才在诊所，嫌那里的药贵，650块钱的输液费，已经让他大呼上当恨之入骨，只是当时不好发作而已。医生想给他开药，他没让开，说自己有。那家诊所，他是再不想去了，吃亏上当也就一回。如若再需要打针输液什么的治疗，他想他也就在楼下社区医院里就近解决便了。

想到这里，又换了衣服，忍了痛，从十六楼的高度坐电梯下来，先到社区医院。那里的坐诊医生都已经下班回家，一时竟也无从请教。便在药房买各种消炎药和索米痛片，又买了些清洗用的消炎粉，心说大不了也就这些了吧。又蹩着腿，到旁边超市里采购了大量吃食，够他一个星期吃用无须再下楼的。赶上人多，快过节的人们都跑来超市里抢购，就跟不要钱了似的。他推着购物车，排在冗长的队伍后边等待缴款，额头上的汗出得一阵猛似一阵，到最后衣衫全都湿透了。

全都是虚汗。

好不容易挨到家里，扔下大包小裹的食品，心里略微生出几许安全感。毕竟是饥馑乡村出生长大的孩子，对待食物有超常的依赖和亲切感，似乎只要有吃有喝、饿不着渴不着，一条小命就能活着。非常状态下，人竟然能完全回归成动物本能。民生感到怅惘。

重新换上家居衣服，将各种药物吃下，心里感觉略镇静一些。断断续续接了几个诗友哥们儿打来的电话，都是邀过节出去喝酒的，民生以忙为借口谢绝了，并且还没忘在电话中语调强装欢乐，仍像个没事人一般。放下电话，心里重又充满被人世弃绝的悲哀。一个小时后，去痛药发挥了镇静效用，民生关掉手机，在电视里庆"十一"晚会的歌舞喧闹声中迷迷糊糊睡去了。

临睡前他还想到，平时要好的几个哥们儿电话都打了，美惠却没有给他打来电话。最近，她骚扰他的电话明显减少。民生对这件事儿很敏感。也许她生意忙，顾不上。说不定她哪天自己忍不住，就会驾幸垂怜，不打招呼自己又跑上门来求欢了呢。民生暗暗往好的方面想。女人嘛，多少都有点情绪无常。

第二天，就是普天同庆祖国生日的日子。民生龟缩在他的出租屋里，眼看着自己下体肿得像茄子而无能为力。他自己估摸着，这应该是正常的术后反应。每次他感冒发烧扁桃体发炎后，无论打针吃药，第二天也都会溃烂。医生说那就是白细胞跟细菌做斗争后牺牲的尸体。只有到第三天治疗才会见成效。民生蛮有信心地依此类推，他用吃药和清洗两种方式来对付疼痛。但是伤痛和炎症还是让他连接电话的情绪也没有了，也忘记了追究或者懊悔自己这种行为的原因，只想着怎样降低痛感，能挨过这漫长的一大。

病来如山倒，病去如抽丝。第三天，炎症不但没有消除，反而还越发严重。伤口开始化脓，他断断续续发起了高烧。想着应该去哪个医院看看，却又犯起诗人思虑过多的毛病，又一想此时是节日，正规医生都休息，到哪里都是急诊，值班的护士看不出个什么子午卯酉来的，要想真正看好病也得挨到长假结束。这样一想，又不免气馁，将瞧病的想法退却，一门心思的妄图用自身力量战胜病魔。民生只顾偎在床上，双腿叉着，裹着棉被发烧，忽冷忽热，一会冷得哆嗦，一会儿去痛药劲上来，又一身一身的大汗淋漓，身体虚得直打晃。实在烧得忍不住时，也曾想过让哪个哥们儿过来帮忙带自己去瞧病，又想最好谁也别知道，毕竟不是什么光彩的事情，传出去不好。最好将此事的影响控制在最低限度。

烧得昏沉沉，已经不知是日是夜。偏偏这时手机响，他一看机上来电显示，见是美惠打来电话。便不由分说摁断，不接。他不想说话，也不想在这时见她。

要说美惠这女人，也是毛病不小，独断专行惯了，上赶子找她时，还不爱理；一旦人拒绝她，却还不行，属于只许州官放火不许百姓点灯一类，高高在上，霸道得狠。见民生掐断她电话，越发来劲，狂呼不止。打得民生手机只剩一格电。民生知道这姑奶奶脾气上来，拒绝是拒不掉了，他不得已，接了她电话。那边劈头盖脸就是一通责问。这是意料之中的。在听完她的责问之后，民生强打精神说：哦，我回老家了，走时没来得及跟你打招呼……

美惠说：你真回老家了？没做什么事情背着我？

民生说：哪能呢。真的回老家。家里临时有点事，过几天就回来……

撒谎撒得不圆，露出破绽。美惠立刻抓住：回来？你现在究竟在哪里？听着，给我个方位，我立刻过去！

民生想自己真昏了头，如果此时在外省，应该说"过两天我就回去"，哪有说"回来"的？明摆着是人还在此地。怎么发烧烧得连"来"和"去"都分不清楚？

民生说：我……我真的是有点事情，这两天不方便。等过两天我去看你。

美惠强悍道：不用你来看我。我这就去看你。我要看看你究竟有什么不方便。说，现在在哪儿？

民生知道躲不过，只好有气无力说：好吧。在家里。我发烧了，病得快不行……

没等他说完，电话就断了，也不听他陈述。他闷闷地瞧了瞧手里电话，知道过不了多久，美惠就会风风火火扑上门来。她就是那么个母老虎脾气，他已经再熟悉不过了。放下电话，不知怎的，他竟有种如释重负感。反正这事瞒也瞒不住，如今也只好当面坦白。

他拖着轻飘飘的身子，下得床来，简单清理了一下自己。又将屋子里的气味开窗放了一放。在洗脸池前洗漱时他还在想，美惠这种强悍，事实上也是他给惯出来的。她觉得她豢养了他，便有权利在他面前颐指气使。而他也一向对她卑躬屈膝，满脸堆欢，曲意奉承惯了，怂恿放大了她的暴躁脾气。

不管怎样，这种局面眼下是改变不了的。

不多一会儿，美惠果然开车过来。民生强撑病体，拐着双腿给她开了门。美惠一见，惊呆道，你怎么变得这样？简直跟魔窟里的鬼一样！

民生也没敢沾她身，躲远远的，请她坐，吞吞吐吐说了原委。听他这么一说，她不由分说，立刻让他卧床，要检查伤口。民生初还不肯，抹不开面子。美惠哪里肯放，一把将他推倒，四仰八叉躺倒床上，扯下包缠着的那层纱布，一看肿成那副样子，美惠立即就哭了，说：你怎么这么傻呀你！

民生也很会说话，极端委屈又无辜，眼神怔怔，望着她，说：为了你。

美惠一听，更是呜呜呜呜，抱住民生，哭得像个小女孩一般。

她这一哭，民生心里很受用，两腿间的疼痛瞬间似好了许多。这还是他头一次见美惠在他面前哭。况且还是为他哭。足见她心里还是有自己的。就为这，他这几刀，挨得也值。

这么一想，他自己脸上的泪水也止不住淌了下来。那是委屈、疼痛、撒娇、感动什么的混合在一起的鳄鱼眼泪。

美惠虽然在哭，脸上皮肤的表情仍然不够用，还是瞪大了眼睛扬眉凝睇，泪也像是眼里挤了眼药水然后流出来的。两人相拥着哭了一会儿，见民生还在泪眼抹花的傻瞅着，她就抹了一把脸上的泪，说：还傻等着干什么？走！赶快跟我去医院！

3

铁血丹心。天地动容。

美惠又带着民生去了正规大医院。住院，清创，消炎，治疗。实施创口修复术，将切得不齐、缝得疙疙瘩瘩的地方重切。等于又重新做了一遍。

在医院住院的几天时间里，美惠天天来陪着，生意暂时给助手去打理，她只是用电话指挥。民生住了单间病房，还雇了特护。他不由得感慨：有钱能使鬼推磨。以前类似这种高干病房是有一定级别的人才能进，现在有钱就行。再想想，自己因为嫌诊所的医药费贵，没遵嘱按时去用药打点滴，结果差点把小命都丢光。

民生这次再不敢大意，严格遵医嘱，按时换药吃药，每天都是光着下身，叉着腿，偎在床上，只用毛巾被略略一围，让伤口通风透气，一心一意养伤。

美惠这时表现得十分像女人，应该说很像个妻子，对民生照顾得周到，轻声细语，嘘寒问暖，一会儿削苹果给他吃，又让家里佣人给煲好了汤带来，一口一口喂给他。其实这用得着吗？他又不是上边的嘴坏了，而是下边的口坏了。然而美惠这时却突然间显得有点乐此不疲，颠儿颠儿地跑来跑去照应。也许是出于女人天生的恻隐之心吧！面对弱势族群，她那母性的一面就表现出来，时时饱含巨大悲悯。

　　伴随着这悲悯，爱情，这时也随十月的秋风，滚滚而来！民生的这一举动，简直像一个为爱情而献身的童话故事。她感动了。不过就是自己偶然间的一句话罢了，他还真就上心，并且还真就在自己身上动了刀子。看来他对自己，真是一心一意！这样的人，这样的情，还上哪里找去？可以说是百年不遇啊！他都能为自己如此，自己无论为他做点什么，也都是应该的。

　　民生又着腿坐着，慵懒地看着窗外滚滚红尘。天气快进深秋了，医院里的各种树木叶子次第变黄，从深橙到铜红，色彩丰富，很有层次感，十分醉人。秋季里的鸟语花香，是入到骨髓深处的一点怅惘和款款情意，自有一番动人风姿。民生什么也不用想，也无须担忧，只管每天吃饭、睡觉、吃药、换药。这是他一生中最无忧的好时光。

　　这回，他的刀口收得很好。半个月以后，已经完好如初。一个月以后，牛刀小试，果然令美惠淫声浪语，红帷帐中快活无限死去活来。

4

　　她决定跟他结婚了。

　　再精明的女人，一旦被叫作所谓"爱情"的那个东西蒙蔽住了手脚，也会利令智昏，脑子里时时有一段真空，智商偶尔下降为零。这跟雌性的内分泌有关。而雄性荷尔蒙就很少犯这个错误，关键时刻，男人们通常明哲保身，不光情人，连老婆孩子也会一起献将出去，只剩下一个唯我独尊。这也是孔孟之道的光荣传统。

结婚可是一个很大的举动，尤其对于一个钻石级富婆来说，可谓一动而惊八方。幽会偷情或者包二爷养小的是一回事，缔结具有法律效应并且还能分割对方财产的婚姻则是另外一回事。当然，他们两人目前的身份自由，算不得偷情，除了年龄差异会引起一些议论外，其他的，一切都好像名正言顺。

美惠的家人——那些繁缛的七大姑八大姨们，得知她竟要与一个小她十来岁的社会闲杂人员缔结连理后，立刻持深刻的怀疑和敌视态度。尽管她介绍说他是某某 TV 的记者，但是，家族里的人，确切点说，是她前夫家族里的人，仍秘密进行了调查，他们知道了他只是某个娱乐节目组的签约人员打工仔。尽管他小白脸穿导演背心扛摄像机头上还爱包块布，他们仍然不把他看成艺术家，只按老派说法，把他定位于进京盲流一类。

他们这是个家族企业，做医药保健品进出口，她的那个死去的前夫在改革开放之初淘了第一桶金，后来又经过她的维持，不断发展壮大。她也不赖，大学里学的就是医药专业，毕业实习时正在前夫属下，被顺便搞成第二任妻子也是自然的。前夫家里是老北京，一家子的胡同顺民，只出息了前老公一个人。前老公撒手人寰后，曾有过一次遗产清算分割，那会儿子，一则是因为夫家人不懂，再则也没有成长起挑大梁扛得起生意接班的人，还因为他们还有个共同的儿子方才五岁尚未成年，大家都念旧情，所以遗产基本上是一本糊涂账，财产没有清楚交割，只给前夫的前老伴和子女分了一部分，剩下的部分，就都靠她打理，她也仍接纳、照顾前夫家族里那些人在公司做事。

这回听说她铁了心要再嫁，矛盾立刻蜂拥而起，当然主要就是对于财产的担心。夫家的人看阻挡无力，便又一次提出要求将公司股份债权等资产进行清算交割。他们家的侄子长大成人大学毕业，已经懂得经营，有能力独当一面跟她在法律上叫真。

有财产的人，家庭风波早晚要起在财产上。

疙疙瘩瘩的阻力，并没有阻止她要与他结婚的信心。他铁血丹心，她倾情相向；他为她舍命，她又挽回他一条命。他们两人这爱情真可以算得上以命抵命。两命相抵，足以见证他们的情意。她相信他是真诚的。他一脑门子艺术，不懂经济，不懂财产，在这方面简直就是个白痴，不贪图她什么。这样头脑简单一根筋的男人，现在市面上已经很少了，可以让她大大的放心。

美惠不顾家族人的阻挡，毅然决然忍痛割肉，将他们的要求一一满足，把前夫家族的人员和财产彻底从自己名下分割出去。

这一分，就分过了秋冬两季，也分得她的公司元气大损。也好比是在哪个重要部位环切了一遍似的，时不时带来阵痛、发炎。

这期间民生的表现十分到位，俨然行使了一位丈夫加保镖、司机、仆人、服装师、化妆师、营养师、床笫调剂师的职能，时刻陪伴美惠左右，尽职尽责对她呵护，以帮助她减轻压力。美惠有了这爱情垫底，从内分泌深处感到甜蜜幸福，气脉更足了，对待前夫家族人态度强硬，杀伐决断，毫不手软。几经周折打磨，公司被切割过后的伤口，也很快就痊愈，生意又开始照常运转。

民生心里有数，在一些诸如法律、经济合同关系的大事上他帮不了忙，一点也不懂，但是干这些琐碎的伺候人的事情，他却可以手到擒来，做得颇为专业。况且他也知道，只要将美惠伺候好了，等待着他的未来将是个光明的前景。

那一天已经不很遥远。所以他甘心忍辱负重。

等到清算完一干家族里的财产事务，二人临近结婚登记、需要出具法律文书证明时，美惠才发现，民生他的确只是个某某 TV 的打工仔，而非电视台正式工作人员。那会儿子当前夫家的人提起这茬时，她正处于负气之中，又刚被民生环切自残的行为所感动，所以就本能地认为夫家人是在诬告，故意诋毁民生形象以达到阻止他们结合的目的。

现在，当她发现这的确是个事实时，已经晚了。她接受也得接受，不接受也得接受。她当然希望他是个有扎实职业的人，至少，他在电视台里是正式在编人员，那样就更让人心里踏实——但是，实际上这种想法已经非常老旧和过时，那里头出现的许多明星名角不都是签约打工的吗？她这样劝自己。他没有牢靠的职业，又有什么要紧？哪怕某一天他失业，她也养得起他。——但是，有时候，偶然一闪念时，她架不住就要想想，假如他是那几个著名的胡子导演，或者阴阳怪气的名主持人里的一员就好了。名人配名人，或许更说得过去。

婚礼是在北京饭店举行的。原想在人民大会堂举办来着，那里神圣的殿堂早已对民间开放，简直无限令人向往。人民无不以在那里给自己开个会（无论演唱会或者婚礼会）为荣耀。至于说昂贵的场租和服装道具组织费用什么的，对美惠来说不是个什么问题。假如她有兴趣、想花钱上航天飞机进太空旅行溜达一圈她也溜达得起。但此时，眼下，她还只对地球上的游戏项目感兴趣。他们婚礼的时间正逢三月，国家大事很多，都要用得着大会堂里的议事厅，暂时租不出来。所以他们只好退而求其次，选择了北京饭店。

婚礼的场面弄得很大，邀请了各界社会名流，有商界人士，艺界代表，还特地邀请了好几家当地媒体出席。婚礼主持人是电视台的一个男名嘴，平时有纪律约束很少出台卖相，只有非常时期方才友情客串一把，出场费一般在两万到五万块钱左右。证婚人是工商联一位德高望重的前任副主席。还邀

请了歌舞团的两位著名男女歌星当堂献唱。歌单也是美惠精心挑选的，没有
选择当代流行恋爱歌曲，因为那些歌里凡是好听一点的，都是叽叽歪歪表达
失恋的歌，在这种场合哼出来不喜兴。于是他们唱了他们那代人熟悉的老歌，
基本上是属于忠贞不渝类和励志类，像《一条小路》，像《山楂树》，像《金
梭和银梭》，像《我爱五指山我爱万泉河》。尤其唱到"我要沿着这条细长的
小路，跟着我的爱人上战场"，座下一大堆中老年男女们无比感慨激动，张开
嘴型看那样子都要跟着合唱似的。总体的场面看样子不像是一场婚礼，倒
有点像是一场联欢会或演唱会，那豪华排场的样子极像是故意和谁示威和
赌气。

　　和谁呢？也不知道，仿佛无形的敌人总是暗藏在四周围的空气中，随时
会跳出来实施暗杀和捣乱。美惠还事先雇用了一队专业高级保安负责整个婚
礼仪式的安全。那是经过刑警大队培训过的武术高强的正宗人马，擒拿格斗
身手矫健，简直可以把人当成沙包一脚踹扁。美惠叮嘱他们时时警惕不明身
份可疑人士进入场地。

　　她是在防范前夫家人前来捣乱。也担心前几届被她甩掉的小情人，万一
哪个暗怀羡慕嫉妒恨，前来送点挽幛花圈什么的捣乱也说不定。这种事情在
他们那个大款圈子中曾经发生过。一位 IT 业老总的三婚喜宴，突然驶来一辆
殡仪馆的运尸车，说是有人打电话报，这里有死尸需要抬出去。一大屋子出
席婚礼的贵宾闻听色变。此事一出，凭空给婚礼添了恶心，新娘子的母亲当
时犯了心脏病。虽然他们及时报警，但直到最后也没查明电话源自哪里。此
事也只有年过五十岁的老总自己心知肚明，他想这一定是小自己二十岁的第
二任前妻心里愤恨，私下搞出的恶作剧。尽管离婚时已经在财产上对她做了
最大让步，分割掉他一多半财产，几乎已经达到能让她和女儿下半辈子吃穿
不愁的地步，也因此说好了要好合好散，但是女人心，孩儿面，总是说变就

变。第二任前妻仍然咽不下自己被甩掉、老公又找上一个小他三十岁的刚毕业女大学生结婚的恶气。不这么在他婚礼上恶搞出出气，她心里不舒服。而作为曾经是她老公的 IT 老总也只能是哑巴吃黄连有苦也难言。

还好，总算没出大娄子，不该来的人都没有来。在应邀出席的亲属方面，美惠的娘家人倒还很给面子，派了妹妹和哥哥当代表来出席婚礼。不管怎么说，毕竟是自己一母同胞的亲姐妹，管她嫁给谁，亲姐妹的身份改不了，他们总是要来给壮壮场子。而民生的家人却一个也没来，爹妈嫌寒碜。民生爹娘万没想到，三小子到了京城不但没长出息，反而还傍大款给自己找了个小妈！儿子堕落到这种程度，让亲人在村里人面前抬不起头来。朴实的老两口也只能是哀其不幸，怒其不争，在遥远的家乡沉默无言使劲把这消息在众乡亲邻里面前捂着盖着不让扩散。

民生心里黯然。没有亲人祝福的婚姻总归是有缺憾的。但转头一想，算了，没来就没来吧。反正来了，也是土得上不了台面。他这边最后也只来了几个总爱四处讨吃的北漂诗友凑成一桌了事。他还事先嘱咐过他们，礼钱就免了，只要哥几个能来，穿戴稍微体面点，就算给足我面子。车马费红包我另发。经他这么一说，那几个穷朋友大家哪里还有不来白吃白喝白拿的道理？

只有美惠，忙里忙外，满脸阳光，风一样掠来掠去，仿佛这婚礼只是她一个人的婚礼，恨不能像舞台上芭蕾舞演员一样颠起脚尖来走路，以显示自己尚存青春脚步的弹性。民生这个男主角，也亦如芭蕾舞中男主角一样，纯粹是个陪衬，有了他在身边托举、抓举、侧举，则把女主角越发抛向半空当中，变得飘飘然不知所以。美惠穿西式婚纱时他配穿白西服；仪式完毕酒宴开始，待美惠换上一套中国红旗袍出来敬酒，他就配穿一身酒红色立领绣花唐装；美惠送客时又换一套宝石蓝色大褶绸缎裙，他配穿一套浅绿色 LV 休闲服。说是一对夫妻新郎新娘，但美惠一个人那做派、气度，怎么看，怎么觉得民生是在旁边侍应。

民生跟在美惠身后，尽管像个保镖和催巴，但心中仍是得意的。面对八方来宾，他那一张充满矜持笑意的脸上，布满大大的潜台词：别看怎样，这个女人，现在属于我。哥们儿我有本事把她拿下。以后，有关她所有的一切，都归我。

5

他们那个婚礼，在那一年成为一方美谈，当即上了报纸娱乐版头条，网络论坛上出现几十万条帖子。婚礼不光惊动了商界、艺界、诗坛，也足足挂在当地老百姓嘴边上，关于他们俩的传说就源源不断地从各个渠道、版本提供而来，在饭桌酒肆上汇聚，茶余饭后闲谈好几个月不散。

娱乐版头条上说的是：富婆诗人姐弟恋，引领时尚风潮转。

老百姓们得出的结论是：吃软饭的人屌都硬。

老百姓们还疯传说，那个富婆女人在家里实施性虐待，整天都不让那个小男人穿衣服，令他光着屁股蹲在屋里供她随时差遣使唤。

老百姓们把整个古代和现代的金瓶梅肉蒲团的想象栽赃到他们身上。

关于这些传说，他们有可能听见，也有可能听不见。凡是关于这种风化闲谈，一般来说当事人总是要落到最后一个知晓。再看他们俩，不管人们说什么，他们两人似乎都浑然不觉，也不去辩护，人前每每出双入对，故意牵手搂腰，做出种种幸福甜蜜状，带出些许野合的味道，总像是现代舞表演似的。跟这个岁数人理应尊崇的孔孟之道不相合。

开始人们对他俩在公开场合的黏糊糊腻一起的扮相还看不惯，都跟看耍猴儿似的，未免先离老远观赏，然后在背后指指点点。而对场地上频频出现的那些小姑娘勾肩搭背傍大款老男人的，却习以为常视而不见理所当然。如今富婆大姐姐挎小弟弟出现，太突然了，对人们的审美定势造成震撼，人们一时半会儿还接受不了。时间一长，待他们俩就这样搂着腰挎着胳膊把该出现的地方都出现上几遍，人们也就不说啥了，渐渐适应，对他们失去兴趣。人们嘴边上又开始念叨新出现的其他名人的花边新闻。

　　人们对风流韵事的说三道四也是有个时效性、新闻性的。过了一段时日，材料会自动失鲜。接着会有更新的绯闻爆料生鲜送到人们嘴边供其大快朵颐。

　　人们见惯了，他们也大概演腻了。一段时间后便基本上退出公众视线。生活又回到既往轨道，各自该干什么干什么。恋爱是一回事，鸡毛蒜皮过日子是另外一回事。日子，毕竟不是靠表演过下去的。日子就是柴米油盐鸡毛蒜皮，就是追求各自人生肉体灵魂的舒适度。

　　都说像美惠这个岁数的中年女人，极其恶毒的说法是"站起来兜风，蹲下去吃土"，形容是雌性激素亢进，如狼似虎贪婪享受，怎么也没个够。民生最初还真以为是这样，心说虽然自己年轻力壮，又加上割了那一刀，把身上家伙儿磨炼得越发坚挺无比，一时半会儿在美惠身边还勉强能够陪侍，日子一久，也难免有个不能侍应的时候，那时可便如何是好？

　　后来他发现这种担心完全是多余。民间那种说法纯粹是在侮辱妇女。说不定是哪个孔老二的信徒编出来的。难怪抛弃儒家传统时首先是妇女们跳将出来批得最来劲，她们实在是被侮辱与被迫害得太久了！就说大款富婆钟美惠，也不过是个正常女人。一个正常女人跟一个正常男人在对待这种事情上没什么区别，男女双方如火如荼的蜜月期一过，性趣指数很快就随之下降，各人该干什么还干什么，生意人又开始忙生意，游手好闲者又开始无所事事不务正业。美惠在忙得团团转的时候，十天半月也不要他一回。遭了冷落，民生就有怀才不遇的想法，心说：早知道这样，当初我何必要去挨那一刀？

可是，反过来又一想：我若不挨那一刀，却又怎能换来今天的悠闲幸福生活？

男人的阉割恐惧情结，逐渐被心满志得所覆盖。

她忙，他插不上手，索性当上了甩手大爷，任嘛不干，连电视台的活儿也不再去了，仿佛彻底失业。一来他觉着跑来跑去的辛苦，二来，如今走到哪里，都被介绍和指认成"钟美惠的先生"，后边还不忘要附上一句，"钟美惠，就是那个，那个，网上评选出来的亿万富……哦，女强人排名第三那个"，听着不光别扭，还略显刺耳。人没用"富婆"这个词儿而用"女强人"来替换，已经是相当给了他面子。而民生却不乐意，也不领情。他好像从此失去了自己的名字。当然，原先他也没名，无名小卒一个，饿死大街上半个月都没有人来寻找认领尸体。而这会儿的失去名字，却是被赋予新名。哪个男人被冠以老婆的名字，成为附属和词缀，都不是爽事。偏偏，他还要拿出一股软饭硬吃的劲儿，以为自己还可以顶天立地呢。四处遭逢话不顺耳，他干脆哪儿也不去了，待在家里衣来伸手饭来张口。家里有两个保姆伺候着，美惠和前夫的儿子送了寄宿学校，和他两不相干。他自由自在待在家中，婚后的日子像个神仙。

以前他渴望的就是这样的生活，永远都不会为交不起房租而发愁紧张，不会被房东撵得仓皇搬家而犯难，也不用上班去挤公交车、单位看头儿脸色，做书受骗、卖书追款、整日价像乞丐似的辛苦赚一点小钱。总渴望着有一天，自己能够衣食无忧，想干什么就干什么。记得有一次拖欠房租被房东撵出来之后，他借了个三轮车驮着简单的几样行李和书，从西城到海淀辗转了三个地方，穿越大半个城市，从下午走到红日西斜又走到深更半夜，愣是没找到一个能收留他睡觉过夜的场所。他又困又饿又累，两腿蹬车都蹬硬了没法打弯，唯一的想法就是能在哪儿把身体放平躺下来休息一会儿。面对北京城郊灰蒙蒙的夜空，他止不住哀叹：偌大的京城竟然摆放不下我一张书桌？！等以后有钱了，我一定什么都不干，就天天躺着！

……那时节，他四处打工挣钱，每每挨了欺负、受了骗，他也都会捶胸顿足，毒誓凿凿道：等着，等哥们儿将来有了钱，一定自己开家文化公司……一定自己开家出版社……一定自己开家影视代理机构……一定盖起高高的楼房……一定……一定……

他的这些"一定……""一定……"在生活获得安逸以后，却一切都化为泡影。他现在已经有条件天天躺着，而且也正在天天躺着；他现在也有条件注册开文化公司，代理点什么影视业务，但是，他却闲得什么都不想干了。没有了生存竞争压力，也就没有了那份追求，他就整日价逍遥自在，躺得自己精神萎靡，意志消退，脂肪增厚，血脂升高。每逢躺得腰疼难受坐起来时，他除了上上网，发发呆，翻翻报，逗逗狗，其他时间，都是在胡乱消磨，没有什么事儿干。自己那些穷诗友也不好意思再去见，因为要面子，怕人当他面说出什么不中听的话来。偶尔的社交活动，就是陪美惠去这儿去那儿。美惠就像个又找到新玩具的孩子一般，特爱拿他显摆，无论到哪去都爱让他陪着，酒宴、生意场、打高尔夫、去赛马场……凡是新贵们喜好出没的场地，美惠都要牵着他前往露面，像牵着一条自己喜欢的哈巴狗那样心旷神怡。

民生虽然对吃酒陪饭谈生意这类活动不感兴趣，却也能勉强陪着。但见他白衬衫的小立领浆得雪白挺硬，身体坐得板板的，总对人笑，给足美惠面子。虽然他心里也明白，众人此时肯定在背后指指点点：看啊！这小子，就是全北京最大吃软饭的那位！但他仍挺起腰杆，假装一点儿不觉芒刺在背，颔首微笑，睥睨众人，一副大度能容的样子。而到了游玩场地，民生则发挥出小脑发达、肢体协调度比较好的特长，把那些所谓高级烧钱的游戏，一学就会。他的高尔夫挥杆动作潇洒，赛马场圈道上跑马时故意使劲一勒缰，让战马立起前蹄嘶鸣，做出马背英雄成吉思汗状，惹得富豪新贵众人瞩目惊叹！美惠此时望向他的眼睛未免就潮润润的，充满对心爱之物的惊叹与自豪满足感。

等到把所有的游戏都玩儿遍、玩儿腻，该做的马背上造型也做过了，他又对陪美惠出行失去兴趣，再要领他出去，却总找借口推托。美惠的爱好得不到满足，不免偶有怨言，说自己一天忙着养家累得脚不沾地一塌糊涂，他却只一旁闲待着，一点帮不上她的忙。民生就左耳朵听右耳朵冒，假装没听见，用床上活塞运动时间的延长和稍加用力，就又把美惠对他轻微的怨怼撺到九霄云外。

他们就这样又打发掉平稳和谐的新一天。

不到一年，民生的都市流浪汉脾气就犯了，寻花问柳，与人私通，到底出了轨。他本来就是野生的，三十多年时光，毫无羁绊，自己闯荡着，野猫野狗一般，垃圾堆里也能刨来食物，顽强坚韧存活成长。如今开始圈养，刚一开始，为衣食所迫，还勉强拘着性子吃嗟来之食。等到危机和新鲜感一过，自然收拢不住，重又向往怀恋野外世界，全忘了以前的屈辱落魄与风险。

而美惠说到底还是个传统的女人家，一旦结婚，便收拢了心思，没再红杏出墙过。跟民生的这场婚姻，她付出的成本代价太大了：与前夫家族的决裂，她所支付给他们的每一笔资金与股权……哪一分一厘不是她的血汗？！就为接纳民生这么个新人，她就豁出去割给了他们。为此，她很怨恨，也很珍惜，恨那死鬼家族的人不讲情面，珍惜她这披荆斩棘换来的又一场家庭婚姻。

可这些，民生能体会得到吗？当然不能。一个人，终归也只能是她自己，而不可能是别的人，她的七情六欲别人体会不到，别人的想法她也无从分享。若说她的福，别人能观赏和分享，而她的苦，却只有她自己能够体会，一个人默默地含辛茹苦罢了！民生又能替她想到多少呢？民生结这场婚，没有什么成本花费，除了环切掉一圈包皮赘肉，再就是花费掉一点弄她到手的心思。所以，得失衡量之间他的感觉跟美惠大相迥异。

这一回他沾染的女主角叫小叶子。是在美惠带着去的一次酒会上遇见的，一个地产商带来的女朋友。小叶子穿着一件波西米亚风格的碎花连衣裙，提着一个 CD 牌子的包包，走起路来招招摇摇，光滑细嫩的手臂松松垮垮在地产大款胳膊上挂着，一看双方那肥瘦比例、高低不平年龄差，就知显然不是什么正经关系。进了屋子，撒开手后，每人拈一杯红酒，各自找人搭闲话去。小叶子初来乍到，认识的人少，无聊落寞之中媚眼四下撒摸，一圈儿人里立刻瞄住了小伙儿民生。

每到这钟场合，民生气质容貌都特别突出，也可以说是特别出格，不同于大腹便便老板们那样乌涂涂、累得酒糟鼻子黄疸血丝眼的样子。民生闲人一个，整天养着，眼珠黑白分明，鸡蛋清里裹着颗黑珍珠般，自是有股清秀在里边。加之又有点怯，就把害羞、腼腆、忧郁等表情藏在脸上。偶尔透露出来，鹤立鸡群似的，就不像个商人和老板，反倒像个舞台上唱戏的小生，或是同性恋里的女角。

那小叶子既已挎上一个大肚腩的万贯家财老总，对世间腰缠千贯的小老板自然不上眼，但却能一眼瞧上小白脸的民生，这也叫物极必反、取之所需吧！小叶子搞不清民生的来路，凭本能觉得他不像生意圈中人，以为他是被邀来凑趣的演员娱记之类，只凭那一张俊俏脸面便频频向他抛洒秋波。民生也正无聊，手托酒杯兀自郁闷，眼角余光中见小叶子抛来媚眼，便也就顺势接住。几个回合，俩人就已经对上眼。小叶子又落落大方自动近身前来，俩人一番寒暄，自是心照不宣，没出几言几语，彼此就将对方拿下。男的生生撬了万贯老总的行，女的活活钻了亿万富婆的空。

地火在地下运行着，因而更显压抑沸腾，滚滚燃烧得迅猛热烈。小叶子这个二十来岁、嗲兮兮、娇媚媚、小嘴抹蜜的外语学院三年级女生，整个把民生迷得灵魂出窍。同样的泡小姑娘经历以前也不是没有过，但这次与以往又不同。民生此时已经不是自由身，做起活儿来更有叛逆偷情味道，于是就把所有无聊、气闷全都发泄到小叶子身上去，用销魂夺魄已经不足以叙说俩人在一起时的不要命感觉。自跟钟美惠认识以后，民生迫不得已卧薪尝胆忍辱负重，有许久不得接触这种小蛮腰的不盈一握、小身板的滑溜溜、小椒乳的嫩俏俏了。青春女孩特有的清新洁净气息，让他腰间的一杆长枪这才真正杏林春暖，发挥出了实效。一年，正是枪支弹药磨合得最好使的时候，瞄准、射击、出膛、勾射、连发都十分自如带劲，枪口左瞄右闪左打右射，把个小叶子搞得吱哇乱叫花枝乱颤，民生自己也随着这非人的叫声神魂颠倒直入九天。

与之相比，美惠那松松垮垮的肉体、唠唠叨叨的神态简直不值一提，甚至要引起他的反胃和憎恶。他每每取悦于她在她身上勉力操作时，总有被非法盘剥且只剩强弩之末之感。

两个玩儿火的人，当他们知道彼此的挂靠身份后，一开始还十分谨慎，人前人后注意言行。后来不知怎的，可能从小叶子身上，民生又闻到了昔日野合的自由味道，体验到被年轻女人崇拜、处处占上风的快感美妙，数度偷情、几番盘算之后，民生却在某一天向美惠摊牌，斗胆提出离婚，并拿出事先写好的协议书来让美惠签字，并提出分割财产的要求。

地火竟然要到地表上燃烧起来。

原以为美惠会很震怒，没想到，她竟然很平静。她仿佛洞悉他的一切，只淡淡地说：

"行。我放你一马。你可以走，但休想带走一分一毫。"

"那也有我的份儿，是夫妻共同财产。"

她从鼻子里"哼"了一声：

"要想图谋别人财产，也得先好好学学《婚姻法》。亏你还算是个文化人。"说罢，美惠转身拂袖而去。

他讪讪地，赶紧翻书去查。

《婚姻法》根据最高人民法院的解释：在事前没有约定的前提下，仍然有一些财产不属于夫妻共同财产的分割范围。如个人婚前财产：生活资料经过 4 年、房屋和其他生产资料经过 8 年才能转化为夫妻共同财产。

他一下子傻掉了，觉得自己实在是鲁莽。如果现在离婚，就真的是一分钱也拿不到。出去，又恢复穷光蛋一个。我怎么这么傻？他直想抽自己嘴巴。

他回头又去找小叶子，问小叶子说："你能等我 8 年或 4 年吗？"

小叶子说："呸！"

小叶子此时恨他恨得直咬牙。民生想闹离婚，纯粹是个人行为，事先并没有跟小叶子商量一下。东窗一事发，小叶子的傍家眼看也傍不住了，她也得赶紧收拾东西给自己想出路。

民生这时才明白自己这是一厢情愿、鬼使神差、鬼迷心窍了。事已至此，民生必须得做出取舍：或者净身出户，重当流浪汉；或者低头认罪，苟延残喘，在这里等到服役期刑满八年，然后再图谋。

一旦选择面只剩下如此逼仄时，民生还是出于动物本能，选了对自己最为有利的一面。他舍不得这种富贵安逸。大丈夫能屈能伸，认个错又能有什么呢。关键是，即便他认了错，美惠还能原谅、收留他吗？

民生一时如丧家之犬，心中忐忑，惶惶不可终日。

事情不知怎么传到小叶子傍上的那个大款耳中。这种事情，不可能永久隐瞒。大款也是暴跳如雷火冒三丈，倒不是为了小叶子，这种女孩子遍地都是，随便一捡就一把；大款气愤的是民生竟敢太岁头上动土，自己尊严被严重侵犯了。盛怒之下，他想到要派几个人做掉民生，至少要给他一个教训。碍在美惠面子上，没有仓促动手，而是事先打了一个招呼。因为他们两家一直是很大的合作伙伴，在金钱、女人与复仇之间，他也必须得找好平衡。

美惠听到大款同行诉说他的恼怒，先是放低身姿，多赔不是，然后长叹一声，道：我也是受害者啊。

说到这里，两个有钱人，似乎惺惺相惜起来。

他们开始谈条件。最后是美惠应允放自己公司一点血贴补进对方一个大单，来息事宁人，保住民生全须全尾一条性命。双方还保证这件花边丑闻随风而逝，烂在肚子里，往后谁也不提。

其实，民生不知道，美惠在经历过跟前夫家族的两场财产分割战争后，早已百炼成钢。在跟民生结婚登记之时，就已将个人名下财产做了有效转移和防范。有些资产，甚至落户在自家侄子和外甥女名下。可见，在她眼里，婚姻关系，尚不及血缘之亲更要牢靠。也不知这是生活带给她的悲哀，还是酸楚经历造就出她的成熟？

总之是无论民生怎么折腾，都不会占到她财产便宜的。

防范归防范，防范是为了使事情尽量避免发生。她不愿想象民生有一天会对她背叛，希望两人能白头偕老不再折腾。但是背叛还是发生了，而且来得太早，才结婚一年还不到。由此她有理由认定民生这是蓄谋已久，婚前就已经谋划好了。她伤心吗？要说不伤心那是骗人的。民生的移情别恋、他那恬不知耻的财产要求，都重重地伤了她心。但是伤心的程度远不及预计的那样大。她的心，已经被伤过两回了，受了伤，结了痂，有了一定的承受力。

民生要想再在上边用刀子划一回，他还毛嫩，不够硬，划得不狠。

她将大款想要做了他的消息以及自己将事情摆平的结果告知了民生。

民生一听，非但没有感激、忏悔或愧疚，还脖子一梗，拉硬说：你让他来找我！事情是我做的，要杀要剐随他便！

他的嘴上在拉硬，但是他的腿脚实际上在颤抖。不停地颤抖。

面对他这软饭硬吃的说法，美惠真是恨得牙痒痒，恨不能踹他几脚方才解气。美惠最了解他的色厉内荏，知道此时他真实的想法是什么。她有资格有理由将他一脚踢出门。但是美惠最后还是原谅了他。

这里面有个重要原因，是美惠发现自己怀孕了。这是她更年期里最后的福音。尽管超高龄产妇生育要冒极大的生命危险，美惠还是决定要把这个孩子生下来。

为了孩子能有个原装的父亲，美惠妥协了，决定打碎了牙往肚子里咽，宽宥民生这一回。往日的一切，一概都既往不咎。新生活就从双方即将成为孩子的父母亲那一刻开始。

民生这场离婚闹得不了了之。

那个招风惹祸的小叶子，也被大款逼迫得在京城混不下去了，险些没拿到毕业证。后来听说跟了一个美国人远涉重洋独走他乡。

钟美惠在 50 岁上，生了一个女儿。她简直如获至宝，同时对自己又增加了进一步的自信。现在她儿女双全，儿子上大学后自己又得一女，简直是人世间最幸福美满的女人。那女孩儿长得也真争气，作为超高龄产妇的崽崽，不但没有任何毛病缺陷，反而聪明灵秀，继承了他们俩全部的美貌和优点。得了女儿的美惠比当年得了民生更让她有资本感到骄傲。美惠的全部注意力几乎都放到孩子身上来。幸福滔滔，其乐融融。

而作为孩子父亲的民生却蔫蔫的。孩子的出生，又没有让他怀胎九个月，也没有剖开他的肚皮取出来，所以并没有给他带来多大的幸福感和什么实质性的感触。在这个家里，所有的幸福感都集中属于美惠一个人。他只是个陪衬，只能领会那幸福的边边角角。现在又成了个棒槌，一点儿没用。孩子一出生，美惠就不需要他了。更年期的尾声，精力不济，加之哺乳育婴，没有了那方面的需求。民生似乎成了家里一个摆件，变得可有可无。尽管美惠极力调剂，想法缓和夫妻关系，民生自己心里还是觉得闷闷的，现在他在家里的地位排名严重下降，不光排在女儿之后，也排在月嫂、保姆、厨子、司机之后。好像在这个家里，谁都比他有用，缺一不可，唯独他没用。

好。没用就好。他在心里暗暗诅咒。反正我也是个没用，没用之人，到时候，走起来也落得个方便。吃了一次教训，他在心里琢磨着，下次他可得事先筹划好，耐心等着熬满八个年头可以分得一半财产时再提离婚。

8年，他想，自己大不了四十四五岁，正值年富力强、男人的黄金时代，手里有了钱财，还怕没有小姑娘投怀送抱吗？而那时候她有多大？她却已经五十六七岁，完全是老太婆了，届时她还能奈我何？还想再不放我、活活把我撂死不成？

有了孩子的日子过得快。一晃，他们的女儿上小学一年级了。

美惠的生意稳定，在福布斯富豪榜上排名中仍占一席。已过知天命之年的她，仍精神抖擞往来奔波，海内海外、生意圈名利场、谈判作秀下单签约、镜头媒体间晃啊晃，光鲜照人，一点也不显老。他不知道，生完孩子那年，刚出满月，美惠就打着去韩国谈生意的名义，又去做了一次筋膜悬垂以及腹部吸脂手术。手术非常成功，回来时各处刀口已经完好如初。虽然又损失了面部肌肤八分之一表情，样子却又回复到三十多岁。人们背后都议论说，都是娶了小男人滋的阴。

而他呢？他却再也不能环切一回，再割一回身上的什么皮了。没有了撒手镯，他连一点点要挟笼络住她的资本都没有了，除了年龄。而年龄到了这会儿又有什么意义呢？她也已经面部环切得跟他一般年轻，两人站在一起，越发带出了般配的夫妻相，看上去他显得比她还要沧桑憔悴、比她还要老似的。

他的体力和精力越发不济起来，精神头甚至还不如美惠。由于精神涣散，缺乏激情，无所用心，原来有的一点青年人的机智和灵动劲儿都没有了，安逸的家居生活养得他白白胖胖，逐渐发福成为一个典型的中年胖子。在北京，像他这样的大白胖子有的是，可能跟当地水土碱性太大有关，中年男人一不小心就成了刚刚上屉蒸出来的发面馒头，又暄又胖，个个都跟英达那样看着喜兴可人。而民生由于被人豢养不动心眼儿，四体不勤五谷不分，整个人都是虚的，他那虚虚胖胖的脂肪里既没藏有文人政客的机警雍容睿智，也没有诗人艺术家的落拓放达，更是缺乏商人所具有善变和狡黠，只剩下饱食终日无所用心的一点点愚蠢和呆相。就连他那一根枪，也逐渐胖得虚浮萎靡了。要知道，金钱和地位才是男人的壮阳药，光是包皮环切是没有用的。

自从跟小叶子的那次翻船之后，民生也没敢再出轨。他的业余爱好变成带孩子和酗酒。对于美惠的重新接纳和既往不咎，他心存感激同时更多的是恐惧。如果是平常人家的女人遇到这种事，哭哭闹闹、哪怕是打架骂街摔碗砸盆，也都并不可怕，都属于是女人正常生理反应，其目的终归是要拉回自家老公继续过日子。而美惠的这种大度和平静却不知怎的，就是让民生心里害怕。美惠可不是个平常女人，能把事业做大、把生意做到这份儿上的女人，早已经不是女人，杀伐决断，下手凶狠。很难想象善良如大妈的女人能在社会上成事儿。美惠的冷静让他恐怖，总觉得她的话背后有着潜台词，不知潜藏什么更大的收拾他的更大阴谋。他时时等着这阴谋的爆发来临。

在他一次回老家探亲时，正逢那会儿太阳黑子活动频繁，全球飞机失事很厉害。美惠好心好意劝诫他，没事，放心坐飞机去吧。家里给他买了巨额人身保险。他听得冷汗飕飕直冒，心说，我若死了，还要保险干什么？半晌，他合计过味儿来，这等于是警告他，在外边你给我小心着点，别轻举妄动，否则随时都有可能出现人身意外伤害事故，小命玩儿完。不光不知道自己是怎么死的，做了屈死鬼的同时，还要让家里的她们娘俩受益。

民生真是有口难言，说不出什么。只能忍气吞声，把希望都寄托在女儿身上，心说只要把女儿笼络好了，拿女儿当护身符，看在女儿面上，美惠再恨再怨，也不至于真对自己下毒手吧？

光阴荏苒。他在心里算着，算着。等到他终于熬满了 8 年，重又壮起精神，大起胆子，决意要离开身边这张几经环切、扬眉凝睇的老太太脸时，这回他学聪明了，先去找了律师咨询了一下有关法律。

律师告诉他，你说的《婚姻法》的那个规定已经过时。那是 1993 年的司法解释。2001 年新的《婚姻法》否定了这个说法，新的司法解释是：夫妻共同财产是指夫妻在婚姻存续期间，一方或双方取得依法由夫妻双方共同享有所有权的共有财产。

这么说我若离婚，分割财产，不用等什么 8 年、4 年的了？

对。两人婚后的所有财产都应该视为共同财产，在离婚的时候进行平均分割。除非事先有约定的除外。

民生出来，仰天长啸！

八年哪！等来的就是法律的这个修改？

法律说改就改，让心存不轨又一切总爱想当然的人，心里徒生悲叹。

2006 年 9 月 5 日于北京以北

沈阳啊沈阳

1

　　进了腊月二十三，机关里的人就没心思办公了，忙着分东西过年。鱼啊肉啊冻得硬邦邦的一箱一坨规规矩矩在地上躺好，等着欢天喜地的人们往各家的冰箱里搬。到处都已是一片祝福的气息。二处处长陈刚指挥着本处处员，手忙脚乱地把自己室要领的那些个份额从后勤处往楼上挪动。上上下下来回跑了好几个来回，正在这数数清点着，那边电话铃响了。打字员小宋拿起来一听，扭头喊："处长，你的电话。"陈刚扑打扑打手，接过电话，用长年累月修积出来的标准办公室软腔道："喂——哪位？"电话那边有一个理直气壮的声音直愣愣地扑他的面门说："我是你爸。"

陈刚一激灵，握着话筒的手栽歪了一下，好悬没扔在地上。心说你瞅瞅我爸你瞅瞅我爸，告诉过他电话里别这么说别这么说，可他还是要这么说，那股子东北人的直脾气就是改不了。万一他听错了音儿，哪个别人的声儿跟我差不离乎，那造成的后果该有多不好。也算是受过高等教育的人，多半辈子都快活过去了，怎么连点打电话的规矩都没整明白呢？不过……可也是，爸往自己办公室打长途电话的次数都是有限的，没事不会轻易打。平时都是陈刚利用职务之便，借用办公室的程控电话往家里问安。记忆当中一次是奶奶去世，一次是三叔出事儿，从工地脚手架上摔下来丧生，再一次是弟弟陈强给他生了个胖孙子，爸就来过这么三次电话。爸在听筒里一律这么直火火地说："我是你爸"，不管什么红白喜事，语气和声调竟没有半点区别。前两次电话里的噩耗给陈刚造成的刺激太深，以至于第三次爸刚说完"我是你爸"，陈刚的两腿就已经颓软下去，手指颤巍巍地捏着话筒，心脏扑通扑通狂跳着等爸大喘气地说："啊，那什么，也没啥事，我就是告诉你，小二刚生了个胖小子，八斤六两……"

陈刚这一边虚汗都冒出来了，好歹把身子先稳住，用惊魂未定软绵无力的腔调恳求说："爸，下次家里再有什么事儿，能不能让妈打电话来说？"

长年漂泊在外的人，最禁受不起的，大概就是从老家故土传来什么不幸的消息。尤其像陈刚这样的北京新移民，压根儿还没有在这块新大陆上站稳，对各种灾变的承受能力就更加显弱，似乎国家的或自家的稍微一点儿风吹草动，都有可能把他刚刚建立起来的新生活大面积摧毁。陈刚心里头最害怕这个。可如今这大过年的，爸又大老远亲自打电话来，该不会是发布他们陈氏家族的什么最新噩耗吧？

陈刚的脑瓜仁儿又绷紧了，眼睛里金花直冒，耳朵也仄愣得老长，屏气凝神捕捉着爸的话语尾音。只听爸大着嗓门，却又极力想迂回曲折地说："那什么，陈刚啊，过年放假能不能早点回来？"

"干啥？"陈刚被爸的迂回弄得更加紧张警觉。

"啊，那什么，也没啥。"爸的语调丝毫也不降低，让人听着这"没啥"更像是"有啥"，整得陈刚越发不敢往下松弛，几乎有了要上厕所的想法。

"你二婶跟你二叔又要闹离婚了，你早点回来，给他们说和说和。"

陈刚心里一块石头"吧嗒"落了地。换了一个站姿，把紧张得发木的腿活动了一下，忍不住又好气又好笑地说："爸——我说你可真是的，也不够你操心的了。他们家又不是头一回闹，都吵了一辈子了，你管那么多干啥？"

"不是啊，小刚，那什么，是这么回事儿，"爸显然有些着急，说话上气不接下气。"你二婶她这回闹大发劲儿了，说是要把你爷你奶的坟合到一块儿，不合坟，就坚决跟你二叔打离婚。"

"什么什么什么？什么'合坟''离婚'的？爸你说慢点。"陈刚丈二和尚摸不着头脑。

"是这么回事，听我打头里跟你说。喂喂，陈刚，你听着没有？"

"听着呢听着呢，爸，你说。"

"你二婶啊，不知中了哪门子邪了，说是听一个算命先生给她算了一卦，她跟你二叔俩人这辈子老打，老过不到一块儿去的原因，就是因为你奶和你爷死后坟没有合到一块儿，都是让两位老人的坟给妨的……"

"她她她……她放屁！"

陈刚一着急，就把办公室里修炼出来的斯文全忘脑后去了，跟他爸一样，露出了农民后代的淳朴无邪以及强烈的宗族意识的本相。"我奶和我爷什么时候死的啊，他们又是什么时候开始打的啊……再说，我奶临走时不是留话了吗，不让跟我爷合坟……他们离婚，跟两位老人的坟有什么关系，胡搅蛮缠，瞎胡闹么不是！"

"我也说的是呢。"爸获得了知音，嗓门明显又大了一截。"你说不理她吧，眼瞅着你二叔被闹得归不了家，东躲西躲不得安生。我跟你几个姑姑都看不过去眼。你要说理她吧，你也知道你二婶那张唱评戏出身的嘴，谁也劝服不了她。这个家，你二婶也就挺高看你，你放假赶紧回来劝劝，给他们说和说和。"

说完，"呱唧"一声，电话撂了，也不等陈刚给他个回话，比方说应一声是"回"还是"不回"啊。陈刚瞅了一眼送话筒，无可奈何地摇了摇头，心说自己这个爸啊，可真是的，还当我是个正在读书的学生呢，让我放假回去我就得乖乖回去。他都忘了，我也是当了好几年爸的人了，也有了老婆孩子，哪能说自己想上哪儿就上哪儿呢！

转过脸来，见东西已经按人头分完，自己的那份冻黄鱼和鲜贝正靠桌脚撂着。处里的几个人正兴奋地谈论今年春节放七天假该到哪儿去消遣。小宋叽叽喳喳地扭身过来问："处长，想好地儿了没有？该跟漂亮夫人一道出门旅行了吧？"陈刚闷闷地一屁股坐在椅子上，无可奈何地长叹一声："唉，旅什么行啊，买票，回老家。"

2

好不容易挖门盗洞讨弄来了票，又在一群群看不见首尾的民工队伍中迂回穿行了老半晌，陈刚这才挤挤擦擦地爬上了火车。说着话就已经是腊月二十八，眼见得到大年三十儿了。归乡的人们都火急火燎地往前蹿，就跟不要钱去白抢什么东西，去晚就赶不上似的。陈刚擦了擦满脑袋的汗，先坐在下铺稳当稳当神儿。慢条斯理地从提包里拿出茶杯来把水倒上，轻呷了一口，这才回过眼来，漫无目的地四下打量。过道里拥拥塞塞得不畅快，上车的人往里拥，送完客的人往下挤，不上不下的便隔着车窗玻璃做一些依依不舍絮叨分别状。看来火车票调价也没什么大用，该满员超载还一样满员超载。

陈刚眼睛看得疲沓了，便把目光收回来，想静下心来养养神。刚把眼睛眯缝上，忽然就感觉好像有什么东西忘带了，这心里边有点儿没着没落的不踏实。这种感觉一时间冒得十分强烈，竟让他不自觉地伸出手来上上下下挨个兜里摸了一摸。没啥呀，该带的东西好像都带在身边了。给爸妈买的新毛衣都拎着了。自从李春波的《一封家书》唱红以后，沈阳小伙儿过年孝敬父母大人的礼物就都成了"我买了一件毛衣给妈妈，别舍不得穿上吧"。给七大姑八大姨家孩子的压岁钱也都准备得足足的，这是东北人过年必备的一笔开销。这两年物价连年上涨，压岁钱还不也得跟着往上升啊？陈刚为此特地到银行换了一些五十元一张的嘎嘎新一沓票子，免得到时候钱数小了拿不出去手，在亲戚面前下不来台。

还能有啥拉下没带的？手提箱里还有压箱底的几千块钱，随时准备应付些个突发事件。在这方面他可是有过深刻的教训，该掏钱的时候掏不出来钱，背后让人讲究起来是"小抠"，那在东北乡亲们面前可是没法活了。虽说这钱基本上都不是由他挣来的，他那点儿正处级工资连自己吃饭都不够，全是靠妻子柳青在律师事务所辛辛苦苦挣来的血汗钱支撑着他们这个家，花媳妇挣来的钱腰杆不是那么很硬气，可是在老婆面前再怎么服软，也比在亲戚面前露怯强啊。唉，这年头，只要有了钱，连鬼都能给你推磨，更何况人间的什么这个那个的。即便是落下点什么又能咋地，到时候现掏钱买就是了。

可是……不对，总觉得有什么最最重要的东西没有随身带着。这种形单影只，孤苦伶仃，百无聊赖独自往回老家走的感觉他还是第一次体会到……噢，对了对了对了，想起来了，是妻子和儿子没随身带来。

怪不得怎么琢磨半天不对劲呢，原来就是因为妻子和孩子没一起跟回来。

陈刚拍了拍自己的脑门，一时间显得很懊丧。

做妻子的思想动员工作，可是费了老鼻子牛劲了，到了末了也没能把妻子动员得回来。原本打算趁今年过年放七天假，一家三口去杭州旅游。妻子连"掌上宝"摄像机都买好了，兴致勃勃就等着一放假立马就走。平日里陈刚在机关里忙，妻子在事务所里没黑没白价地忙，儿子辰辰刚上小学一年级，就已被功课压得喘不上气来，三口人难得能有闲心凑到一起休闲一下。好不容易盼来了个春节，全家准备散下心来好好聚一聚，偏偏陈刚半道里又杀出个要回老家的要求。妻子不说"回"，也不说"不回"，默不作声，只把一张鸭蛋脸阴得跟霜打了一样。陈刚一看，得，要没戏，赶紧把要到嘴边的话又咽了回去，爸在电话里说的"合坟""离婚"一类的事儿连提都没敢提，只是笑么嘻嘻地涎着个脸，做足了讨好的表情对妻子说："哎，我说，咱还是回去看看吧，啊？你跟辰辰都有两年没回去过年了，咱妈还挺想她大儿媳和大孙子的。"

妻子没搭茬儿，翻了个身，默默地把脸转过去冲墙，只给他留下一个硬邦的脊背。陈刚一看，心里头发毛，赶紧伏下身子凑过去，连哄带劝地央求说："哎，哎，有啥想不通的？大冬天的，杭州有什么好玩？等回了老家，我领你们去堆雪人，打雪仗，滑雪橇，看冰灯，痛痛快快玩一场，啊怎么样？"

妻子猛地扭过身来，话音里边冒着白烟直呛进他的肺管子："得了得了你，又拿这一套来骗傻子啊？留着你的冰车雪橇梦里滑去吧。你说你们东北那鬼地方啊，哪来的那么些穷讲究？冰天雪地地拜来拜去还不说，压岁钱还都互相攀比着给，一样做不周全就挑理，光挑理也要把人挑死了，更别提挨累受冻遭的那个罪。要回呀，你就自己回，我跟辰辰我们娘俩上杭州。"

"唉，过年嘛，全国各地哪还不是这规矩？再说你也不能太贬低俺们东北人了，可别忘了你们满族祖先是从哪旮旯儿发源出来的……"

"去去去，一边待着去，又跟我这儿犯贫是不是？这次你就是说什么也甭想再把我骗回去。"

陈刚一听就没辙，知道是前几年回家探亲没探好，活活把妻子给得罪伤了。要说这事也不能怪妻子，就他老家的那些老规矩旧理解，连陈刚本人从小在那旮旯儿长大的如今都有些不适应，更何况他从北京娶回去的这个小媳妇呢！北风烟雪的天儿，陈刚领着媳妇俩人深一脚浅一脚提拎着果匣子挨家走到处拜，七大姑八大姨的哪家不拜到也不行，哪家拜不到都挑理。这家饭是整现成的，那家的饭也早预备好了。那啥，小刚你能去他家就不能来我家？能吃他家的饭就不能来喝我家的茶？亲戚咋地呢亲戚，亲戚就更不应该分出个高低远近了。小陈刚你上北京念书，当了大官了，回来一次，连个年都不来家拜，是瞧不上你这个穷姑姑穷叔叔了是咋呢？

陈刚真是有嘴也说不清。每逢如此，他总是忐忐忑忑地抬不起个头来，千抵赖，万解释，实在说不通就一走了之，让爸妈在身后跟亲戚们说和磨牙去吧。每次回去过年也就是个五六天的假，哪跑得过来那么些家，哪尽得到那么些个礼数呢？时间净废在道上了。他觉得亲戚们实在是对他不够体谅。可转念一想，可也是，人家拜年都拜了几千年了，也不能说到了陈刚这块一下子就打住，只能是陈刚遵从规矩，也不可能是让规矩就乎陈刚。别说是他，就连这两年北京等大城市兴起电话拜年，家乡那旮旯儿也是拒腐蚀，永不沾，愣是没被传染过去，逢年过节该串门还照样串，该走动还走动，领导看望群众，下级看望上级，晚辈看望长辈，同辈人之间互相交流，礼数少了一点，规矩偏废了一点那都不行。从初一到十五，谁家都别想有个消停，别想关起门来睡个囫囵懒觉。陈刚回家时曾试图号召过把年在电话里头拜，他好借机会睡个早觉，偷点懒，跟自己爸妈在一起多待上一会子，不成想他的建议却立刻就遭来了亲戚一干人等众口一词的反对。亲戚们说："哎哟哟电话里拜的那叫啥年哪，用嘴出溜人呢嘛那不是！你们北京的那些知识分子可真能整啊，啥事都想得出来，都干得出来哈？那玩意显得多疏远，多别扭，多没礼貌啊你说说。小刚你可千万别学那么价。"

整得陈刚心里惴惴的，简直就是没了辙。

火车叽哩哐当一开出站台，满车的家乡话就飘起来了，一股子东北"曲麻菜"味，还带着曲里拐弯余韵绕梁的话语尾音。陈刚的思绪一下子就给从京城拉回到沈阳去了。语言真是一种很奇妙的东西，它能在刹那之间就把我们从此地拖曳到彼地，简直胜过超时空的蒙太奇。乘务员推着卖货的小车在过道里来回走，粗门大嗓不停地吆喝，听着总像要找谁干仗。腰里别着"大哥大"的男人们，这时都把手机的开关纷纷打开了，一个个脸冲着窗户，冲着墙，冲着厕所门，冲着过道，叽里呱啦不住地用个人隐私练着各自的嗓门。也不知是咋回事，只要火车一发动，人们打电话的情绪就全上来了，比着赛的在那里说。陈刚看见坐他对面的一个红脸大汉眼望虚空，将一个绛紫色的"大哥大"紧贴在右耳根子上，笑么哧哧地在那儿一个劲儿地绵绵情话："……啊，那什么，整点啥好吃的没？啥？猪又（肉）炖粉条子？好，好，再馇点大米稀粥……那啥，我明天一早就到家了，你就好好搁家等我吧……行，行，就这么地。撂了啊。"

陈刚听得直想乐，赶忙呷了一口茶，把浮到嘴边的笑意硬给堵回去了。

火车不紧不慢吭哧吭哧在轨道上向前滑行。陈刚躺在铺上翻来覆去不能入睡。北京越来越远，正沉入无边无底的夜幕之中。故乡的土地正带着冬夜凄清的寒意扑面而来。离开中心了。陈刚在心里边暗自感喟。每次无论是离京出差还是回乡探亲，只要飞机一上天，火车一启动，陈刚就觉得自己已是远离中国的政治经济中心，走向边缘了。这种感觉来得非常奇怪，陈刚自己也弄不清它的确切来源。即便是到了广州、上海那样的大城市，他仍旧是觉得自己是到了边缘，被祖国的文化母体一把给抛了出去，抛得远远的，再说出来的话，都显得不是一样的味儿。难怪北京的老百姓都是那样牛皮哄哄的，一个个都把一口儿化音卷得舌头翻在嘴里抻不直，速度快得故意让人听不清，那就是因为他们明晓自己是在"中心"的位置上，别人都得随着他们，就乎着他们，跟着他们这中心行事。这中心要是稍微一晃荡了，全中国的土地可不就都跟着一起颤悠起来了嘛！

不知怎的，离家乡越来越近，陈刚的心也紧跟着越来越悬了起来。父老乡亲一大家子人那殷殷期待的笑脸一张一张地从他眼前晃过去，牵着他的心，撕扯着他的精力，让他不能够安生。数不清的人和事，像一堆乱麻，纠缠在他嗓子眼里，吞也吞不进，咽也咽不完。唉！一个跳上"龙门"的穷小子背后，拖着多少个穷乡亲们期待的目光啊！人啊，可是不敢轻易忘了本。

3

还没有走出站台，陈刚就看见了爸已等候在了出站口那儿。与其说是看到的，不如说是感应到的，完全是靠着父子之间血缘亲情相互感应到的。先是看到了爸慈眉善目的笑，接着是见到爸伸过来接提包的一只手。陈刚叫了一声"爸"，一时竟有些不知说什么好。爸习惯性地打量他身后，嘴里说："柳青跟辰辰俩没回来？"陈刚一听，昨晚临回来前自己已打电话向家里通报过，说就自己一个人回来，可见了面，爸还是忍不住要问，爸的心里大概真的是非常想念儿媳和孙子，当然，更主要的还可能是想念他大孙子。于是就顺口回答说："啊，那什么，辰辰闹病了，他妈在家看着他呢。"没想到爸一听眼睛就瞪大了："啥？孩子病了？那你还着急回来干啥呀？"陈刚一想，坏了，这谎没撒好，净惹老爷子着急。赶忙又用话往回圆："没事，没事，没啥大病，也就是个头疼脑热的。小孩子，皮实，一会儿就好。"爸这才半信不信地拎起提包跟陈刚一起往外走。

阴哧忽喇的天，不冷，倒显得有些不合时宜的热。可也是的，现如今地球的臭氧层都给破坏得差不离乎了，连北极的冰山都在热得直冒暖气，东北还哪儿找从前那么冷去？再想瞧瞧"冰天雪地""天寒地冻"这类景儿，就得到老头老太太的记忆里边去找，年纪稍微轻一点的，怕是对那些形容词都生疏了。尤其像辰辰这代孩子，恐怕连看上一场正正经经的冬天大雪的福气都没有。要说世道变了呢，从环保这上头说起来，变得是好是坏还都很难说。

新北站前面的广场很大，很宽敞，倒反衬出了车站里面人迹寥寥，香火不旺。四周围竟然很静，让陈刚稍微有点不适应。从前的沈阳站历来就是全市最最最脏乱差的地方，拥挤、肮脏、嘈杂，盲流、要饭花子成群成宿地守在那儿，好人一分钟都不想在那儿多待，每次候车，陈刚都恨不能下次再也不回来了。现在车站这块儿竟然这么干净、祥和，真是让陈刚没有想到。尤其是已经到了年根底下了，连一声"麻雷子"和"二踢脚"的爆响都听不见，看来在"禁放"这一点上沈阳人民跟全国的形势还跟得挺紧。不过倒显得有点寂寞、寥落了点儿，耳朵里没个响动，就总觉得过年不像个过年样，缺少个节日气氛。

几辆拉客的"夏利"殷勤地停在他们脚前。爸想装作没看见，要绕过去坐招手小公共，陈刚二话没说，扯住爸一头就钻进了停在最前头的红色夏利车。爸眯了眯眼睛，很有些责怪他太奢侈的意思。陈刚碍着有司机在场的面，没好意思对爸进行反驳，只是在心里说，爸，你可真是没有比较就没有鉴别。你瞅瞅在沈阳坐出租车有多便宜，四公里起价才七块钱，这要在北京，这好事哪儿找去，简直可就跟白坐似的，还不赶紧地可劲儿坐？！

路上也没见堵什么车，出租车顺着东北大马路一直向前跑。正是各个工厂上班的时间，街面上却几乎见不到什么像样的去上班的人。陈刚心里忽然升起一股隐隐的惆怅。自打记事时候起，他就看惯了古城浩浩荡荡的上班和下班的人流。每天清晨太阳升起的时刻，穿藏蓝色劳动布制服的工人们骑着他们年代久远的破自行车，车后架夹着铝制的大饭盒，有的带着一个，有的夹着俩（把饭菜分别装着），向着各个社会主义的车间工厂幸福地奔去；每天傍晚日头落山时分，夹着空饭盒的破自行车们披星戴月抓完革命促完生产愉快地归来。伴着那种有节奏的饭盒撞击铁架的叮当响声，陈刚度过了他生在红旗下长在蜜糖中的童年和少年。从小大人们就教育他知道，有了那么些工厂，有了那么些在厂子里出来进去忙的产业工人，有了那么些工厂的大烟囱，有了那么些烟囱里边冒出的黑烟，这才叫真正有了古城沈阳，有了沈阳在全国以及全世界人民心目中的形象。

如今这上班的高峰时间，街道上却是如此的寥落、清静。这才是几年的时间啊，就有了这么大的变化。陈刚心里暗自思忖。

出租车司机顺手塞进机器一盘带子，音响扭开，飞出来的竟是当年的一曲老歌，名叫《沈阳啊沈阳，我的故乡》。

实在是一首老而又老的歌。那些词儿现在听起来简直可笑极了。谁会想到它当初却曾是轰动一时的"黄歌"呢？想当年下乡到盘锦沼泽地带的沈阳知识青年，想家想得实在熬不住了，就乱编出一些歌儿来唱。不知是哪个聪明的小青年儿，借用了朝鲜电影《摘苹果的时候》里的一首曲子，编出了怀念故乡的这支歌，不出几天就在各个青年点里唱红了。更出名的是它马上又被打成了"破坏知识青年扎根农村干革命"的"反动黄歌"，竟遭禁唱。凡大事小情都一样，越是明令不让干的，就偏是干的人越多。结果这首歌越唱越有名，一直唱遍了整个辽宁，连省城里的知青亲友们都会唱了。陈刚是跟着他下乡回来休假的老姑偷着学会唱的，那时他也就是刚上小学吧。若干年后，"通俗歌曲"这个名称刚一流行，沈阳歌舞团的一个年轻歌手叫张小梅的，又翻唱着它到一个什么什么比赛上获得了一个不小的大奖。这一下子闹得全国人民都把这首歌儿知道了。想来这支歌子也应该算是轰动"两时"。"大街小巷是人来人往"，听听，听听，多么亲切、朴实、动人！谁还能有咱沈阳人实在又厚道？

时至今日，想来流行歌曲都换了多少茬多少代了？一茬比一茬不流行，一代比一代更短命。真正能够深入人心留下来的能有几首呢？可这首歌不歌、口号不口号的东西竟然流传下来了，陈刚真的没想到还有人记得它，还有人听它。歌儿没有变，可听它的人的心情却变了，歌里边唱的那个城市也变了，变得哪儿哪儿都跟记忆中不一样了，唯有社会主义的小康大道还是那么笔直溜圆地通向远方。

车子在"建设我可爱的家乡"那个音符上，"吱扭"一声停在了家门口。陈刚从遐想中回过神来，交过了钱，拿好东西，三步两步奔上了楼，把爸远远地落在了后边。上了楼梯口，见门虚掩着没关严，一定是妈在给他们留着门。陈刚心里一阵温热，喊了一声"妈"，人就跟着声音进去了。妈正扎着围裙在厨房忙活，应声走出来，满脸慈祥地答话："回来啦？"陈刚说："回来啦。"妈见只进来陈刚一个人，下意识地又伸长脖子往他身后望，嘴里说："柳青和辰辰呢？"陈刚一边换鞋一边答话说："啊，那什么，小崽子病了，他妈在家照应着，就没一起回来。"妈一听："啥？辰辰病了？要紧不要紧哪？去没去医院看看哪？"陈刚一听，不住地在心里骂自己，心说，瞅瞅我这点谎撒的，可真不是个地方，都撒到狗国去了，竟惹多妈着急了。嘴里赶紧往回倒腾："那啥，不要紧不要紧，也就是个感冒发烧啥地，大夫给开了点药，吃了就好了。"妈说："小孩子的病，可别马马虎虎的。你小时候就是老爱发烧，到现在都影响得气管不太好。"陈刚听得一时竟有些百感交集，心里滋味挺复杂的。

4

进了屋，净手洗脸，三口人坐下来围着桌子吃饭，陈刚这才注意到爸妈都胖了。是一种老之将至无所事事的虚胖。尤其是妈，更是见老得厉害，泪囊松松地在眼下垂着，还不曾完全变白的头发乱蓬蓬㳺在脑袋上，仿佛是好长时间没有修剪了，看起来要比实际年龄老上个十岁，任谁也想象不出她曾是三十年前机械工程学院里的校花。陈刚看着有些于心不忍，眼睛一时非常不适应，只顾低头往嘴里扒饭，不怎么愿意抬起头来。在他的记忆当中，爸妈永远是八十年代初他离家上大学时的那副样子：年轻，帅气，意气风发，精神抖擞地迎接人生第二春，满心欢喜地拥抱拨乱反正新时代的到来。陈刚在大学新生宿舍屡屡做的想家的梦里，每每总是梦见自己跟弟弟陈强手拉手去厂子里看爸在篮球队打中锋，妈在她们厂子文艺队唱民歌当台柱子。那时的爸妈多么的满腔抱负，富有朝气，那时的工人阶级是多么趾高气昂神气无比啊！

可一转眼，一切都已成为过去。还没见他们折腾出个什么名堂，干成个什么大事业，市场经济大潮一压过来，国有大中型企业一转轨，爸妈他们就被挤在夹缝里，跟数十万产业工人一道，一呼啦给整得靠边站了。辽宁是全国的重工业基地，经济转型，理所当然最先受冲击，"辽老大"当个改革样板，成为个重灾区困难户什么的也是意料之中的事情。沈阳又是省会城市，当然要成为重中之重。可一旦这压力具体落实到哪个个别的人头上，说实在话，那还真就有点承受不住，给压趴下的可不是一家两家、一户两户。就拿爸妈来说吧，自打提前退休回家以后，眼见着一天天衰老下去，速度之快，正跟整个的工业不景气程度成正比。爸他老人家还算是小有自知之明，没等人家厂长前来哭穷做动员，就自个儿主动打报告申请提前退休了。企业欠着一屁股三角债，揽不来活儿，光养着技术室里的几个工程师也是白扯，跟摆设似的，还不如趁早拿着退休金回家待着呢。说是"退休"，总比说"遣散"和"解聘"好听点，大家也好都有个台阶下。现在连联合国不也是经费不足，在号召工作人员提前退休吗？爸不住地以这种阿Q精神来反复安慰自己。

就这么着，五十来岁，正算是个"中青年知识分子"的爸，却提前退休赋闲回家待着了。

妈可就没有这么好的运气。妈是被厂里一刀切，硬给精简下来的。厂里凡是年龄过了50的妇女，全被同一批给裁掉了。妈听到这个消息后，一股火上来，牙花子立刻就肿了，半边脸整个肿得都跟馒头那么大，吃饭、说话都费劲，可就这样，还是攥着电话不停地往外打，到处串联、上告，非要从厂领导部门"讨个说法"。其实她自己就在厂"领导部门"，而且还是个挺大不小的部门——在劳资科里当个职权在握的大科长。可现如今工厂全改成了厂长负责制，也就是全由厂长一人儿说了算，别人全成了变相为他打工的，那还不是想辞谁就辞谁啊？妈不能咽下这口恶气的原因倒不是她的女权意识有多么超前，多么多么地为妇女姐妹们鸣不平，而是她平时的自我感觉有些太好，自认为厂长待她还不错，她也整天价任劳任怨，挺为厂里卖力气干活。自打她21岁毕业进厂那年就一直在厂各职能部门转悠，什么宣传处组织处人事科秘书股，净围着领导屁股后边转了，从没正经干过几天专业。谁让她长得漂亮、嘴甜，又能歌善舞呢！这下好，为领导们服务了一辈子，临到老了，却说精简就被一脚给精简出去了。她还原以为厂长就是精简谁，也精简不到她劳动科长头上呢！哪成想，市场经济这玩意，是一点情面都不讲，见谁碍眼多余都开刀哇！要是不先把妈这个女行政人员精简下去了，要想再去简一线生产的女工的话谁还能服从呢？

妈心里憋的这口浊气噎就噎在这儿了。

那帮同被扒拉下去的老姊妹，也全都吵了巴呼地嚷嚷来嚷嚷去，七个不服八个不忿，拿出妇女儿童权益保护法，劳动工资合同法，集体咋呼着要去上告，告那个不是他亲娘养的那个鳖厂长。老姊妹们一核计，干脆就推举妈当代表去替她们告状。妈搞惯了党政领导工作，遇啥事挺爱出头露面的，毫不犹豫就答应了。

没想到到了有关部门一上告，妈还没说上几句话就被人顶了回来。有关部门负责接待的人挺慢条斯理其实是绵里藏针地说，像你厂这种情况就算够仁义的了，凡工龄超过三十年的，一律都给你们按退休待遇，不够年头的，每月还给发百分之五十基本工资。人家厂长不是还答应以后一旦厂子效益上去了，再需要人手，你们这些女工可以作为优先考虑对象吗？那么还闹啥闹？放开眼睛四下望一望，现在哪儿哪儿不这样，别的厂子早就开不出工资，工人放长假回家待着了，像你们厂还能将就着维持下去，还能有口饭吃，你们还吵吵个啥吵吵？还不知足是咋了？

妈说："那啥玩意，改革那也不能光裁女同志不裁男同志，这样做是不是违反妇女儿童保障法？"

有关部门负责人说："哎哟我说老同志，改革就是要首先牺牲一部分人的利益，要顾全大局嘛！你等把男同志也一块给改下来，那厂子里的活儿还谁干？你们每个月白拿的工资从哪儿来？要换了我，我巴不得自己是女的呢，不用天天来上班，待在家里干拿钱，多好！还不偷着乐去呀。"

妈一听，知道自己是遇到一个嘴荏子，胡诌白咧有一套，自己再说什么也是白说。唉，干脆算了吧！谁让自己托生为女人了呢？活该倒霉吧，受了歧视，反倒要被说成是"照顾"。唉，自古国家有难也好，自家遭灾也罢，首先倒霉遭殃的，总要数女人。一辈子白上进心那么强，白背诵的"男女都一样"了，再怎么一样也不一样。无论时代变啥样，男女就是不一样。男同志没有挨裁的事情，女同志照样挨裁。

至此，妈算是彻底把这个道理整明白了。妈也只好带着一肚子的想不开，窝窝囊囊地一生革命到了头，不情愿地回家做起家庭妇女来。

时年妈虚岁整整五十又有二。

刚退下来那会儿，可是不得了，那个不适应劲儿可就甭提了。妈刚刚被厂子精简下来，适逢爸又刚办完提前退休。两个工人阶级知识分子一辈子忙忙碌碌，风里雨里上班下班，共同为社会主义建设出力，心里头都觉着挺有寄托的，挺光荣的，这一下子却一股脑同时怀才不遇了，整天窝在家里你瞅我我瞅你的，谁看谁都心烦，都别扭，都有气。尤其是妈，更年期一下子大面积爆发起来，跟爸的关系简直就紧张到了极点，似乎两人每天要是不吵吵架，拌拌嘴，要是一天不拿对方练练嗓撒撒气什么的，就觉得这心里边堵得慌，这一天的时光就说什么也熬不过去了似的。三十多年前的大学同窗之谊，二十多牛米的夫妻相濡以沐之情分，统统都被他们忘到了后脑勺去了。

还多亏弟弟陈强及时救了爸妈的急。陈强也不知咋整地，就把日子拿捏掐算得那么准，按时不差地让妻子怀上了孕，一生就生下一个八斤六两的胖小子。这一下立刻就分散了老两口的注意力，整得他们见天价忙得脚不沾地团团转。媳妇月子坐满了，小两口仍赖在爸妈家里不肯走。老两口这时带孩子已经带出了感情，眼见得孙子像个小癞蟆，一气鼓一气鼓地往大了蹿，心里边登时就充满了成就感。这不价，义务保姆就这么蔫么悄悄的当上了。老二陈强又通过关系给爸揽了一个"星期日工程师"的活儿，给郊区的一家乡镇企业搞搞设计，画画图纸什么的。说是工程师，其实也没啥事儿，平时也不用去，来了活儿，就偶尔忙叨一阵，能挣多少钱还是其次，主要的，是让爸心里有个抓挠。老两口各自有了拴心的事，这才不总那么吵来吵去没完没了的瞎叽咕。

正在这屋里闲唠着嗑，那屋的小崽子睡醒了，"哇"的一声用哭声召唤他奶奶。妈立即起身颠儿颠儿跑过去，一会儿就抱出一个肥头大耳的小胖墩。这就是那位八斤六两的大侄儿了。比陈刚上次回来见时又大了一号，白白胖胖，一尘不染，很容易就猜想出爸妈的心血都付到了哪上头。妈说："亮亮快看看大伯回来了，快叫'伯伯'。"小胖子瘪了瘪嘴，愣愣地盯了陈刚一会儿，然后"哇"的一声张开牙没长齐的大嘴哇哇哭。爸说："快抱走快抱走，抱那屋哄哄，我跟小刚有话说。瞧叫你妈把这孩子给惯的，一点见不得世面，来了生人就哭。"

陈刚说："妈也是，把这孩子在家捂得太厉害，没事儿勤出去溜达溜达。"

妇女和儿童一出去，陈刚知道接下来两个男人就该谈家族里的正事。

果然，爸起身出去到厨房拿来两个小酒盅，又打开一瓶"老龙口"，分别给陈刚和自己斟上。陈刚说："爸，你什么时候也学会喝酒了？上岁数了，喝酒对身体不好，你自己多注意点。"爸说："没事，心里烦，就自己喝两盅。喝不到哪儿去，你放心得了。"

　　父子俩端起酒盅照了一下，又各自抿了一口。陈刚就觉得热辣辣的，一股火顺着嗓子眼儿一直下到肚里。爸脸上的血丝开始泛红，显出一种不正常的光亮，话匣子也不能控制地扯开：

　　"我说，小刚啊，咱们老陈家的下一代，可就靠你了，我看了，别的那些孩子啊，都不长出息，全都指望不上。"

　　"爸……"陈刚嗫嗫嚅嚅地叫了一声，又不知道往下该说什么好。

　　"人生在世啊，也就是那么几十年，将来一闭眼，可就啥都没了。现在你爷跟你奶的坟，还有我们这些当儿女的时不时去看看，填两铲土。赶明个等我们这代人下世的时候，就指不定咋样啦，逢年过节谁还能想起来去看看……"

　　"爸，别这么说，别说这些，爸……"

　　陈刚见爸竟体现出一脸伤感的样子，也不知道该怎样劝他才好。人还不到六十岁，没病没灾的健健康康就说出这么泄气的话，陈刚也闹不清他这感慨是从哪儿来的，就提前退了一个休，难道说就把爸打击成这样？于是赶紧换个话茬说："二婶提出的合坟的事，到底是咋回事？"

　　爸用手掌抹了一把脸，又抿了一口酒道："你知道，你爷和你奶两人生前就不和，打了一辈子，你奶是小团圆媳妇（东北的童养媳），是嫁到你爷爷家给冲喜的。你爷有痨病。结果你奶不到四十就守寡，一个人把七个孩子拉扯成人，然后又接着带你们这些孙男嫡女，一辈子没享着什么福。你奶临死前就留下两句话，一是不让用火烧她，害怕火葬以后阴魂不能升天；二是不让跟你爷爷埋在一块，说是在阳间都打怵了，不想再跟那死老头子到地底下再去打……"

说到这里，爸竟哽咽了，使劲抹擦两把脸，说不下去了。陈刚也听得眼圈直发红。他和弟弟陈强小时候都没上过托儿所，全是由奶奶一手给带大的。养育之恩，终身难报。他觉得自己这辈子最欠的，就是报答奶奶的恩情。可惜奶奶还没能等到他大学毕业参加工作，还没能花上他挣的钱，就已经去世了。

"这不，你都知道了，你爷爷的坟在东陵，你奶奶的棺木却埋在了浑河岸边，没给埋到一块儿。这都是按着你奶的遗嘱做的。"

"是，是，那年我奶入土的时候我回来过，那块地方傍水向阳，选得挺好的。咋了，后来又有啥变化了？"

"唉，这不是么，你二婶提出来的，地底下的老人不合坟，地上的子女们就会夫妻不和，没有安生日子过。"

"净瞎胡扯淡。都这年头了还搞迷信。要提当初我奶入土的时候她咋不提啊？都这么多年过去了，还怎么合坟？还能把我奶从地底下现挖出来再埋一次啊？不像话嘛不是。"

"唉，要说这事呢，也怨你二叔白个儿，连个媳妇也辖服不住，也就是在外边当个厂长逞个能啥的，一回到家里就熊了。平常他也是太不顾家，整天价长在厂里头，在家里没有什么发言权。那回厂子里没有订货款，他还背着你二婶，偷偷把家里存折拿去了……"

妈这时也进来插嘴说："哎呀你二婶到咱家来那个闹哇，非得让你爸和我评评理，看看这是不是两口子之间能干出来的事儿。"

陈刚说："二叔他咋又那样做呢？从前我奶活着的时候，他就总背着我二婶偷偷给我奶钱，因为这事儿他们家可是没少打。难怪他叫陈忠孝，这个

'忠孝'可把他一辈子害苦了。看来我二婶也不是一点道理都没有。"

爸长叹了一声说:"唉,都土埋半身的人了总打啥打呀,还吵吵着要'离婚',离什么婚离婚,咱们老陈家从古到今就没有谁离过婚的,传扬出去多让外人见笑,一大家子人的脸还往哪儿搁。"

陈刚一听,简直就气得直乐:"哎,行了,行了爸,快别说你那套嗑了,这'合坟'的事我二叔知道不呢?"

爸说:"还都没敢告诉他,你二叔可是个大孝子,要是让他知道了,他是宁可离婚都不会同意折腾你爷和你奶的坟。这事都是你二婶向我和你几个姑姑提出来的。"

陈刚说:"那可不行,这不是瞎胡扯吗?这么大的事,怎么也得先征求他的意见。他没表态,你们谁敢说个'合'还是不'合'?"

爸说:"你二叔这辈子为了这个家,受的那个罪还不够吗?在外边在外边受气,回到家回到家没好脸子看,临到老了,怎么也得想法让他享点清福是吧?"

陈刚说:"你可得了吧,啥人就啥命,他那种没主意的人,还就得我二婶那样的厉害人辖服他,要不,他那个家早就散摊黄铺了,哪还能挨到今天一双儿女都成才有出息。"

爸一听,话不顺耳,立即显得有点不耐烦:"得得得,你小孩子家家的能懂个啥,怎么说话胳膊肘老爱往外拐?"

陈刚赶忙哄爸说:"行行行,爸,我不说了,我听着,行了吧?你说吧。"

爸却闷闷的,显得没了什么说话的兴致。陈刚一想,可了不得,爸这是已经提前进入老年心态,只允许人说话顺着他,不兴别人说一句反驳的话。毛主席开会,还得允许梁漱溟提点反对意见呢,自己家这个东北老爸,可是把一个封建大家长的气势做得足足的。他老人家也没睁眼看看现在已是什么朝代了。

父子俩正在这儿僵持着，门叽哩喱啷一阵响，接着是"哐"使劲一声带门声，一个粗门大嗓的话音灌了进来："哎呀嗬，老大回来了？"

妈应声迎了出来说："小二你干啥玩意，轻点带门，看把孩子吓着。"

5

弟弟陈强一回来，整个家庭里的气氛立刻就活跃起来了。不知怎的，从小到大，爸妈跟陈刚说话的时候，总是按照正式的父子母子谈话程序像模像样地进行。虽然他们家不是什么皇帝人家，可是受"嫡长子继承制"的流毒影响特别的深，总不拿对待一个正常儿童的眼光来对待陈家的第三代（从农村进城以后算起）掌门人陈大刚。爷爷的大孙子、爸爸的大儿子小陈刚在父老乡亲殷殷切切的目光下，总是有一份说不出惴惴与惶惶。相比之下，老二陈强就像一个自由战士一样无所畏惧地野玩着成长。小时候陈刚在学校里一挨欺负，总是比他小两岁的陈强去给他报仇。小哥俩一唱一和，正经是一对出类拔萃的人物。

陈强进门一看说："嗬，爷俩谈心呢呀？哎老大，我嫂子和我大侄儿呢？"

陈刚脸上带着笑说："你嫂子有点事，没回来……"

老二说："干啥玩意，大过年的能有啥事，还不一块儿回家来过年？我还顺道给我嫂子买了她最爱吃的朝鲜咸菜呢。"

陈刚一听，有点感动，心里想，作为一个已婚男人，在春节这样阖家团聚时刻，真是不该一个人出来，别人根本不把你当成一个单位，自己也觉着孤零零地别扭。嘴里说："还是我二弟会疼人哈。嘿，老二这身税务服一穿，你还别说，正经挺提气的呢。"

老二说："这话说的，咱是谁？一米八八，正经是财经学院毕业出来的国家税务干部，吃皇粮的。饭吃完了没？来，老大，兄弟跟你杀一盘。"

妈说："老二你瞅瞅你，一口一个'老大''老大'的，还有没有个大小？你哥坐了一晚上火车，你让他吃完饭眯一觉。"

陈强说："叫老大显得亲热。叫哥显得外道，哥你说是不？"

陈刚光顾乐，说不出来话。

老二去找棋盘。陈刚看看被冷落在一边的爸，便打圆场说："咱俩玩，叫我爸当裁判，省着老二你总悔棋。"

老二说："不带我爸，不带我爸，一有他就话多。爸你看电视去吧哈？"

妈闻声说："你还让你爸看电视？一天到晚他都长在电视里出不来了，吆喝他干啥他都听不见。那天你爸告诉我，中央电影频道一天共演了八个电影，你看他看电视都看到什么程度了。"

陈刚说："爸，你别总守着电视看起来没完，那玩意害人，容易得老年痴呆症。没事儿你勤下楼活动活动腿脚。"

可惜的是他们说的话爸一点也没听着，老爸一门心思全神贯注钻进电视里去了，别人说什么他都当耳旁风。

兄弟俩摆上棋盘。老二说："咱一把多少的？数小了赢起来没劲，我可不跟你玩。"

陈刚说："又年底分红了吧？你们过年又揩企业多少油？"

老二说："还揩啥油哇，不像头两年了。现在企业都没活儿干，开不出工资，税收收不上来。年底完不成任务，税务局领导急了，干脆动员银行提前给企业贷款，从明年的贷款里先把今年年底的税交上来。"

"唉，这不是弄虚作假，寅吃卯粮吗？企业能干吗？"

"不干能咋地？不干企业就连明年的银行贷款都贷不出来，这它还得感谢我们税务局呢！"

"那要是明年再完不成任务呢？"

"那就先吃后年的贷款呗。你企业爱怎么改怎么改，管你是股份制还是承包合同制呢，只要你不破产，国家的税收就不能不上来。来来来，将！"

不知怎的，陈刚的心里竟是沉甸甸的。

两个人没将几下，门一推，老二媳妇从银行下班，悄摸悄地走进来。她跟老二俩人是大学里的同班同学，财经学院毕业后走了好大一通后门，才分别分配到了银行和税务局这种旱涝保收的单位，所以一时倒无失业下岗之虞，还能时不时的往爸妈这儿搬点大鱼大肉什么的进贡货。老二媳妇一进门看见陈刚，就笑吟吟地招呼："哎呀，大哥回来啦？我大嫂呢？"

陈刚一想，完喽完喽，我今天已经是第四遍要回答这个问题了。一个三十多岁的大男人，身后边要是不拖着个老婆孩子，在别人眼里简直就不算是个完人，谁见了谁都要问上几句。嘴里忙又把那套话重复了一遍："噢，那啥，你大嫂她在家有点事儿……"

撒完了谎，放下棋子立起身，借上厕所工夫扭身进了小屋，关好房门，拿起电话拨北京长途。也不知怎么想的顺手就先拨到了丈母娘家，丈母娘挺奇怪地说："没，没有啊，小青跟辰辰都没回来呀，听她说你们不是要上杭州旅游吗？"

陈刚一听，赶紧支支吾吾地把电话撂下，心想差点说漏了嘴，好玄把两口子闹意见的事儿给说漏了出去。赶紧又重新往自己的小家里拨，一听，柳青果然在。陈刚问："你怎么还没走啊？我昨儿个回来时你不已经让人去订票去了吗？"柳青一听，委屈得呜呜咽咽地在电话里头说："走什么走呀，我不想去了……我哪像你那么狠心，说撇下我们娘俩走就撇下走了，一家三口，缺了一个，还有什么意思……"

陈刚一听，赶忙哄着说："哎哎，别哭，别哭你，你不了解情况，我回来是带着任务的……那什么，你要是没走，就赶紧来吧，领辰辰坐明天一早的飞机，快回来吧，人家想你想得快不行了……"

几句好话过去，立即把妻子说软了，答应明儿一早就飞来。又跟辰辰在电话里唠了两句，嘱咐他要当个好男子汉，好好照顾妈妈，听妈妈的话，明儿上午爸爸到机场去接他。辰辰在那头乐得直蹦高，陈刚在这头高兴得也快要跳起来了，心里话，大男人嘛，要想顶天立地，就得有妻子儿女在身边环绕衬托着。

喜气洋洋从小屋里钻出来，没等发布最新消息，就听爸已经在那儿派任务："那啥，明儿个大年三十儿，陈刚你们几个到你爷你奶坟上去看看，过年了，给烧烧纸，送点钱物啥的。"

老二说："东陵离浑河多远哪？一上午可跑不过来。"

爸说："跑不过来不会下午跑？"

老二说："下午人都回家过年了，谁还去上坟？"

陈刚说："明天上午我还要到机场去接柳青和辰辰娘俩……"

老二说："我嫂子他们俩又回来啦？这下咱们家可就大团圆了。听见没爸？你大孙子和大儿媳妇就要回来给你老拜年来了。那可是你从北京回来的大孙子哈。"

爸说："去去去，你少跟我这皮了嘎叽的。要不那什么玩意，明天就光看看你奶的坟得了，在浑河那边，跟桃仙机场一个路。你把他们娘俩接回来，顺道就拉到你奶奶坟上看看，给培两锹土。"

老二说："哎呀妈爸呀，人家那叫从北京回来的大儿媳妇，大过年的，下了飞机就把人往坟地里拉，可要出人命了啊……"

爸厉声说："老二你给我住嘴！还有一点正经没了？"

陈刚伸手把老二扯一边说："行了行了，老二，你想法给借个车，明天给跑一趟。"

老二说："要借车不早说？都这时候了还上哪儿借去？再说谁大过年的愿意给你往坟地里跑？我借不着。"

爸满脸的不高兴："不借就拉倒，你趁早给我少日日几句。还有没有点孝心了？我算看透了，等我死了那天，骨头都扔到乱坟岗子里去喂野狗，也甭指望你们哪个能给我上上坟。"

老二说："哎呀爸，你活着我们都这么孝顺你还不行啊？等往后我给你烧纸钱纸马你能用上是咋地？"

妈说："老二你快别胡说了，惹得你爸不高兴。你老姑家三斌子不是开出租呢吗？让他明天歇一天，少挣一天钱，开车给往他姥的坟上跑一趟。"

6

小时候，大年三十儿是陈刚最盼望的节日，穿新鞋，戴新帽，跟小朋友们一起堆雪人儿，滑冰车，放鞭炮，滚得像个脏猴似的回家也不会挨大人说，围着火炉吃奶奶炸的油馓子，把个小肚子吃得溜溜圆溜溜圆的，结果每次都吃得直打伤食嗝，爸总是开来一盒一盒的山楂丸逼着他和弟弟两人吃。现如今这日子过得好了，吃的喝的全不愁，大家就不知道过年再盼什么。尤其像辰辰这一代孩子，日子都甜得发腻，过年过节对他们来说也就缺乏什么新鲜刺激，不知道这"年"过不过的还有个什么意思。

三斌子开着一辆灰不溜秋的"夏利"拉着陈刚和陈强往机场路走。陈强媳妇要跟去，陈刚给拦住没让去，说是怕回来接人坐不下。实际上他是觉得上坟这是一种自家的事，不必去惊动外姓人，老二媳妇连奶奶的模样都没看见过，还去上个什么坟，走那个形式干啥。不过这个心思当着老二的面没好意思说。

　　上了车，老二问："哥，你真要把我嫂子和辰辰直接接坟地去啊？"陈刚说："你听我爸那么说吧，去什么去，你嫂子都没见过咱奶什么模样，就别让她去了。咱仨先去上坟，然后直接奔机场。"又问："三斌，能快点开不？咱抓紧点时间。"三斌说："没问题，就咱这技术，大哥，保证把你平安驶到我姥坟上。"说着，一踩油门，"嗖"的一声，"夏利"就眼见得离地了。

　　路过自由市场，车开不动了，不得不放慢了速度。大年三十儿，猫在屋里的人们全都涌到大街上逛来了，只见各种羽绒服、呢大衣、棉坎肩异彩纷呈摩肩擦踵的不停地晃悠，把个大街上整得热气腾腾，喧闹非凡，吆喝什么、卖什么的都有，市场一片繁荣。一辆大卡车的翻斗上堆满了毛毯、自行车、洗脸盆、塑料盒一类的东西，上面都蒙了一层厚厚的灰，旁边两个大小伙子站在车上用小电喇叭不住地喊话，号召大家都去摸彩券中奖。为了招徕顾客，他们还时不时撒下一把糖果之类的东西扬到人群堆里，还真就有人低头哈下腰满地去捡。紧挨道边上一排一溜净是卖烧纸的，各种各样色彩型号异彩纷呈。陈刚这才知道这几年虽说形势日新月异，可家乡人过年悼念祖宗的传统还是没有丢。心里不由得颇多感慨。回头让三斌子把车在路边踩一脚，他和小二下来顺便给奶奶买几刀到坟上烧的冥纸。走到一个摊上，捡起来翻腾翻腾，见阴间的钱全是大票，花花绿绿，蓝的，黄的，红的，粉的都有，印得不怎么精美，很容易大批量仿造。上面分别印着红脸关公、赵公元帅和横眉立目的钟馗。一万元是最低面额，其他几张大的他跟小二数了半天小数点后

边的 "0"，才勉强数得过来是 "千亿" "万亿" 和 "兆亿"。小二憋住笑，一本正经地冲卖票子的人说：

"干哈玩意，这阴间也时兴通货膨胀是咋地？我是税务局的，我可要照章收税了啊。"

卖冥钱的老头挺机灵，反应也挺快地说："啥？小伙子？税务局的？要收税你就到阎王爷那块儿收去吧。他正在那旮旯儿等你哪。"

"你说啥？你再说一遍！"

小二梗梗着脖子就要往上上，陈刚在旁边一手给拉回来，忙甩给老头十块钱，换回一沓好几个亿，在怀里抱着上了车。

驶上五里河的立交桥，道儿可就好走多了。从立交桥上放眼望去，一片片高楼大厦鳞次栉比拔地而起，矗立在灰蒙蒙的冬日天空下，古老的工业城市到这儿才显出了现代化的气派。想想沈阳这两年的城建速度可真够快的，就说他们陈家这些从农村进城还不超过三代的平头百姓穷亲戚吧，没几年的时间，全都噼里啪啦动迁搬进了新楼房。这要是搁在十年前，他那些老实巴交的姑姑叔叔们心里肯定还没有这辈子住好房的念想呢。说变，变得就是快，像吹气变魔术似的。这速度，恐怕连北京也比不上。在北京，还有多少人住在小破四合院里挤挤擦擦地熬日子呢！

三斌子扭开车里的收录机，放出来的竟又是那曲老歌。

陈刚听着，不解地问："我说三斌子，这首歌咋这么流行呢？是你们出租公司统一发的？"

"那啥玩意大哥，不是，街上到处都有清仓大甩卖的，一块钱一盘，我就买回来一大堆，没事闲听着玩儿。"

"噢，我说呢，唱这首歌的时候你还太小，没赶上，咋会突然间就对它感起兴趣了呢。"

三斌子一笑，露出一嘴好看的苞米小牙："哎呀我说大哥，你还跟我倚老卖老呀你？你不就是比我才大个八九岁吗？你能赶上的，我啥没赶上？"

陈刚强词夺理说："八九岁？八九岁就差出去了一代人，你信不信？你知道啥叫'鲜花盛开的村庄'啊？"

三斌子说："那有啥不知道的，就是农村呗。"

陈刚笑了："你看，我说你小，没赶上吧，那是在说咱们沈阳呢。"

三滨子说："得得得，大哥，你净绕腾我。我不跟你争了。你是打北京回来的，是官员，比我嘴茬子硬，说不过你。"

车子平稳地滑过金碧辉煌的沈阳夏宫，就是中央台天气预报节目里常打出影像的那个。整个外型设计得宏伟、豪华，不知道的还以为是到了澳大利亚悉尼的水上音乐厅，或者不小心走进了世界公园迎头撞见异国建筑了呢。就这么好的地方，去年却不知怎的着了一把火，给烧毁了不少。沈阳人民面对困难不气馁，立马又把它修复了过来，而且比着火以前还要威武，还要气派。三斌一手指窗外说："夏宫，大哥你进去过没？老大了，里面啥玩的都有，赶明个领你和我大嫂进去玩玩。"

一直都没吱声的老二接嘴说："夏宫啥破玩意，人家你大哥在北京，啥康乐宫没进去过，还瞧得起这点玩意，你说是不老大？"

三斌子说："那不对。康乐宫是北京的康乐宫，夏宫是俺沈阳的夏宫，玩起来滋味就是不一样，对不大哥？"

陈刚说："那对，哪好也不比家乡好。"

"这就对了。"三斌子很满意地赞同说。"前些日子我看你们北京报纸上登的叫啥《走出沈阳》？还连登了好几天……"

"哦？三子，还挺关心国家大事的嘛。"

"那是啊，写谁谁不关心哪。大哥你看了没有？"

"咋啦？写得好哇？"陈刚是听说过有这么个连续报道，可惜当时开会忙，没有顾得上挨排看。

没想到三斌子嘴一撇说："得了吧，写的那叫啥鸡巴玩意！净埋汰俺们沈阳了，一点什么好嗑都没唠。"

陈刚说："哎呀，三斌，话可不能这么说。人家记者那叫如实反映问题，给你报道上去，说不定就有人注意到，下来帮你解决一把呢。"

三斌子说："大哥，你可拉倒吧。要是把俺们的问题都那么给反映出去了，那谁还敢来咱们沈阳啊？你还让外商来投资不投资了？"

陈刚听着直意外，连声说："行啊我说小三子，真没看出来嗬，觉悟性还挺高的么！"

三斌子说："那说啥了，这年头，写谁不好谁能愿意。说谁不好谁都不愿意听。"

陈刚听了，忽然想起自己刚考到北京上学那会儿，同寝室的一个北京当地的小子知道他是从沈阳考上的，也不知是有意还是无意地说："沈阳？全世界污染最严重的十大城市，你们辽宁就占俩，沈阳和本溪排在了第一第二，听说那里出来的人一个个都给熏得像煤黑子……"陈刚当时的拳头已经在手里捏得嘎巴嘎巴响，就差立即冲上去揍他一个"电炮"写眼青。后来慢慢才明白，北京人的嘴就是那个习性，自己住在小四合院趴趴房里啃着窝头咸菜，照样敢笑话外地人住高楼大厦吃大米白面。不一定就是有什么恶意，也不一定就有什么真能耐，就是大大咧咧地要贫嘴爱说。

不过沈阳这两年变得干净了，环境治理得好了这也是事实。修了一个带状公园，用一条护城河把整个市区打通连接起来，给城市风景提老鼻子气了。尤其是这两年修的那些高速公路和城区立交桥，虽然样子是土了点，修得比较寒碜，被沈阳人民昵称为"新加坡"和"土而奇"，可是毕竟还是解决了交通老大难题，不再像以前那么出门半天走不动车。

立交桥下一排排白色小别墅在阳光下耀眼，在清一色的老式棺材盒建筑中显得气度不凡，有些提前致富外加点殖民地的贵族味儿。三斌子说："看见没大哥，最漂亮的那座小洋楼，被赵本山买去了。操，一下就花了好几百万哪！"口气中不无炫耀、羡慕以及替名人高兴的成分。

老二听了，不以为然地说："几百万算啥，对老赵来讲还不是小菜一碟。再说，你讲的那都是老皇历了，赵本山一晚上就把小楼给输了出去，你不知道吧？多潇洒，出手多威风。当名人就得那么干。"

三斌子一听，急赤白脸地争辩："二哥你瞎说啥呀二哥？人家赵本山怎么会输？他玩啥，光赢还赢不过来呢，咋可能是输？你可别在那编瞎话了。"

老二也开始叫劲："谁告诉你的他不输？你跟他一起玩过？"

三斌说："人家是名人，我哪跟他玩得上呀，我就是希望他总也不输，把全国其他那些演小品的全给打败。"

陈刚乐得止住他俩："我说行了行了，赵本山也不是你们亲戚，两个人争那个嘴干啥。"

三斌子说："那可不行，咱辽宁出一个名人容易吗？可不能谁说啥就是啥。"

陈刚说："哎哟，地域往外扩大了？不是咱'沈阳'，又变成咱'辽宁'啦？"

三斌子说："咱们跟着借点名人光还不行啊？"

上完了坟，到机场按时接来了媳妇和孩子，一家三口坐在车里往回赶，陈刚这会儿才有了全家团聚，放宽身心松松快快过个大年的感觉。车子回来时走的是高速公路，无遮无拦跑得飞快。陈刚的心也一颠儿一颠儿地美得要飞。高速公路下边还有一条普通便道，上面缕缕行行挤满了各种车辆，蜿蜒蛇行着一点点地往前蹭着挪动。陈刚看着，不解地问三斌："那些车为啥不上高速路？在那儿挤着多慢腾？"三斌说："现在各厂了都没有钱，哪还上得起，都交不起公路费。原先要六十块钱呢，现在没人上，都降到二十块钱了。"柳青像听天方夜谭似的，说："噢，你们沈阳还有这事儿？"

到了家，已是下午，按老规矩，就算是正式开始过大年三十儿。柳青一进屋，先叫了一声"爸""妈"，爸妈都笑么吟吟地迎出来。儿子辰辰非常乖，一路上早就被他妈给训练好了，一见面就给爷爷奶奶鞠躬说："爷爷过年好！""奶奶过年好！"爷爷奶奶都笑得合不拢嘴。爷爷问他："辰辰哪，感冒发烧好没？"陈刚在一旁一听，坏了！这事儿忘了跟他们娘两串通口供了。一颗心立即悬到了嗓子眼儿。果然，辰辰挠了挠小脑袋瓜，十分诚实坦然地说："我没发烧，妈妈说要带我去杭州。"爸妈像是无意地同时瞥了陈刚一眼，陈刚嘴嘎巴了一下还没等说出话来，还是媳妇柳青当律师的脑袋反应快，立即接过话茬说："这孩子一刻也在家待不住，非得要闹着出去玩，这不，我就带他回来了。"

陈刚这下才稍稍放下心来，感觉到柳青已经背后在他腿上狠狠地拧了一把。疼得他龇牙咧嘴地没敢出声，面对众人脸上还得不住地挂着笑。

妈说："快都脱了衣服进屋吃饭吧，待会儿你叔叔和姑姑他们就都来了。"

"咦，"陈刚不解地问："往年不都是大年初一才在一起过吗？今年咋改成过三十儿了？"

妈说："这也是你爸临时通知的，今年不是有点特殊情况吗？趁着你们都回来了人口齐，大家伙儿还要商量商量你二婶提出的'合坟''离婚'那档子事。"

陈刚说："这还有什么可商量的，干脆拒绝她就完了嘛。"

爸说："啥玩意要都像你想得那么简单就好了。赶紧领着大人孩子上桌吃饭吧。"

7

一家子人的饭还没等吃完，过年的人就赶来了。最先来的积极分子是二姑。三姑也跟着前后脚迈进门槛。爸在他们家里排行老四，上面有三个姐姐，下面有两个弟弟，外加上一个妹妹。总共有七个兄弟姊妹。旧社会东北的穷人家庭里几乎家家都有这么些个孩子。爷爷奶奶去世后，每年过年召集兄弟姐妹一齐聚会的任务就自然而然地落到了爸的身上。姑娘们出了嫁就是人家的人，肯定是指望不上。大姑是个老面太太，六十多岁了，精力不济，手脚也不利索，做点过年饭啥地都做不齐整。二姑比大姑还面，小时候得了气管炎，整天喉咙气喘，干不了什么大事儿。三姑身体好一点，可婆家那边也一大家子穷人等着她去张罗，所以娘家这边也就不靠她了。老四就是陈刚他爸，身为兄弟当中的长子，当然得长兄如父，这个群龙无首的家他不出头料理谁来料理？

三姑一进门就把一个包着水淋淋塑料袋的网兜递给陈刚妈："惠芬啊，我给你们带来几棵酸菜，晚上年夜饭包酸菜馅儿饺子吃。"

妈说："三姐，你们家又开始渍酸菜了？"

三姑说："可不，我们家今年渍了二百来斤呢。"

妈说："现在市场上细菜这么多，想吃啥有啥，三姐你还渍那么多酸菜干哈？"

二姑这时接嘴说："俺们家也渍了，渍了三百多斤。我还腌了三十来斤'雪里红'咸菜，跟胡萝卜掺在一起腌的。现在物价都这么贵，孩子们在厂子里都开不出工资，吃细菜也吃不起，我寻思着日子还不得节省着点过呀，谁知道万一将来有个啥变化唔地，到时候可别抓瞎。"

三姑说："可不是咋地，我们家那个酸菜缸都十来年没用了，差一点想扔，谁知道现在回头又用上了呢。还是我大侄儿好，念大书，到北京当大官儿，不用防备工厂黄铺失业啥地，是不哇小刚？将来你官儿做大了，你几个穷姑姑要饭要到你家门口，你可得给点残汤剩饭唔地，可不能装作不认识啊。"

陈刚说："哎哟，你瞧我三姑说的，还越说越像了呢。我三姑夫当那么大个厂党委书记，饿着谁也饿不着你家呀！咦，我三姑夫咋没跟你一道来？"

三姑嘴一撇："书记能顶啥书记，现在啥事都是厂长一把抓，你三姑夫给派广西去要钱讨债去了。到处都是三角债，哪儿那么容易要回来？"

陈刚说："去那么大老远？我三姑夫那么大岁数了，受得了吗？"

这么一说，三姑变得紧张起来："就是的，你三姑夫大前儿个打电话回来，说二十九晚上能到家。可这会儿咋还没到呢？二姐啊，你说能不能是半道上出了点啥事儿啊？"

二姑忙拦住她："三丫头你别瞎说，大过年的多说点吉利话。肯定是买不到火车票给耽误了，不能有啥别的事儿。"

正在这儿闲唠着，陈刚的老姑蓬头垢面地推门进来。一进门就咋咋呼呼嚷嚷："哎呀我大侄儿回来啦？"在陈刚背上拍了一巴掌，又转身扯住柳青白软细腻的小手："哎呀妈我大侄媳妇，越长越俊了，瞧人这手多细乎，再瞧瞧你老姑这手，这都不像个女人手，纯粹是劳动人民的手。"

辰辰从柳青身后钻出来，给老姑鞠了一躬说："老姑奶过年好！"老姑鼻子眼睛全挤出笑："哎呀妈辰辰都长这么大啦？越来越有出息了。快来快来，老姑奶给你压岁钱。"说着就解裤腰去掏钱包。

二姑在一旁忙拦住她说："快拉倒吧四丫头，今年的压岁钱就别给了，你这都下岗了，攒那点钱不容易，快留点将来给孩子上大学用吧。"

陈刚没大没小地跟这个比他大不了七八岁的老姑逗："嚯，我老姑下岗了？现在又到哪儿放哨去了？"

老姑仍旧是笑呵呵地说："哎呀妈我大侄儿，还有心跟你老姑逗呢。厂子黄铺，给人家兼并过去了，富余人员都回家待着。你说你老姑才四十来岁还挺年富力强的就开始失业，我操他妈这叫啥市场经济啊还市场经济……"

老二陈强过来跟老姑逗趣说："干啥玩意老姑，跟形势唱反调啊？忘了当年你们厂效益好的时候，你穿八百块钱一双的'美人瓢'，一只手上戴六个戒指的风光时候啦？我们的同志啊，在困难的时候，要看到成绩，要看到光明，要提高我们的勇气。我说老姑，你就把你那些保值的戒指卖掉几个，就足够你们家王勇上大学用的了，也省得你天天再去挨累扫大街。"

陈刚诧异地问："老姑去扫大街啦？"

老姑说："唉，你老姑哪像你们有文化，能进大机关，老姑没能耐，只能去干点力气活儿，挣钱糊口。社会主义，也不能让人饿死啊！瞅你老姑这手，都磨出了几层茧子来了。"

说着伸出手在众人面前晃。陈刚一看，老姑右手虎口握扫帚把处，肌肉都已经磨僵了，凸起一块硬硬的肉疙瘩，手背皲裂，掌心也粗糙得直起毛刺儿，戒指倒是一个也不戴了。

三姑说："四丫头你也别不知足，你这才扫几天？人家一辈子都扫大街的该咋办？就是从前大锅饭享福享惯了，一点吃不得苦。再说了，现在想找一个扫街的活儿也不容易，多少人眼睛都盯着呢。"

老二说："我三姑到底是党委书记夫人哪，觉悟就是比别人高出一截。"

老姑缩回供大家浏览、向人抱屈的手，对着墙镜子拢着毛的头发说："可也是，想找一个能挣钱的活儿是不容易。俺厂子的劳模也给裁下来了，还是全国劳模呢，也是白扯，厂子没有了，还要劳模有啥用。嘿，还不好意思找工作呢，嫌寒碜，人家从前是被中央领导接见过的，连大会堂都进去过，像干点俺们这种扫大街、做小买卖的糊口活儿什么的，还嫌掉价，不愿意做。不做，不做就得饿着了。我算看透了，我操他妈啥叫市场经济，市场经济就是一点啥情面都不讲，对谁可是都一样，哪儿也没有白养活人的。"

三姑说："想明白啦？那就别再抱什么屈了。"

一大家子人正在这儿东一句西一句说话磨着牙，大姑和几个姑夫们也陆续到齐，还有几个跟陈刚同辈的孩子也来了，叽叽喳喳热热闹闹把三个房间和一个客厅都给占满。妈关在厨房里把菜炒得花样翻新，油烟滚滚，二姑三姑以及陈刚陈强的俩媳妇在旁边帮忙打下手，男人们身不动膀不摇盘腿大坐的扯闲篇儿，尽等着吃现成的。

爸看了一眼墙上的挂钟，转头问："小雷子啊，你爸你妈咋还不来？"

小雷子是二叔和二婶的儿子，去年也结了婚，刚生了个女儿才满月。小雷子说："那啥，我妈说她头疼，不一定过来了，让你们大家伙别等她。我爸那人大伯您还不知道吗，当了一个了不起的破厂长，平时都整天不着家，过年过节就更找不到人了，说不定是去挨家走访，访贫问苦去了。"

爸说："那啥，姐夫，要不咱们先喝着？待会儿春节晚会该开始了。"

大姑夫说："那行，摆上摆上，咱们先开喝。"

说着就把两个饭桌支上，大屋一个，小屋一个，分别供男人和女眷们上坐。这是陈家祖祖辈辈传下来的老规矩，男人从来都要坐正桌、上座，女人和孩子打入旁桌另册。

几个女人穿梭着往上端菜，两箱子啤酒也扛来了，一瓶茅台酒酒瓶启开，陈刚非要多事拿过来检查一下，从瓶塞到瓶底儿来来回回瞄了个臭烂够，也没能看出个子午卯酉来。嘴里边却一个劲儿地说："假的，假的，十有八九是假的。"众人听了，不服气地反问："你怎么断定是假的？"陈刚说："现在市场上但凡是好酒就没有什么真的。"说着就想拦着大家不要喝，没想到却遭到了亲戚们的一致反对。老姑夫说："假就假，现在除了人还是真的，哪还有什么是真？大不了是酒精多点，没事儿，喝点儿，解解闷，也解解乏。"

于是男士们在这屋推杯换盏，女人们在那屋笑声连天，倪萍和赵忠祥也出来在电视里报幕了。整个过年的气氛已经闹得足足的。爸带头频频举杯，一家老少爷们儿你推我劝，脸上的汗毛孔都被酒精烧得支棱开了，话说着说着就渐渐离谱，不知不觉就拐弯了。

爸说："小雷子，咱们陈家的男人，今儿个都到场了，就差了你爸，你就替你爸喝一杯。"

座下的几个外姓姑夫也晕晕乎乎地举起杯来说："来，来，小雷子，你是你们陈家这一辈里最小的，你替你爸喝一杯。"

小雷子面对姑夫伯伯们的盛情，一仰脖，傻乎乎的二两烧酒灌进肚了。

老姑夫抹了一抹嘴巴说："小雷子行，小雷子像他爸，现在也是劳模，工会委员，还是厂团支部书记，将来呀，也是块当厂长的料，说不定还会超过他爸。"

小雷子说："唉，没啥奔头。早知今天，还不如当初好好学习，也像我大哥似的，考上大学，进机关，就不用当工人这么挨累，还总担心被解职下岗了。像我爸，最后混上个破厂长，整天操心巴力的，也没啥意思。"

大姑夫说；"雷子呀，你不知道，你爸这辈子，不易呀！小时候家里穷，没钱上学，为了能让你大伯把学念完，你爸连小学都没毕业就回家帮你爷卖菜种地了。后来进了城里，十四岁时你爸就进厂当学徒，可没少挨师傅打呀，愣是一点一点磨出徒，给打成才了。也跟你现在似的，当劳模，进党校，保送上大学，熬上了厂长。你爸从放猪娃当成个厂长，吃了多少苦，受了多少罪！雷子，你可得帮着你爸，可不能跟你妈一道在家挤对你爸。"

小雷子说："咱家我妈其实就是心疼我爸，当厂长得罪人，我妈总担心我爸受人欺负，出个意外啥的。"

老姑父说："你看看，你看看，到底是母子一条心，处处向着他妈说话。雷子啊，劝劝你妈，回家别总跟你爸吵吵，也别提给你爷和你奶合坟的事儿了。多闹心，也不合理。"

小雷子说："我妈那脾气，我可劝不了。再说那是你们上一代人的事，我怎么好插嘴。"

大姑夫抿了一口酒，长叹一声道："唉，雷子，你还小，你没赶上。你妈这辈子跟你爸享了不少福，说实话也遭了不少罪。你爸娶你妈的时候，你奶奶不同意，嫌你妈是个唱戏的，愣是不让你妈进门儿。你爸是个孝子，可就在这件事上拂了你奶的意，领你妈两人搬出去过了。你妈和你奶婆媳俩这一辈子就落下了怨，临到你奶死都没有和好。整得你爸在中间也受了一辈子的夹板气。"

小雷子说："我奶可真是死脑筋，她自己就是童养媳出身，倒还要嫌弃我妈是个唱戏的。唱戏的有什么不好？我妈那评戏唱得多好听啊。"

大姑夫说："你们小孩不懂，旧社会唱戏的可是属于下九流，更何况你妈跟你爸闹恋爱那会儿你爸正当青年劳模，披红戴花，敲锣打鼓大红喜报送到家。那时候的劳模可不像现在，那时候当劳模要多风光有多风光，光荣啊！你奶咋能允许劳模儿子跟一个唱戏的在一起？"

老二不爱听他们老叨咕这些陈年旧事，就故意装作醉醺醺的样子在旁边打断说："大……大姑夫，你就别……别大过年的给俺们忆……忆苦思甜了，我二叔二婶要是不结婚，哪……哪还有小雷子跟他姐小娟了？"

陈刚爸说："算了，大姐夫，别跟他们这辈人说，没用。我算看透了，这群小没良心的，根本就啥也不懂得。还想指望他们孝顺哪，哼……"

陈刚陈强还有小雷子互相挤咕挤咕眼儿，没吱声。

爸说："大姐夫，这个家你岁数最大，还得听你拿个主意。老二媳妇既然都把给咱爹娘合坟这事提出来了，咱也不能不把它当成个事儿考虑。"

大姑夫思忖一阵，很为难的样子说："这事儿呢……不给老人合坟吧，老二媳妇不干，老二在家里不得安生；合了吧，老太太临下世前特地嘱咐过，不让合坟……"

爸脸色红红地说："咱现在就别考虑那么多了，这个坟不管是合不合吧，咱娘在浑河那块溜都待不住了。去年夏天发大水，只要再一漫过河堤一点，咱娘的坟就得给淹了……"

老二接嘴说："哎呀爸……爸呀，瞅你说的，水要是再……再漫过来一点，别说是我奶的坟啊，就连咱们沈阳城啊，都……都得整个给淹喽……水，水火不认人哪，哪还认得坟？"

爸朝老二瞪了一下喝红的眼睛："去！哪儿有你说话的地方。一点正经都没有。"

老二吐了吐舌头，嬉皮笑脸躲一边去了。

爸又转头对大姑夫："大姐夫，我估摸着，咱娘的坟早晚都得挪。那地方已经靠近高速公路边上了，不怎么安全。"

大姑父说："挪哪儿？挪东陵咱爹那边去？"

爸说："不行，东陵那边爹的坟也快搁不住了。有一个什么中外合资厂正在那块溜征地，我看也快征到爹的坟边上了。还得勤盯着点报纸上的迁坟征地启事。这年头，活人日子不好过，死人也给闹得不安生。"

老姑夫说："那就只好到公墓去。听说灰山那块正在建公墓，咱厂子一个同志正张罗着给他家老爷子在那儿买一个位儿呢。"

爸说："买一个位儿要多少钱？怕要上万吧？"

老姑夫说："不止。我听说一个单穴就要两三万，要是把咱爹娘挪到一起，少说也要五六万下不来。"

爸一沉吟："那么多？……怕是要各家往一起凑了。"

大姑夫腮帮上的肌肉动了几动，半晌才慢吞吞地开口："是……贵了点。这会儿各家都挺紧张，都有难处，厂子里不景气，开不出工资，攒下的那点钱还得防备公房改革交费，还有将来孩子们的上学交费，一时要掏出万把多块，怕是都拿不出来啊。"

一涉及到具体的钱的问题，酒桌上立时沉寂了。老的小的都不说话，无滋无味地呷摸酒。气氛闷得不像是过年样。

还是老二首先打破沉默，异常亢奋咋咋呼呼地喊："快看啊，快看啊，赵本山出来啦啊，老赵来啦！"又冲着对面屋大叫，"妈！妈！你快过来看赵本山，快到这屋来看彩色的。"

妈以及几个姑姑颠巴颠巴挤进来，嘴里还不住地念叨："哎呀妈不是说赵本山的节目给刷下去了吗？这咋又有啦？"

小二说："刷谁也不能刷赵本山，没有老赵这台晚会俺们还看谁。"

爸的眼珠儿直勾勾地盯在荧屏上，嘴里不耐烦地截住小二："快住嘴快住嘴！听你的还是听赵本山的？"

赵本山的三鞭子很快就抽完了，不知怎的，众人心里边都微微地有些失望。三姑一边往外走嘴里一边说："春节晚会是越来越没意思了。"妈也跟在后边嘟嘟囔囔地说："赵本山还挺主旋律的呢！"

正说着，门铃丁零零响，爸说："去看看谁来了。"小二过去一开门，二叔风尘仆仆一脚踏进门来。

8

"爸，可把你给等来了，俺们老陈家今天可就缺你一个人。"

小雷子嘴里招呼着，殷勤地给他爸倒上酒。陈刚叫了一声："二叔……"就有些感慨得说不出话。才两年不见，二叔的头发竟然花白了，尤其是两个鬓角处，白得厉害，背驼得像是被什么东西使劲给压弯的。脸上黑瘦黑瘦，皮肤里的水分都被东北的冬天给风干了出去，只剩下发皱的皮紧裹在脸架子上。唯有那双眼睛，仍然是陈刚所熟悉的，大而明亮，如一头负重的骆驼的眼，吃苦耐劳，任劳任怨，竟看不出有半点怨悔的情绪。这就是他的二叔，为这个大家牺牲了一辈子、奉献了一辈子的二叔，上托着哥哥姐姐，下拉着弟弟妹妹，又要不断在娘和媳妇之间调停说和。一辈子，净受苦净受气了。等熬到给爹娘送完终，弟妹也各自立业成家，二叔也把自己给熬老了，熬干了。眼望着面前的二叔，陈刚却总要情不自禁地想起小时候看见的那个一米八〇浓眉大眼的美男子，那个披红戴花的朝气蓬勃的英俊形象。

"二叔你先喝口水。"陈刚端一杯水到二叔面前。

"噢，小刚，咋样啊，在北京还挺好的吧？"二叔亲昵地伸手揉了揉陈刚的头发："我大侄儿比上次回来胖点了。在那块儿溜工作还行啊？"

"行行，有啥不行的。二叔你这过年也不休息？连个年夜饭也吃不团圆？"

"唉，休息个啥，"二叔叹了一声说，"企业那么多下岗的工人，不得去看看哪，有没有吃不上饭的，有没有过不去这个年的，得下去走走，安慰安慰。

咱东北的工人可不像一般的工人，东北人火气人，劲儿冲，一旦把怨火集体撒起来，那家伙，谁也抗不了。"

二叔转头又问小雷子："你妈跟你姐她们没来啊？"

小雷子说："我姐去她老婆婆那儿了，我妈说她头疼，今儿个不来了。"

"净瞎扯。那她一个人留在家过三十儿哪？"二叔有些不放心地说。"雷子你快点吃，吃完早点回去陪陪你妈。"

陈刚说："二叔，你是不是在家又跟我二婶闹意见了？"

二叔头一低，干咳两声说："咳咳，哪儿有的事儿。老夫老妻了，有啥可闹的。"

陈刚笑着说："真没有假没有？我可听说你又偷着从家里拿钱上厂里……"

二叔急了："别瞎说别瞎说，肯定又是听你爸瞎说的。拿什么钱拿钱，我那只不过是先垫一下，又不是说不还了……"

陈刚说："二叔，不是我这个当侄儿的多言，本来这就是你的不对，也怨不着我二婶。早些年你不就因为背着我二婶偷着给我奶钱，俩人就总吵架吗？二叔，你大侄儿现在好歹也叫个国家官员，也是个拖家带口的人，也是刚刚才整明白，忠孝是忠孝，家庭责任是家庭责任，可不能全给搅和到一起……"

二叔说："得得，小刚，话说是那么说，可实际上哪儿掰扯那么清去？不总得有个先有个后吗？搁你你能怎么做？"

爸这时也进来插话说："就是的，小刚，你听听你二叔说的才在理，哪像你和老二，才做了几天官儿，就六亲不认开始忘本。"

陈刚生气地冲着他爸："爸，我说你到底站在谁的一边说话？你看你看，你让我回来做工作，我这才刚开始做，你就进来掺和，你到底还让我说不让我说啊？"

没等爸说话，妈在那屋嚷嚷："都别吵吵，别吵吵了，十二点了，都过来吃饺子吃饺子。"

于是大家暂时把这些烦人的话题撇开，眼神投放到电视上。电视里这时"当当当"的报时钟响，接着又呜呜嗷嗷又蹦又跳地开始团拜，主持人一个个情绪使劲亢奋，嗓音都已不是正常的调儿了。画面上花花绿绿闹闹哄哄，也分不出个完整的人和物。往年的这个时候全家人就该狠劲出外放鞭，崩一崩一年积下来的晦气和邪气。今年的鞭不能再放，就只好哑么悄悄地吃饺子。热气腾腾的饺子端上来，一家人拿着碗碟，蘸着又酸又辣的腊八醋忙着品尝好几年都不见的猪肉酸菜馅儿。刚尝没几口，正在这儿夸"好吃，好吃"呢，就听门铃连续的响，众人都纳闷：这大年三十儿，深更半夜的，谁这时候还来串门？

妈先走过去，从猫眼里往外观瞧。见来人不认识，像是个年轻人，穿着厚厚的军大衣，手里头还提拎两瓶酒和两个果匣子。妈站在门里警惕地问："你找谁呀？"

来人在门外答："我找老陈家，陈师傅在这住不？"

妈又问："你找哪个陈师傅？"

来人说："俺厂子陈厂长，陈忠孝厂长。"

妈一听："老二，是找你的。"

二叔从门里往外一瞧："是俺厂子青工杨铁蛋，他爸老杨是带我出徒的师傅。他咋找到这块儿来了？"

一边纳闷，一边打开门把人放进来。杨铁蛋一迈进门就说："那啥，陈厂长过年好！我是特地来给你老拜年来的。"

二叔挺奇怪地问："铁蛋子，咋找到这儿来的？"

杨铁蛋说："我一晚上都找了好几个地方，最后到你老家里去了，还是你家里我大姨告诉我你有可能在这块儿。"

二叔一听，辈分有点乱，差点想乐。杨铁蛋他爸外号叫"杨大拿"，是厂里的老工人，技术那叫真正过得硬，一个大字不识，却能将车钳铣刨样样精通，一提起来厂子里没有人对他不服气的。二叔能摊上这么个师傅带，也算是他的造化不浅。眼看着徒弟茁壮成长，师傅也就一天天老了，退休了。杨铁蛋是属于照顾，接替他爸的班，这才进了厂，穿起了工作服。只可惜这小子有点浑，在学校时就调皮捣蛋，进了工厂还屡教不改，又仗着厂长是他爸的徒弟，就以为天老大他老二了呢，技术不好好学，上班还吊儿郎当，这次一下子就给整下岗了。离了岗，失了职，这下子他才开始有些傻眼。

进了屋，二叔让他坐下，心里明白他这是来者不善，一直对下岗不服，可能要有点说道。就耐心等着应付着，嘴里还得跟他没话找话说："啊，那什么，你爸你妈都挺好哇？我这两天忙，没顾得上，等过两天抽空过你家去看看去。"

杨铁蛋说："啊，不用不用，我爸知道你当厂长忙，特地叫我来看看，还让你多多批评、教育我。这不，过节了，也没啥拿的，就拎了两瓶酒过来……"

二叔说："铁蛋，你来看看我就看了，这酒，你拿回去，你又不是不知道，我平常是烟酒不沾。"

杨铁蛋说："那哪行，你老可一定要收下。"

二叔板起脸说："我说拿走就拿走，就算我孝敬你爸的。"

杨铁蛋一听急了："陈厂长啊，看在我爸的面子上，你也得照顾照顾我，不能让我回家待业啊。"

二叔一听，拐到正题了，把脸板得更紧说："铁蛋，不是我不给你面子，你想想你给过我面子没？哪怕你能赶上你爸一个小手指头呢，也不至于落到今天这个地步。"

杨铁蛋急赤赤地说："厂长，厂长，求你原谅我这一次吧，只要这次厂子里能留下我，让我干什么我都干，就是别让我丢了这个饭碗。家里我媳妇也刚刚下岗，儿子今年夏天就该上小学了，还不知要交多少钱呢。厂长，厂长，看在我爸曾带过你的面子上，求你再让我在厂里继续干吧。"

二叔的脸绷得像块石头，一点表情都没有。

空气一时僵住了。妈这时端着一杯茶进来客气地说："那什么，小杨，喝点水，这大过年的，跑这么大老远。"

杨铁蛋一看，像抓住了一线转机，冲着妈说："大……大姨，求你替我说说情，让陈厂长别把我整下岗。"

妈刚张口说："啊，是啊？……"二叔就厉声打断她："大嫂你回屋。这事跟你没关系。铁蛋，今天这种结局都是你自己造成的，你就别再指望厂里什么了，要我说啊，你趁早到人才市场上去找一找，去晚了怕是也没了机会。"

没想到杨铁蛋脸一白，忽地一下站起来，用手指着二叔的鼻子，扯着嗓子大声说："姓陈的，没想到你能这么不开面儿。可别给你老脸不要脸，放着敬酒不吃吃罚酒！"说着，从袄袖筒子里"嗖"地亮出一把三角刮刀，明晃晃地就冲二叔奔过来了。

妈给吓得尖声惊叫："哎呀，哎呀，杀人啦，杀人啦！快来人啊！"

老二陈强从那屋一个箭步就蹿过来，高声吼道："谁？谁？谁想干啥？"进来一见，杨铁蛋正拿着刮刀紧逼二叔，二叔步步后退，已被逼到了立柜角。老二手疾眼快，抄起一把椅子就砸了过去，喊嚓喀嚓，几下子就把杨铁蛋给拐别在了墙角上，脚下同时一使劲，抬腿就在他软裆上来了一下子。疼得杨铁蛋龇牙咧嘴直冒冷汗，刀子一扔，双手捂住裤裆颓软下去。小二把椅子哐当撂下，就劲儿把杨铁蛋双手反剪到背后，一手薅住他的头发往后揪着问："就你小子也敢牛啊？也不睁眼看看你这是在啥地方！今天你是想怎么办吧？要死要活由你选。"

杨铁蛋脸色蜡黄，嘴里带着哭声说："饶了我吧大哥，我错了。我家里上有七十多岁的老父亲，下有等饭吃的老婆孩子，大哥你就饶我一条命。"

"算了，老二，放了他吧。"二叔用惊魂未定的嗓音给杨铁蛋求着情。妈也在一旁惊吓不小地说："老二呀，你快把他整走。"

老二忿忿地，使劲用膝盖在杨铁蛋后腰上顶了一下："哼，快给我滚吧。今天我把话撂在这儿了，你小子要是敢再起屁，看我怎么捏巴死你！滚！"

随后使劲一推搡，就把杨铁蛋摔巴出门去了，随手又把他拎的点心和酒一块儿给甩出去，嘴里可劲儿嚷嚷着说："小子哎，你听好，你们厂长要是有个什么三长两短，看我不连你全家老小一窝端！"

妈使劲往回拽老二，不停地揉着自己的胸口窝，还一个劲儿地批评老二说："别吵吵。大过年的，那么大声吵吵个啥，让左邻右舍都听见了。"

妈无论如何也没想到，老二的最后几句话竟不幸成了谶语，更大的灾祸已经在后边等着二叔了。

9

二叔让人给打了。

正月初三的下午，二叔在去职工家里探望回来的路上，被几个蒙面人从后边跟上来给打了。那些人出手可真是太黑了，一看就知是专业打手，总共也就只干了三下：照准颅骨一棒子醢（hǎi）下去先给撂倒，接着对准软肋再狠抽两道。绝对不会给打死，又绝对给打得奄奄一息。打完以后眨眼之间撤退离去，一点可供侦破的痕迹都没有留。手法简直是娴熟到家了。

消息是老二最先知道的。老二那天恰巧在单位里值班。一个做好事的出租司机用电话传呼老二。出租司机在路口拐弯处碰到了横在地上的血肉模糊的二叔，差点没给吓得半死，想绕过去跑，却老半天都没挪得了地方，手脚都不听使唤。缓过神儿来，才战战兢兢下去往车上抬人，拉着就往医院开。到了急诊室，小护士不收，说凡是流氓打架斗殴的，医院一律不收。司机火了，破口大骂："你妈 × 你家六十多岁的人还能去打架斗殴啊？你可给我睁大眼睛看着，我送进来的可是活的。剩下的你们给我掂量着办。"小护士吓傻了，也不知对方什么来头，赶紧找人，往医生家里打电话。司机从二叔身上翻出证件本通信录，一看税务局陈强的名，认识，在朋友家一起喝过酒。立马从急诊室往老二那儿传呼。电话一通，司机就说："你是陈强啊？赶紧到医院来吧，你家老爷子出事了。"老二一听，脑袋"嗡"的一声，问："啥？你说清楚点。"司机说："你们老爷子被人给打了，伤得不轻，赶紧来吧，晚了怕是看不见了。"老二急了："你他妈的给我说明白，谁被打了？"司机也急："陈忠孝，你家老爷子。"陈强一听，心里又是"忽悠"一下子，腿也软了，脑袋里也全明白了，结结巴巴地说："好，你等着，我马上就到。"又接了一句："谢谢。"

放下电话，慌里慌张打车往医院跑，拎着单位的手机，一路上把各家亲戚全通知到了，无一个不被吓得脸色煞白。

老二到医院时，亲戚们也差不多前后脚到。二婶家离得远，是最后到的。陈刚看见二婶哭着喊着一头就扑进来："我那短命鬼啊，你这是自己找死啊，你说你当这么个破厂长干什么吧啊……"二姑上前揽住二婶说："桂芝啊，你冷静点啊桂芝，老二他现在正在里头急救呢，你可别太激动，看伤着身子骨。"

二婶依旧不依不饶，哭天嚎地地当着众亲戚数落："我的命好苦哇！我为你们老陈家操心了一辈子，咋就落到这地步了啊！自打进了你们老陈家门，我可就没得着几天好哇，贪上这么个窝囊废男人，里外都跟着他受气。现在谁个厂长的老婆不是穿金戴银的，可我除了跟他担惊受怕，哪享着什么福了，如今连人命也快要搭上了，我就差成了寡妇。死老头和老太太啊，你们行行好，在地底下保佑你们活着的儿女过几天消停日子吧……"一把鼻涕一把眼泪的，像是哭丧。

亲戚们也不敢使劲劝了，心情差不多都跟她一样的悲戚，一个个蔫头耷脑，有气无力地等在手术室外面。老二脸色煞白地说："那啥，二婶你别哭，看我去怎么整死老杨家那小子。"说完戴上帽子往外走。爸一把把他薅回来："老二你快给我回来！咱家躺下一个还不够受吗？你还要再添一个是咋的？你是想把你爸这把老骨头也搭进去才算完哪？"

老二一耸动身子："爸你别管，我自有办法。"说完嗖嗖嗖就蹿了出去。妈跟在后边不住地招手吆喝："二呀，老二，你快听你爸的话，快给我回来……"老二头也不回，气冲冲地大踏步走了。

陈刚盯着悲恸欲绝的二婶，心里有如乱麻一般扭缠搅拌着不是个滋味。这就是那个他熟悉的，打从一小就崇拜、热爱的二婶吗？年轻时候的二叔二婶，真是一对郎才女貌的才子佳人，走到哪儿都显眼。尤其是二婶，鲜亮，俊俏，往人群当中一站，身段一拿，一个眼神，一句唱腔，立时就能把众人的目光吸引过去，整个迷倒一大片。那时日子过得虽穷，却时时对未来充满了希望。可眼前的这个二婶，苍老，疲惫，邋遢，年轻时的精神气儿一点都没了，像是被什么压垮似的。连那眼神都是无力、浑浊的。

陈刚的心里不由得一阵阵发酸。

二叔的手术动得还算凑合，已经能醒过来多少明白点人事儿。做手术的大夫被陈家用红包给打点过，要不然，谁会在大年初三就来给你上手术台，认真做这么大个手术啊！红包是陈刚出的，不是几百块钱一个的小红包，而是两千块钱的一个大包。媳妇柳青大度得很，二话没说就掏钱了，临领孩子回北京，还一再嘱咐陈刚该为家里出什么力就尽可能地出力，别有什么舍不得。陈刚感激涕零地把他们母子送走，让她替自己到单位请假，他自己回到家里继续处理二叔的事情。

杨铁蛋作为最大的打人嫌疑犯，已被整进局子里蹲着。那小子还装傻，死不承认。出事那会儿他正在老丈人家搓麻将，有不在现场的证据，但不排除是他出钱雇了黑道上的人干的可能。又一想他家里穷成那样，哪还有闲钱雇人去打人？老二陈强不管那些，老二对公安局里的小哥们叮嘱："哥几个，你们先给我把他胖揍几顿，圈几天饿瘦他再说。"小警察说："哥们，我们也不能随便打，得有证据。"小二急了，说："我操！我们家我叔都要被他打瘫了，这口气我说什么也得找回来。你们不帮我是不？"警察说："我们调查了，你叔六七千人的厂子，下岗的有三分之二，谁知道哪个跟你叔憋着气啥的背地里干的？也不一定是杨铁蛋。"小二说："好，你们不够哥们意思。你们不打，我打。"警察说："哥们儿你可别，现在这种事情太多了。我们会尽量优先给处理你这个。"

医院里前来探望二叔的人缕缕行行从没间断过。工人们听说厂长出了事，一个接一个拎着罐头水果蜂王精营养液什么的都来了，探视时间不到不让进，就干待在外边等着。杨铁蛋他爸爸杨大拿，也颤颤巍巍拎着两铁筒"麦乳精"找来了，一进门，见床上躺着的浑身缠满绷带的徒弟，心疼得连胡须都颤巍巍的了，走过去，手摸摸，脚摸摸，"扑通"一声，顺着床沿跪倒，老泪模糊地说："二陈子呀，师傅对不住你，师傅养了一个孽子……呜呜呜……"

二叔费劲地扬了扬手，一旁的二婶赶紧过去把杨师傅扶起来。二叔有气无力地说："师傅啊，是我……我对不住您，我没把咱厂……厂子带好，让工……工人们跟着受委屈了，我……我对不住大家……"老杨师傅听了，忍不住"呜呜呜"放声大哭了起来。在场的几个工人也看得眼泪瓣直往下掉。一个女工抽抽搭搭地说："那啥，陈厂长，你可一定得好起来呀，咱厂子千八百号人可都等着你呢……"旁边几个工人也附和着说："陈厂长啊，你可不能倒下啊，咱厂子还全指望你……"

二婶在一旁默默地听着，眼眶子也有点湿润了。

10

合坟的事终于被提到了议事程。经过了一场灾难的打击，二婶完全失魂落魄，又完全地走火入魔，更加坚决地认定，地面上的这一切灾祸都是由于地下的老人没有合坟而造成的。陈刚想上去劝劝她，想跟她说这一切都不关合坟的事，二叔的挨打跟合坟并不成什么因果。同时还想从大道理上给她讲一讲，经济转型引起的人际关系的一系列变化，以及什么什么少数人既得利益的受损、个别人职业的重新选择，等等的大理论。可是一看到二婶那副悲恸欲绝、心碎欲裂的样子，忽然又什么都不忍心说了，就觉得自己非常地迂腐和可笑，甚至还有了几分可恶。面对一个饱经风霜、饱受折磨的普通妇女，一个劳碌、操心了大半辈子的妻子和母亲，眼下她的亲人正躺在病床上受着生死煎熬，自己却要道貌岸然地去给她大讲生产力和生产关系，这简直是太愚蠢太没人味儿了。

家庭会议在一片悲戚的气氛里举行。二叔一出事，大家伙好像一下子都被打蒙了，恍然间倒忘了去追问二婶提出的合坟一事的合理性，迷迷糊糊的，倒真觉得像是老祖宗在冥冥之中主宰着儿女们的祸福。于是每个人的心里都不禁怵然。唉，事已至此，合就合吧。如今死的活的只能顾一头。爹娘的坟反正已经呆不长了，迟早都要挪。全家人商量着，先把陈刚奶奶的坟迁到东陵山上，和他爷爷的临时埋在一处，以后再慢慢攒钱买墓地，修碑，到时候把二老的坟一块挪进去。

一直没表态的二姑在底下犹犹疑疑地小声嘟囔："不是清明，也不是七月十五，哪有正月里动土惊动阴间的……"

二婶一听就炸了："啥？不能正月里动土？还没有正月里打人的呢！你们非得看着人给折腾死了才算心里安稳？正月里不能动土？老太太就是在正月里死的，你们耽误一天埋了吗？"

众人都不吱声了，知道老二媳妇受的刺激太大，有些歇斯底里。就谁都避免去招惹她。

二婶意犹未尽，泄起气来就收不住："你们从来就不拿老二的事情当回事，用不着他了，就把他一脚踢开，像踢一条狗似的。忘了他是怎么给你们老陈家老牛拉破车，拉扯你们陈家老的小的了？要是早按我说的合坟，哪还会出今天的事儿？老二的病就是好了，人是呆是傻还难说呢……"

说完，又"呜呜呜"地顿足捶胸大哭起来。

一大家亲戚神色忧戚，面面相觑。

正月里去挖坟，实在是一件愚蠢的迫不得已的举动。雇民工挖坟也雇不到，只好是爸和姑夫领着陈刚、陈强、小雷子、三斌子，以及二姑三姑家的几个男丁扛着铁锹和铁镐直奔坟地。女眷们要去，被爸给拦住了，怕她们受不了刺激。其实兄弟几个每个人的心里也都胆儿突的。

"半截美"载着几个人呼呼地往浑河方向开。突然间就变了天。前两天还暖得要命，肉放屋外窗台上都冻不住，转眼就刮起了北风，卷着细碎的雪花，斜着朝人的脸上身上打。刺骨的寒意让陈家的男人们从上到下冷了个透。埋了十来年以后，也不知道地下的尸体会是个什么样子？如果是例行公事，去挖什么别人家的坟倒还罢了。如今是去挖自己的祖宗，他们几乎每个人都沐浴过她老人家恩德的祖宗，这要是挖出一堆骷髅白骨来让他们这些后人可怎么忍心看？！

陈刚的腿有些发软，手也哆哆嗦嗦地握不住锹把。就要见到一手将他带大的奶奶了。不是在阳间，而是在地底下，在冻土层里。陈刚一想起来就有些怕。事先虽然设想过种种可能，想象了一下各种处理办法，想来想去，最终还是决定要把尸骨殓起来，先送火葬厂火化，然后再往东陵埋骨灰盒。若埋骨殖，人体 208 块骨头，占好大一片地，以后进公墓不太可能，买不起那么大的穴位。只能是到火葬厂去炼，炼完收入骨灰匣。

奶奶的坟就在眼前。也不过就是河滩地面上一堆小小的隆起。这样的土堆一转圈有很大一片。当年给奶奶入土下葬时，陈刚还特地在奶奶坟边插上了两棵杨树苗以做标志。十来年过去，杨树苗已长得碗口粗，快成了大树，树枝子正在风里摇摇晃晃地发抖。大年三十几时陈刚陈强他们给奶奶上坟烧的纸灰还没有被风吹净，留下星星点点的黑斑。一群乌鸦嘎嘎哀鸣着在冷风里飞过，陈刚仿佛听到奶奶在冻土层下喊："不要炼我！我不跟那死老头子埋在一起……"

陈刚的心颤颤的，猛抖了几抖，眼泪刚欲盈出眼眶，却又迅即被西北风无情地给在眼里风干了。

爸给每个人递过一根香烟。陈刚也接过来，叼在嘴上给自己驱寒壮胆。战战兢兢挖了将近一米深时，已有了朽木的碎片。子孙们都停下手，呵气，有些怕，不敢再往下挖。

爸拿出预备好的酒和纸钱，往坟周围一转圈儿洒上，然后又"扑通"跪下：

"娘啊，惊动您老人家了。您也不想眼看着儿女们受苦是不？您就委屈跟爹到一处吧，我们保证孝敬您，逢年过节给您老人家送吃的，穿的。您就原谅儿女们的一次不孝吧。"

说着，"哐哐哐"在坚硬的冻土上磕起了响头。黄土末子沾满了乱蓬蓬的头发。陈刚他们看着，心都跟着乱了，也跟着跪下，磕了几个响头，然后站起来，六神无主重又攥起了铁锹。

还没等他们继续往下挖，却见一辆红色夏利疾驰而来，又一辆黄色出租车紧随其后。头一辆车里下来的是头缠绷带的二叔，后面车追来的是二婶和他家闺女小娟。

二叔跳下车，踉踉跄跄嘴里大声喊着："在哪儿？在哪儿？你们想干什么啊你们？"

众人都愣了，谁也不敢回话。

二叔歪歪斜斜地走过来："谁让你们挖坟的？谁让你们挖的？啊？娘过世时说的话你们都忘了？"

"二弟……"爸红着眼圈，哽咽着说不出来话。

"你们这就忘本了？就不听祖宗的了？"

二叔血红着眼睛，疯了似的，扒开众人，"扑通"一声跪到坑边，拍打着黄土，仰天长号："娘啊娘啊，子女们不孝啊，不让你老人家得安生，儿对不住你啊……"

说完匍匐往前跪爬了几步，大头朝下一头栽进坑里，嘴里不住哭喊着："你们挖，你们挖，要挖，就连我也一块挖走吧……"

"爸呀——"小娟"嗷"的一声喊着扑了过来，小雷子也紧跟着往前扑。

"二叔——"

"二舅——"

哭喊声惊天动响成一片。

"我那短命鬼哎——"

二婶也跟跄着扬了扬手，无力地喊了一声。

再一看二叔，已经蜷在坑里昏过去了，绷带上渗出了滴滴鲜血。

二婶惊急得在一旁抽起了羊角风，嘴角不停地冒出白沫。

……

11

正月十五，陈刚要回北京去上班了。妈眼泪巴擦的，有些依依不舍。爸低头寻思了一下，说："走就走吧，你也得回去干你自个儿的事业。去跟你二叔道个别。"

陈刚拎着一些水果到了医院。见二叔一家人都在医院里陪他过十五。二叔脑袋上的绷带还没有拆下去，手臂上还插着输液管儿。二婶正在床头一小口一小口地喂他什么水儿喝。女儿小娟带着孩子围着他转来转去，小外孙一口一个"姥爷""姥爷"地叫得甜。床头柜上堆的全是工人们送来的慰问品，点心、罐头、水果什么的堆得冒尖，像座小山似的。

合坟的事谁也不再提了。尤其是二婶，只字不提。两次将二叔从生死线上拽回来，二婶像是突然间想开了，看明白了，啥也不说，啥也不提了。

二叔拽着陈刚的手说："刚儿，要走了？"

陈刚抚着二叔青筋暴起的手，轻轻点点头。

二叔艰难地喘息了一阵，费力地将气息调匀，说："刚儿，家里的事，你都看见了。你可别往心里去，啊？二叔跟你说句心里话，二叔哇，文化低，念书没有你们多，大道理二叔讲不上来。二叔这辈子啊，就盼着你们那一代人能过得比二叔强。不管是到了啥形势，也不管是谁当了这个官，都得让老百姓有饭吃，让工人们有好日子过是不呢？谁走道的时候还不遇到点拐弯抹角的啥困难呢？人啦，可不能说忘就忘了祖宗，忘了本。你在北京那旮旯儿工作，凡事都要长点心眼，别没事总跟着瞎哄哄。"

"嗯，二叔，你就放心吧。"陈刚的眼睛又不自觉地湿润了，喉咙里哽咽得说不出话来。

正月十五的车站广场上，闹花灯的队伍喜气洋洋。中老年秧歌队敲锣打鼓，披红挂绿，一个个勾脸描眉，把鼻子嘴巴都描画得分外喜兴夸张。老头老太太们，大叔大婶子们，扭着腰，耸着胯，扬臂踢腿，把一根根红绸舞得眼花缭乱，把一个个高跷踩得滴溜溜乱转。数百盏彩灯同时耀眼地亮了，天地间被照得一片鲜明。看热闹的人挤挤擦擦围了一圈又一圈，挤了一层又一层，全都兴高采烈涌到明亮的大街上，欢庆一年当中又一个喜庆节日的到来。父老乡亲们纵情地舞着，叫着，笑着，闹着，尽情释放、宣泄着他们内心的情感，无所顾忌地向世界展现他们永远都不会沉寂、永远豪放、永远达观向上的力量。

"锵锵，锵锵锵——"

"锵锵，锵锵锵——"

一声声震撼人心的锣鼓，直敲散了冬的凛冽，倾诉着人们对春的热烈期许。

"锵锵，锵锵锵——"

"锵锵，锵锵锵——"

铿锵的鼓声深深地敲在陈刚的心上，将他的心弦深深地震颤了。

在火车徐徐开动的尖厉汽笛声里，陈刚不禁倚住车门，久久地临窗回望。

故乡啊，故乡！故乡今在何方？

……

1996 年 5 月 1 日于京西